Da Silva

Eine Nacht,

die alles verändert

Impressum

Alle Rechte am Werk liegen beim Autor
J., Jaliah
Da Silva
Eine Nacht, die alles verändert
Berlin, Juni 2019
Erstauflage
Lektorat: Günter Bast, Theresa Wahl
Cover/Bildgestaltung: Wolkenart – Marie - Katharina Wölk

© 2019
Herstellung und Verlag: BoD – Books on Demand, Norderstedt.
ISBN 978-3-7386-1468-8

www.jaliahj.de

Da Silvas

Milanda & Dariel

Dario, Diego, Daria, Daniel   Adrian, Sergeo, Abel

Weitere Personen der Da Silvas:

Nicky
Barim
Ayla *(Adrians Verlobte)*
Milan
Nuno
Jamiel

Kapitel 1

Wie kann man nur so naiv sein?

Wütend wäscht sich Eleonora mit kaltem Wasser das Gesicht ab. Es tut gut, das kühle Wasser auf ihrer Haut zu spüren, es ist sehr heiß heute und deswegen ist auch die Luft in der Fabrik noch stickiger und schwüler als sonst.

»Hier bist du. Die Pause ist gleich vorbei, du siehst aus, als hättest du einen Geist gesehen.« Davina kommt in das kleine Bad der Fabrik und stellt sich ans Waschbecken neben sie. Eleonora blickt hoch in den Spiegel und sieht Davina so in die Augen.

Sie kennen sich, seit ihre Mütter sie im Alter von zwei Jahren zu einer Nachbarin gegeben haben, damit sie wieder zur Arbeit gehen konnten. Sie waren jeden Tag zusammen, sind im Alter von sechs Jahren gemeinsam in eine Klasse gekommen, sind zusammen auf die Oberschule gewechselt und sehen sich jeden Tag. Es gibt selten mal einen Tag, an dem sie sich nicht treffen. Selbst wenn mal eine von ihnen krank ist, kommt die andere sie besuchen, sie sind eher wie Schwestern als nur beste Freunde, und als Davina nach der zehnten Klasse über eine Bekannte diese Arbeit in der Fabrik bekommen hat, hat sie natürlich auch gleich für Eleonora nach einer Stelle gefragt und sie haben beide angefangen, hier zu arbeiten.

Hier in Puerto Rico, in den Hafenvierteln San Juans, in denen sie leben, beendet man die Schule nach der zehnten Klasse, egal was für Noten man hat. Einige wenige, deren Eltern ein wenig Geld haben, oder die Jungen, die besonders sportlich sind, dürfen die Kurse der Unis besuchen, die in San Juan angeboten werden, doch das ist selten und teuer.

Eleonora hat sehr gute Noten gehabt, doch ihre Mutter hat kein Geld dafür, sie zur Uni zu schicken. Deswegen hat auch sie, wie die meisten anderen, mit siebzehn zu arbeiten begonnen und tut das jetzt seit drei Jahren. Sie spart immer einen Teil des Einkommens, gibt ihrer Mutter einen Teil und gibt nur sehr wenig aus, sodass sie im Sommer genug Geld zur Seite gelegt haben wird, um sich für die wichtigsten Kurse für ein Lehramtstudium anzumelden. Hier muss man zwei Jahre Grundkurse machen, wenn man die gut abgeschlossen hat, kann man kostenlos weiterführende Kurse besuchen und nach insgesamt fünf Jahren könnte sie an einer Grundschule zu unterrichten beginnen.

Sie müsste nebenbei auch weiterhin in der Fabrik arbeiten, damit sie die Kurse bis zum Ende bezahlen kann, doch sie freut sich, dass es endlich so weit ist und besonders die Beförderung, die sie vor zwei Wochen bekommen hat, hat ihr noch einiges an Extrageld eingebracht.

Eleonora und Davina bedienen nicht mehr nur die Maschinen, die die Verpackungen bedrucken, vor Kurzem wurden sie für die Befüllung der Medikamentenverpackungen eingesetzt, was 20 % mehr Gehalt bedeutet, doch es bedeutet offenbar nicht nur das, was sie gerade herausgefunden hat.

»Es ist nichts, es ist nur extrem heiß heute.« Davina zwirbelt sich ihre dunklen Haare mit den hellen Strähnen, die ihre Nachbarin ihr letzte Woche eingefärbt hat, nach oben, und statt eines Zopfes hat sie nun einen Dutt und auch Eleonora bindet sich ihre dunklen Wellen zu einem Zopf zusammen. Aus hygienischen Gründen müssen sie einen Zopf tragen, doch sie öffnet ihn in der Pause immer.

Davina lächelt sie über den Spiegel an.

Sie ist die verrückte Freundin, die jeder an seiner Seite haben muss. Während Eleonora alles gut durchplant, keine Risiken eingeht, immer zuverlässig ist und selten mal eine Dummheit macht, springt Davina in jedes neue Abenteuer und reißt Eleonora immer mit sich. Nur so erlebt sie auch andere Situationen und ist froh, das genaue Gegenteil von sich an ihrer Seite zu haben.

Auch äußerlich unterscheiden sie sich. Davina hat schulterlange dunkle, glatte Haare mit hellen Strähnen, während Eleonora ihre langen Locken selten schneidet. Sie ist stolz auf ihre Haare. Sie hat nicht diese typischen kleinen Locken wie die meisten Frauen in Puerto Rico, ihre sind größer und fallen eher in Wellen bis zu ihren Schulterblättern hinab.

Davina und Eleonora kleiden sich beide wie fast alle jungen Frauen hier in der Gegend. Sie tragen kurze Shorts und Shirts oder Tops. Sie haben nicht das Geld für eine große Auswahl an Kleidung, aber sie achten sehr darauf, dass sie immer gut und auch sexy gekleidet sind. Doch egal wie sexy Eleonora sich anzieht, Davina wirkt immer ein wenig verruchter, was allein ihren Körperproportionen zuzuschreiben ist.

Eleonora kommt nach ihrer Mutter, sie ist schmal gebaut, hat zwar einen gut geformten, aber nicht ganz so ausgeprägten Hintern wie Davina, die ihr gutes Stück immer besonders betont. Eleonora ist stolz auf ihre Brüste, auch wenn sie nicht sehr groß sind, haben sie eine schöne Form und im Gegensatz zu Davina muss sie keinen BH tragen.

Sie beide haben die typische goldbraune Haut ihrer Eltern, Davina hat dunkelbraune große Augen, während Eleonora eher mandelförmige hellbraune Augen hat. Davina wird nicht müde, ihr zu sagen, wie sehr sie sie um ihre Augen beneidet, während Eleonora sie um ihren Mut beneidet. Sie weiß, dass sie viele ihrer Erfahrungen nur dank Davina gemacht hat und ist dankbar, sie an ihrer Seite zu haben.

Eleonora befeuchtet noch einmal ihren Nacken mit kaltem Wasser und stupst den runden Po ihrer Freundin mit ihrem an. »Lass uns diesen Alptraum hinter uns bringen und dann heute Abend endlich mal wieder feiern gehen. Wir waren lange nicht mehr weg.«

Sie treten in den Flur und laufen mit den anderen Frauen zusammen zu ihren Arbeitsplätzen zurück. »Bist du krank? Wieso willst du freiwillig ausgehen, ohne dass ich dich mindestens eine Stunde lang dazu überreden musste?« Sie geht schnell an dem Büro vorbei, das sie nur noch wütender werden lässt, doch im selben Moment öffnet sich dort die Tür.

»Eleonora. Könntest du kurz noch einmal kommen? Die Lieferung für Montag muss noch aufgestockt werden.«

Sie kneift automatisch die Augen zusammen, während Davina die Augen verdreht. »Für die paar Cent mehr hätte ich mir diese Bestellaufgabe echt gespart, so oft wie dich Benny in sein Büro kommandiert.«

Eleonora seufzt leise auf. Sie hat selten Geheimnisse vor ihrer besten Freundin, doch irgendwie hat sie gespürt, dass das nicht richtig ist und sich noch zurückgehalten und jetzt ist sie dankbar dafür.

Fast schon widerwillig geht sie zu Benny, der sie streng ansieht und sie in sein Büro lässt.

Sobald die Tür geschlossen ist und die Geräusche verstummen, spürt sie seine Hände an ihrer Taille. »Hallo meine Hübsche, ich habe dich die letzten Tage richtig vermisst, als ich in Aquilla war.« Seine Lippen fahren ihren Hals entlang und seine Hände zu ihren Brüsten hoch.

Was denkt er sich eigentlich, wie blind sie ist? Sie wirbelt wütend zu ihm herum, doch bevor sie etwas sagen kann, liegen sofort seine Lippen auf ihren. Er füllt fordernd ihren Mund aus, drängt sie an den Schreibtisch und erst da kann sie ihn von sich schieben.

»Spinnst du eigentlich komplett? Ich habe doch gerade deine Frau und dich zusammen durch die Räume gehen sehen. Alle hier wissen, dass du verheiratet bist und ihr euer zweites Kind erwartet, wann sollte ich davon erfahren?«

Benny greift sich in seine hellen Locken.

'Er ist ein junger Abteilungsleiter, gutaussehend, heller als viele der Männer hier, er stammt ursprünglich aus England, nur seine

Mutter ist aus Puerto Rico und mit ihm zurückgekehrt, als er sechs war.

So viel hat er ihr schon erzählt, seit sie vor zwei Wochen hier in der Abteilung zu arbeiten angefangen hat und sie sich immer näher gekommen sind, während sie täglich zusammen die Listen der neuen Bestellungen durchgegangen sind. Er hat ihr vieles erzählt, dann mussten sie auch mal länger zusammen bleiben und sie waren zusammen essen und haben sich geküsst.

Seitdem genießt Eleonora die kleinen Auszeiten im Büro, doch er hat nie erwähnt, dass er verheiratet ist. Zum Glück sind sie nicht viel weiter gegangen, da sie hier jedes Mal gestört werden können, doch er hatte sie schon wegen einer Dienstreise in der nächsten Woche angesprochen und gefragt, ob sie ihn begleitet.

»Das hat doch gar nichts mit dir zu tun.«

Eleonora schiebt ihn noch weiter von sich und das ziemlich unsanft. »Dass du eine Frau hast, hat nichts mit mir zu tun?« Er zuckt die Schultern. »Komm schon, dir war doch klar, dass wir beide hier nur ein bisschen Spaß haben, ich meine, du hast dir doch nicht wirklich Hoffnung auf mehr gemacht, oder?«

Ja, sie ist nur eine Arbeiterin in dieser Firma, ja, sie kommt aus der ärmsten Gegend San Juans und ja, sie ist einiges gewohnt, doch Eleonora hat Stolz, viel Stolz, und den lässt sie sich von niemandem nehmen. »Nein, doch der Spaß ist ab jetzt vorbei, such dir jemand anderes dafür, die Lücke zu füllen, die in deiner Ehe offensichtlich existiert.«

Ohne sich noch einmal zu ihm umzudrehen, verlässt Eleonora das Büro wieder und geht an ihren Platz. »Das ging heute aber schnell.« Davina hilft ihr, sich den Kittel zuzuschnüren, den sie hier tragen müssen. »Du hast recht, die paar Cent sind all den Stress nicht wert!«

Auch wenn es ihr schwerfällt, beginnt Eleonora sofort, all das weit von sich zu schieben. Das hat sie von ihrer Mutter gelernt:

Trenn dich von allem, was dir nicht guttut. Doch sie ärgert sich über sich selbst. Hat sie sich Hoffnungen gemacht wegen Benny? Nicht wirklich, sie hat nicht auf eine gemeinsame Zukunft gehofft, doch sie hatte auch nicht damit gerechnet, dass sie nur seine kleine Affäre ist.

Noch nie hat sie so den Feierabend herbeigesehnt wie heute und als es endlich läutet und sie alle die Kittel ausziehen, beginnt Davina sofort damit, ihren Abend zu planen. Sie hat recht, Eleonora geht nicht gerne aus, zumindest nicht sehr oft, doch genau jetzt kann sie ein wenig tanzen, laute Musik und Loslassen vertragen.

»Davina, Eleonora, kommt ihr beide noch einmal in mein Büro?«

Benny stellt sich ihnen beim Hinausgehen in den Weg und Eleonora sieht ihm wütend in die Augen. Was hat er vor? Sie begleiten ihn in sein Büro, was Eleonora mittlerweile gut kennt und setzen sich ihm gegenüber.

Er verschränkt die Arme vor der Brust und kratzt sich an seinem Kopf. »Ihr habt die letzten zwei Wochen wirklich gut gearbeitet und ich bin selbst sehr traurig darüber, aber es gibt in eurer alten Abteilung zwei Frauen, die wegen ihrer Schwangerschaft nicht mehr zur Arbeit kommen können und euer Abteilungsleiter dort hat mich gebeten, euch wieder zurückzuschicken.«

Davina neben ihr setzt sich auf, Eleonora kann nicht glauben, was Benny hier gerade abzieht.

»Nein, das kann doch nicht sein. Können Sie niemand anderes dafür nehmen?« Benny lehnt sich zufrieden zurück. »Nein, sie wollten unbedingt euch zurückhaben. Vielleicht klappt das ja nächstes Jahr noch mal.« Eleonora steht auf, garantiert nicht.

Sie verlässt vor Davina das Büro und ist schon fast an der Bushaltestelle, als ihre beste Freundin sie einholt. »Das darf doch nicht wahr sein. Ich habe fest damit gerechnet, mir diese Wohnung in dem Wohnkomplex zu nehmen. Es wird Zeit, dass ich zuhause rauskomme.« Sie kennt die Pläne ihrer besten Freundin, vielleicht wäre das der richtige Zeitpunkt, ihr die kleine Affäre mit Benny zu beichten, doch zwei andere Arbeiterinnen, die bei ihnen wohnen, kommen zu ihnen.

Sie fahren knapp zehn Minuten durch San Juan, bis sie zum Hafen kommen und zu den Vierteln davor, die mit den einfachen und günstigen Wohnungen und Häusern zu den ärmsten Wohngebieten San Juans zählen.

Trotzdem mag Eleonora es hier. Sie laufen an den vertrauten Geschäften vorbei, an ihrer alten Schule entlang, begrüßen einige Nachbarn und Bekannte, laufen durch den kleinen Park, bei dem sie einige Männer treffen, mit denen sie früher zusammen zur Schule gegangen sind und die fragen, ob sie heute Abend ins Pearl, den bekannten Club am Hafen, kommen.

Mittlerweile hat sie gar keine Lust mehr, doch Davina sagt sofort zu. Eleonora weiß, dass sie dort auch auf Chapo treffen wird, ihren Exfreund, mit dem sie fast zwei Jahre zusammen war. Sie geht ihm lieber aus dem Weg. Sie waren noch sehr jung, als sie zusammengekommen sind und die letzten Monate ihrer Beziehung waren der absolute Horror, an den sie nicht gerne zurückdenkt. Doch da sie Davina selbst darauf gebracht hat, feiern zu gehen, kommt sie aus der Nummer leider nicht mehr so schnell heraus.

Sie laufen in die Straße, wo sie beide leben. Davina hat mit ihren Eltern und den drei Geschwistern ein kleines Haus, Eleonora lebt mit ihrer Mutter schräg gegenüber in einer kleinen Wohnung. Davina versucht Nura, eine alte Freundin von ihnen, zu erreichen, die dafür bekannt ist, jeden Abend feiern zu gehen und auf den besten Partys zu sein, doch sie geht nicht ans Handy.

Sie verabreden sich für 22 Uhr, dann fährt Eleonora in den ersten Stock. Ihre Mutter ist nicht da. Sie sieht auf ihrem Handy, dass sie eine Nachricht von ihr bekommen hat, dass sie die Schichten getauscht hat und heute die Nachtschicht im Krankenhaus hat.

Mittlerweile hat sie erkannt, dass sie viel von ihrer Mutter hat. Ihre Mutter ist eine starke Frau. Sie hat Eleonora früh bekommen, von ihrer ersten großen Liebe. Ihr Vater hat aber nie gearbeitet, viel getrunken und war frustriert, dass ihre Mutter das Geld für die Familie verdienen musste und er nichts auf die Reihe bekommen hat. Er hat sie oft geschlagen, Eleonora erinnert sich noch gut daran, obwohl sie erst fünf war, als ihre Mutter ihn endgültig rausgeschmissen hat.

Er war noch einmal bei ihrer Einschulung, danach hat sie ihn nie wieder gesehen und sie hat ihn auch niemals besonders in ihrem Leben vermisst. Ihre Mutter hat immer dafür gesorgt, dass es Eleonora gut geht, dabei hat sie sie aber nie vergessen lassen, wie schwer es ist, im Leben zurechtzukommen.

In der Grundschule gab es einen Tag, an dem sie über die Berufe ihrer Eltern gesprochen haben. Die meisten Eltern der Kinder aus ihrer Klasse hatten nicht einmal eine Arbeit und sie war so stolz, sagen zu können, dass ihre Mutter in einem Krankenhaus arbeitet. Sie hat nicht erwähnt, dass sie dort nur die Flure und Toiletten putzt, es war ihr unangenehm, bis sie älter wurde und ihre Mutter ihr erklärt hat, dass es völlig egal ist, ob man das gekaufte Brot auf einem einfachen Holztisch oder auf einer Marmorplatte zubereitet. Das Wichtigste ist, dass man Brot zum Essen hat.

Sie geht duschen, ihre Wohnung ist sehr klein, aber gemütlich eingerichtet. Sie haben ein Wohnzimmer, in dem sie auch essen und eine kleine Kammer, in der Eleonora schläft. Ihre Mutter schläft im Schlafzimmer, wo auch ihre Schränke und der Wäscheständer stehen. Eine kleine Küche und ein Bad, in dem nur eine Toilette, eine Dusche und ein Waschbecken stehen, für mehr ist kein Platz, doch Eleonora fühlt sich wohl hier.

Alles hier ist von ihnen allein gestrichen und angebracht worden und sie beide sind sehr stolz darauf. Eleonora hat noch Zeit, sie wäscht ihre Haare. Dann geht sie mit einem Handtuch umgebunden in die Küche und wärmt sich das Essen auf, was ihre Mutter gekocht hat.

Sie legt sich sogar noch eine halbe Stunde vor den Fernseher, bevor sie sich dann die Haare trocknet und glättet. Damit wirkt sie gleich ganz anders, sie mag beides an sich, doch wenn sie sich feiner zurechtmacht, trägt sie ihre Haare meist glatt.

Sie benutzt eine neue Creme, die die Haut schön schimmern lässt, zieht sich das schwarze enge Kleid an, was sie letztens von Nura geschenkt bekommen hat, die etwas zugenommen hat und jetzt nicht mehr hineinpasst, bindet sich einige Armbänder um, steckt sich große Creolen an und beginnt sich zu schminken.

Keine von ihnen benutzt viel Make-up. Sie haben schön gebräunte Haut, sie konturiert ein wenig ihr Gesicht, trägt Lidschatten auf, der ihre hellbraunen Augen etwas mehr hervorhebt, zieht sich gekonnt einen Eyeliner-Strich und tuscht sich die Wimpern.

Sie nimmt sich nur ein wenig Geld, ihr Handy und die Schlüssel und macht sich kurz vor zehn Uhr auf den Weg zu Davina, die noch nicht ganz fertig ist und wo sie noch ihr neues Rouge aufträgt. Davina trägt ein enges rotes Kleid. Das letzte Mal, als sie sich feiner angezogen haben, hatte Eleonora furchtbar viele Blasen, deswegen hat sie diesmal nur einfache Ballerinas zum Kleid angezogen, sie will lieber Spaß haben als perfekt auszusehen.

Als sie schließlich im Pearl ankommen, ist die Musik schon so laut, dass man kaum ein Wort versteht. Es riecht nach Zigarettenrauch und anderem Zeug, überall bewegen sich sexy Körper zu den neuesten Hits der Reggaeton-Sänger und auch Eleonora lässt sofort ihre Hüften kreisen.

Samuel, ein alter Schulfreund, kommt zu ihnen, legt den Arm um sie und drückt ihnen jeweils einen Cocktails in die Hand. Zusammen gehen sie zu dem Tisch, wo viele ihrer Freunde aus dem Viertel versammelt sind, auch Chapo ist hier und hat irgendeine Neue auf dem Schoß.

Eleonora beachtet ihn kaum. Er hat sich seit ihrer Trennung sehr verändert. Er hat aufgehört zu trainieren und soll jetzt irgendwelche Geschäfte machen, die ihn einiges an Geld verdienen lassen. Seitdem hat er ständig andere Frauen um sich herum, doch glücklich scheint er nicht zu sein. »Sieh an, wer sich mal wieder blicken lässt.«

Eleonora begrüßt alle, nur Chapo ignoriert sie. Er hat sie betrogen, zweimal. Damals hat es ihr das Herz gebrochen, er war ihr erster Freund, mit ihm hatte sie ihr erstes Mal, sie dachte, das würde ewig halten, nun weiß sie, wie naiv sie damals war. Als sie ihn verlassen wollte, wurde er immer aggressiver. Nur mit Hilfe ihrer Mutter, die schnell gemerkt hat, in was für einer Situation Eleonora sich befindet, hat sie es geschafft, aus alldem herauszukommen, und jetzt fragt sie sich, wie sie es damals so weit kommen lassen konnte.

Doch sie haben dieselben Freunde und es bleibt nicht aus, dass sie sich hin und wieder treffen, da Eleonora aber schnell mit Davina auf der Tanzfläche verschwindet, gehen sie sich auch so gut aus dem Weg.

Die Idee doch wegzugehen, bereut Eleonora keine Sekunde mehr, als sie beginnt, sich im Rhythmus der Musik zu bewegen. Sie lässt den Alkohol in ihrem Körper wirken, schließt die Augen, lässt sich fallen, lacht und beginnt für einige Augenblicke die Schwere des Lebens loszulassen und sich zu amüsieren.

Sie tanzen mit zwei Männern, die sie noch nie gesehen hat, einer greift fest an ihre Hüften und kommt sehr nah, doch das stört sie in diesem Moment nicht, bis der Mann grob von ihr gezogen wird. »Komm ihr nicht zu nah.« Eleonora sieht erschrocken in Chapos wütende Augen, die rot unterlaufen sind. Er muss irgendetwas genommen haben. »Bist du bescheuert?. Ihr seid fast ein Jahr nicht mehr zusammen, komm endlich darüber hinweg.« Davina geht dazwischen und stellt sich zwischen Chapo und dem armen Kerl am Boden.

Der Barkeeper kommt sofort herbeigelaufen und bringt Chapo zurück zu seinem Platz, bevor Eleonora reagieren kann. »Das kann ja etwas werden, wenn der Idiot da ist, wird das Ganze heute noch eskalieren. Darauf habe ich keine Lust, lass uns ...« Sie wendet sich zu Davina um und erkennt erst dann, dass sie eine Nachricht liest.

»Nura ist gerade mit Tanja unterwegs zu den Hügeln. Zwei Freundinnen haben abgesagt und sie fragen, ob wir Lust haben mitzukommen. Sie gehen zu einer dieser angesagten Partys der Silvas. Ich habe gehört, da gibt es die teuersten Drinks, die heißesten Männer und das beste Essen. Der Abend ist gerettet.«

Sie greift nach Eleonoras Hand, doch diese hält ein.

»Silvas? Du meinst die Da Silvas? Die Familia? Ist das nicht gefährlich?« Davina lacht und zieht sie mit sich. »Du wieder, es ist ein Abend. Wir haben ein wenig Spaß und genießen mal diese Seite San Juans. Ein Abend wird schon nicht dein ganzes Leben verändern.«

Kapitel 2

Eleonora ist wirklich froh, aus dem Club herauszukommen, besonders weil sie weiter Chapos aggressiven Blick auf sich gespürt hat. Doch als sie in ein Auto hinter Nura und Tanja einsteigen, ist sie sich doch unsicher, ob sie hier nicht einen Schritt zu weit gehen.

Natürlich hat auch sie von den Partys der Da Silvas gehört. Sie sind legendär. Diese Partys sollen immer sehr heiß, laut und teuer sein. Nur selten gehen Frauen aus ihrer Gegend dorthin, doch wenn mal eine auf einer der Partys war, hat sie immer noch Wochen davon geschwärmt. Auch Eleonora hat sich immer vorgestellt, wie es wäre, einmal solch eine Party zu besuchen, aber sie hatte das niemals ernsthaft vor.

Das sind die Da Silvas.

Jedes Land in Südamerika hat seine Familias: kleine und größere. Eine der größten und mächtigsten sind die Da Silvas. Sie leben hier bei ihnen in San Juan, doch neben einer anderen Familia aus Mexiko sind sie auch weit über die Grenzen Puerto Ricos hinaus am mächtigsten.

Normale Leute wie sie haben nicht viel mit denen zu tun und sind auch froh darüber. Sie betreiben Geschäfte mit Waffen, Sicherheit und anderen Gütern, so genau weiß Eleonora das gar nicht, doch sie weiß, dass sie sehr reich sind. Viel reicher als der Präsident des Landes, der sie sogar schon einmal um ein Darlehen gebeten haben soll. Im Grunde regieren die Familias die Länder, die Präsidenten sind nur eingesetzt, um das nicht zu sehr nach außen zu tragen.

Eleonora sieht hin und wieder die teuren Autos der Familia am Hafen, dann macht sie sofort einen Bogen um den Platz. Sie kann sich noch an einen Tag erinnern, als ihre Mutter und sie frischen Fisch kaufen waren. Sie war vielleicht zehn oder elf Jahre alt.

Sie mussten an einem Platz entlang, wo mehrere Männer mit Waffen um ein Boot standen. Man hat gehört, dass irgendetwas auf dem Boot passiert ist, doch ihre Mutter hat sie ermahnt, nicht dorthin zu sehen. Als Eleonora gefragt hat, wieso nicht und was da los sei, hat ihre Mutter gesagt, dass diese Männer zu den Da Silvas gehören und man denen am besten aus dem Weg geht.

Daran muss sie jetzt denken, als sie die Hafengegend verlassen und in Richtung der Hügel fahren, wo ein ganzes Stadtgebiet den Da Silvas gehört.

»Wieso fahren wir nicht einfach in einen anderen Club?« Tanjas Auto ruckelt ziemlich, es wirkt nicht so, als würde es noch lange fahren. Davina und Eleonora sehen schon sexy und zurechtgemacht aus, Nura und Tanja toppen das Ganze aber noch. Nura trägt nur ein enges Top, eine Shorts und ein Bikinioberteil und Tanja ein Kleid, was so kurz ist, dass es auch als Top durchgehen würde.

»Ich habe Bescheid bekommen, dass die Da Silvas heute einen neuen Geschäftsdeal feiern, und das bedeutet, dass es eine gute Party wird. Vertrau mir, wenn du das siehst, willst du nie wieder in einen Club.«

Davina reibt sich aufgeregt die Hände. Eleonora sieht zu, wie immer teurere Häuser an ihnen vorbeiziehen. »Aber ich meine, das sind die Silvas. Ist das nicht gefährlich?«

Tanja lenkt das Auto so zielstrebig, dass Eleonora sich sicher ist, dass sie bestimmt nicht das erste Mal bei den Da Silvas im Gebiet ist. »Ach, das denken die meisten Leute doch nur. Kennt ihr einen der Silvas persönlich?« Nura, Davina und sie schütteln den Kopf und Tanja atmet tief aus, als käme nun die wichtigste Lektion ihres Lebens.

»Die Da Silvas sind eine große Familia. Seit einigen Jahren führen Diego und Dario Da Silva die Familia an. Neben ihnen gehören noch einige Cousins und gute Freunde zum Kreis der Anführer. Sie sind garantiert gefährlich, doch nicht für uns. Sie wollen ihren Spaß und wir wollen ihn, wir haben ein paar schöne Stunden, und wenn man Glück hat und man gefällt einem von ihnen besonders gut, sieht man sie vielleicht auch mal öfter. Ich kannte eine, die hat mehrere Monate einen Cousin von Dario und Diego getroffen.

In der Zeit hat sie die besten Restaurants besucht, teuren Schmuck bekommen und war auf Hawaii. Das Einzige, was wir beachten müssen ist, den Frauen der Familia aus dem Weg zu gehen. Sie hassen es, wenn die Männer feiern, sonst haben wir einfach nur unseren Spaß. Die Männer sind alle durchtrainiert. Das müssen sie sein, ich habe gehört, sie müssen täglich trainieren. Sie sind alle gepflegt und haben viel Erfahrung und ich sage euch, gefährlich kann auch sehr sexy sein.«

Tanja lacht und Eleonora schluckt schwer, als plötzlich die Straße zu einem Hügel hochführt und auf dieser einzigen Straße, mehrere Männer vor einer Schranke stehen, die ihnen den Weg versperrt.

Tanja fährt heran und Eleonora setzt sich gerade hin. Die Männer sind alle sehr breit, sie tragen viele Tattoos und sie erkennt in fast jedem Hosenbund eine Waffe.

Tanja lässt das Fenster herunter.

»Kommt ihr zur Party?« Einer der Männer sieht ins Auto, ein anderer öffnet ihren Kofferraum. »Ja.« Auch wenn es sehr schnell geht, hat der Mann blitzschnell alles im Auto erfasst. Davina muss sogar ihre Handtasche öffnen, dann klopft er auf den Kofferraum. »Willkommen bei den Silvas.«

Nun schlägt Eleonoras Herz noch schneller, als sie die Straße hochfahren. Es stehen hier einige einfache Gebäude und Lagerhallen, dann kommen sie zu einer weiteren Sperre, wo ein weiterer Mann nur kurz ins Auto guckt. Als sie dann weiterfahren, sehen sie die ersten Villen, sie beeindrucken Eleonora sofort. Es sind schöne helle Häuser mit gepflegten Gärten, doch je weiter sie fahren, desto größer werden die Häuser.

Hier gibt es mehrere Straßen und viele Häuser, einige Plätze mit Brunnen und auch einige Hallen. Sie sieht eine Straße, die noch weiter den Hügel hochgeht, die noch einmal von Wachen gesichert wird, doch sie fahren in eine andere Straße, wo eine der größten Villen steht, die sie bisher gesehen hat. Man hört schon jetzt laute Musik, überall hängen Lampions und die Villa ist hell beleuchtet.

»Das ist das Gemeinschaftshaus, hier werden die Partys gefeiert und auch Besprechungen abgehalten. Sie haben hier einen riesigen Besprechungstisch und alles, was ihr hier drin seht, ist sehr teuer, also amüsiert euch, genießt diese sexy Männer, aber passt auf.«

Sie hält und alle steigen aufgeregt aus, nur Eleonora bleibt noch einen Augenblick sitzen, bis Davina an die Scheibe klopft. »Komm schon, Angsthase, heute ist unsere Nacht, niemand hier kennt uns. Wir haben einfach mal richtig Spaß und morgen geht unser normales Leben weiter.«

Eleonora schließt die Augen. Sie hat recht, vielleicht ist genau jetzt der Zeitpunkt, einfach mal unvernünftig zu sein.

Deswegen folgt sie den dreien auch ins Haus und kommt aus dem Staunen nicht mehr heraus. Alles hier ist aus Marmor, mit teuren Möbeln und edlen Fliesen. Eleonora hat noch nie ein so schönes Haus gesehen.

Sie sieht sich begeistert um, während sie durch einen Eingangsbereich, eine Küche, einen Wohnraum mit vielen Couchen in einen Garten treten. Überall laufen breite Männer herum, zwar tragen nur wenige von ihnen Waffen, doch fast alle haben Tattoos und auch so etwas Gefährliches an sich, auch wenn sie alle gut gelaunt sind und Spaß haben.

Hier sind überall sexy Frauen, die Musik ist laut, es wird geraucht und getrunken und es riecht nach leckerem Essen. Der Garten ist riesig, mitten drin ist ein großer Pool, in dem einige Frauen und Männer schwimmen. Davina und Eleonora sehen sich begeistert an. Sie waren noch nie in einem Pool, immer nur im Meer.

Wenn Eleonora ausblendet, dass das hier alles Männer der Silvas sind, ist das wirklich die beste Party, die sie je gesehen hat. Tanja besorgt ihnen allen leckere Cocktails, sie essen Erdbeeren mit Schokolade und dann gegrillten Fisch und Eis, bevor sie mit vielen anderen tanzen.

Eleonora schließt die Augen, überall sind sexy Körper, sie wird berührt, doch es fühlt sich nicht schlimm an. Davina und sie tanzen und haben Spaß, zwei Männer tanzen mit ihnen und auch wenn sie sehr eng tanzen, kommen sie nicht so nah, dass es Eleonora unangenehm wäre.

Auch wenn es schon mitten in der Nacht ist, ist es sehr heiß. Davina und sie sehen immer wieder zum Pool, sie trinken bereits ihren dritten Cocktail, als Davina das Kleid ablegt und Eleonora sie davon abhalten will. »Alle hier tragen Unterwäsche, kein Mensch merkt, ob das ein Bikini ist oder nicht.« Und schon ist ihre beste Freundin im Wasser.

Eleonora bleibt vor dem Becken stehen. Der Mann, der mit Davina getanzt hat, ist auch im Pool und kommt gleich zu ihr geschwommen. Sie sieht sich um und entdeckt Nura um einen Tisch sitzen mit einigen anderen Frauen und Männern. Tanja ist auf der Tanzfläche.

Einen Moment denkt Eleonora wirklich darüber nach, auch in den Pool zu springen, doch dann setzt sie sich lieber zu Nura auf einen noch freien Stuhl. »Noch so eine Schönheit, spielst du mit?« Ein Mann spricht sie an und zwinkert ihr zu. Er hat leicht gelockte braune Haare und einen Dreitagebart, auf seine Schläfe ist ein Kreuz tätowiert.

»Nein, danke. Ich sehe nur zu.« Eleonora versucht zu lächeln und sieht erst jetzt, in was für einer Runde sie hier sitzt. Sechs Männer spielen Karten, Nura spielt mit und eine Frau sitzt bei einem der Männer auf dem Schoß. Eleonora lehnt sich zurück, sie spürt einige Blicke auf sich und sieht zum Pool, vielleicht sollte sie doch lieber zu Davina, doch dann werden Karten ausgeteilt und alle konzentrieren sich wieder auf die Karten, die sie haben.

Eleonora sieht sich weiter in dem großen Garten um. Nura kneift sie in den Oberschenkel und zeigt ihr, was für ein Blatt sie hat. Sie spielen das Kartenspiel, was fast alle hier in Puerto Rico spielen und in ihren Kreisen ist es kein Geheimnis, dass Eleonora es sehr gut beherrscht. Ihr Vater hat das früher immer mit ihr gespielt. Er hat damals viel Geld im Casino verspielt, aber auch manchmal gewonnen und Eleonora viele Tricks gezeigt, und auch wenn sie vieles, was ihren Vater betrifft, vergessen hat, so erinnert sie sich daran noch genau.

Sie sieht auf die Karten und zeigt Nura an, was zu tun ist, dann nimmt sie Nuras Cocktail und leert diesen, die diese Runde dank Eleonora gewinnt und laut loslacht, als alle sie verwundert ansehen. Sie hilft ihr auch die nächsten zwei Runden, bis eine raue Stimme sie dazu bringt, den Blick zu heben und sich die Runde, in der sie sitzt, genauer anzusehen.

»Ich glaube, deine Freundin sollte sich mal eine Runde zu mir setzen, ich will auch etwas von diesem Glück abhaben.«

Eleonora sieht hoch und in ein paar dunkle Augen, die sie abschätzig ansehen. Sie muss lachen und auch Nura lacht. »Von mir aus, ich schaffe das auch ohne sie.« Sie stupst Eleonora an und deutet ihr, sich umzusetzen. Nun sehen alle zu ihr, sie steht auf und geht zu dem Mann, der sie angesprochen hat. Ein Mann neben ihm steht extra auf, um Eleonora zu ihm zu lassen.

Sobald sie sich gesetzt hat, umhüllt sie sein frischer Duft, sie hat sofort seine schönen dunklen Augen bemerkt, jetzt sieht sie den Mann genauer an.

Wie alle hier ist auch er sehr durchtrainiert. Er trägt ein weißes Shirt, unter dem man seinen massigen Bizeps gut erkennt. Auf seinem Unterarm ist schwungvoll Da Silvas eintätowiert und er ist noch ein klein wenig dunkler als Eleonora, wenn auch nicht viel. Er hat kurze dunkle Haare und einen leichten Dreitagebart. Er hat ein hübsches Gesicht, schön geschwungene Lippen und dunkle Augen, die genau darauf achten, wie die Karten gemischt werden. Eleonora sieht sich in der Runde um, er ist definitiv der hübscheste Mann hier, einen Platz weiter sitzt ein Mann, der ihm ähnlich sieht, doch der ist mit der Frau auf seinem Schoß beschäftigt.

Die Karten werden ausgeteilt und Eleonora rückt ein wenig näher an den Mann heran, um seine Karten zu sehen. Er hat schöne große Hände und wendet sich zu ihr um. »Und? Bringst du mir auch Glück?« Als er ihr in die Augen sieht, trägt er ein sexy Lächeln im Gesicht. Er ist ein wirklich schöner Mann und einen Moment ist sie aus der Fassung gebracht, doch nur einen kurzen Augenblick.

Sie sieht auf sein Blatt und deutet ihm die Karten, die er legen sollte. »Leg die zuerst.« Er sieht selbst zu seinen Karten und zeigt ihr zwei andere. »Sollte ich nicht damit beginnen?« Das würden die meisten, das ist ja der Fehler. »Du musst mir schon etwas vertrauen für dein Glück.« Nun muss Eleonora lächeln und der Mann sieht ihr wieder in die Augen. »Na gut, dann tue ich das mal.«

Er macht, was sie gesagt hat und tatsächlich gewinnt dieses Mal er diese Runde. Nura lacht wieder auf. »So das reicht, mein Glück muss zurück zu mir.« Die große Hand des Mannes legt sich auf Eleonoras Oberschenkel, doch anstatt dass es sich unangenehm anfühlt, da sie den Mann nicht kennt, kribbelt es in ihrem Magen bei dieser besitzergreifenden Geste und der Nähe des Mannes. »Nein nein, dieses Glück bleibt jetzt schön bei mir.«

Sie hat nichts dagegen. Sie rückt sogar noch etwas näher und die Hand des Mannes ruht weiterhin auf ihrem Oberschenkel, während sie ihm hilft. Er beugt sich immer wieder zu ihr und Eleonora flüstert ihm auch etwas ins Ohr, obwohl sie sonst nie so schnell jemanden an sich heranlässt, mag sie diese Nähe. Der Mann gefällt ihr, sehr sogar, und diese Mischung der Leichtigkeit des Alkohols in ihrem Kopf, der Gefahr, die der Mann trotz seines guten Aussehens ausstrahlt, das Neue, all das wirkt sehr anziehend auf sie.

Eleonora hat nicht geahnt, dass sie diese Seite in sich hat. Sie bekommt noch einen Cocktail, sie essen Chips und kleine Shrimpsspieße, sie beachtet die anderen Männer kaum und merkt auch erst sehr spät, dass Nura gar nicht mehr am Tisch sitzt. Sie lachen viel, auch ihm scheint diese Nähe zu gefallen und dass er alle anderen am Tisch verärgert, weil er ständig gewinnt.

Als er sich wieder zu ihr beugt und seine Hand noch auf ihrem Oberschenkel ruht, kann sie kaum glauben, dass sie sich seiner Hand sogar ein wenig entgegenstreckt. Er sieht ihr in die Augen und sie erkennt darin genau die Neugierde, die sich auch in ihrem Bauch aufbaut, je näher sie sich kommen. Dieser fremde Mann sieht sie an, wie sie es vorher noch niemals erlebt hat.

»Du hast wunderschöne Augen, hat dir das schon jemals jemand gesagt?« Sie lächelt über sein Kompliment und will ihm ins Ohr flüstern, was er tun soll, doch beugt er sich in dem Moment noch mehr zu ihr. Seine Hand rutscht höher und ihre Lippen sind so dicht voreinander, dass sie schluckt, als er sich vorbeugt und sie küsst.

Es ist ein einfacher Kuss, doch er trennt die Lippen und küsst sie gleich noch einmal. Genauso anziehend wie er auf sie wirkt, sind seine Küsse. Sie seufzt leise auf, als er ihre Lippen wieder trennt und frech grinst. »Wie heißt du eigentlich, Glücksbringer?« Sie sieht auf seine Lippen, als er sich zurückzieht. »Eleonora.« Er setzt an, noch etwas zu sagen, doch der Mann vor ihm fordert ihn auf, sein Blatt zu legen.

Sie zeigt ihm noch einmal, was er legen soll und steht dann auf, um wieder einen klaren Kopf zu bekommen, sie murmelt etwas von der Toilette und geht ins Haus, wo sie wirklich neben der Küche eine kleine Gästetoilette findet. Sie befeuchtet ihr Gesicht mit Wasser.

Was ist bloß los mit ihr? Sie ist hier auf der Party von den Silvas und küsst einen fremden Mann. Sie weiß nicht einmal, wer er ist, doch es fühlt sich alles viel zu gut an. Seit wann trägt sie diese Seite in sich?

Schockiert über sich selbst verlässt Eleonora das Bad wieder und stößt zu Tanja, die in einem der Kühlschränke nach Limonade sucht. »Ich habe schon zu viel getrunken, ich brauche Cola.« Sie hilft ihr. »Gute Idee.« Es klackert hinter ihnen und eine wütende Frau taucht auf. Sie trägt eine feine Hose, ein weißes Shirt und einen hohen Zopf. Sie ist wunderschön und man sieht ihr an, dass sie viel Geld hat.

»Hat euch Chicas keiner gesagt, dass ihr hier im Haus nichts zu suchen habt? Verschwindet.« Eleonora kann nicht glauben, wie abfällig die Frau mit ihnen spricht und setzt an, etwas zu sagen, doch Tanja hat schon eine Dose in der Hand und zieht sie mit sich.

»Was bildet sich die Frau ein, was bedeutet bitte Chica, ich meine …?« Tanja reicht ihr die Dose und sie gehen zurück in den Garten. »Das war eine der Frauen der Silvas, für sie sind wir nur billige Chicas. Vergiss es!«

Sie trinkt einen Schluck und reicht Tanja die Dose, da steht plötzlich der Mann wieder vor ihr und sieht ihr in die Augen. »Hier bist du. Sobald du weg warst, hatte ich kein Glück mehr.« Eleonora muss lachen und zuckt die Schultern. »Ich kann nicht ewig bei dir bleiben, wie heißt du eigentlich?« Nun lacht der Mann auf und sieht ihr in die Augen. Er scheint verwundert zu sein, dass sie das nicht weiß.

»Dario … Dario Da Silva.«

Eleonora spürt, wie ihr Lachen aus dem Gesicht gleitet, sie hat nicht nur einen Mann der Silvas geküsst, nein, sie hat den Anführer der Silvas geküsst.

»Da bist du ja, du bist ja immer noch viel zu trocken.«

Ohne Vorwarnung taucht plötzlich Davina auf und zieht Eleonora mit in den Pool. Sie taucht ins kühle Nass und dann erschrocken wieder auf.

»Bist du wahnsinnig?« Sie muss lachen und spritzt ihrer besten Freundin Wasser ins Gesicht, die sich kaum mehr halten kann vor Lachen. Eleonora ist klitschnass. Sie schwimmt zum Ende des Pools und will herausklettern, da wird ihr eine Hand hingehalten, die sie bereits kennt. Sie ergreift Darios Hand und lässt sich aus dem Pool helfen.

Nun steht sie da, klitschnass, ihr Kleid klebt an ihr, ihre Haare triefen vor Nässe, zum Glück ist die Wimperntusche wasserfest. Dario betrachtet sie von oben bis unten. »Ich fühle mich verpflichtet, dir als Dank für deine Hilfe da herauszuhelfen, soll ich dich nach Hause bringen?« Sie lacht und wringt ihre Haare aus. »Erst einmal würde ein Handtuch genügen.« Dario tritt zur Seite und deutet ihr, mit ihm mitzukommen.

Eleonora folgt ihm, davor streift sie sich aber die nassen Ballerinas von den Füßen. Sie tropft den edlen Marmor im Haus voll und entschuldigt sich bei Dario, der nur grinst und sie zu einer Treppe führt. Er bringt sie ins obere Stockwerk und in das erste Zimmer, dort geht er in das angrenzende Bad und reicht ihr zwei weiche große Handtücher heraus.

Sie kann nicht anders, sie sieht sich fasziniert um. Sie steht auf einem weichen Teppich, vor einem riesigen Bett. Das, was sie vom Bad sehen konnte, war der pure Luxus und ein großer Kleiderschrank geht auch von dem Zimmer ab. »Ist das dein Schlafzimmer?« Dario setzt sich auf den Rand des Bettes, während sie sich die Haare trocknet.

»Nein, mein Haus ist weiter oben. Das ist eines der Gästezimmer hier.« Sie nickt und er deutet auf ihre Haare. »Was passiert mit deinen Haaren?« Er trägt wieder dieses anziehende Grinsen im Gesicht und Eleonora lässt die Locken durch ihre Finger gleiten, die sich durch die nassen Haare wieder bilden. »Ich habe eigentlich

Locken.« Er lehnt sich entspannt zurück und stützt sich auf seinen Händen ab. »Steht dir noch besser.«

Eleonora lächelt, es ist dunkler hier im Raum, sie können sich genau erkennen durch das Licht vom Garten, doch durch das etwas Dunkle und die nicht ganz so laute Musik wirkt die Luft zwischen ihnen plötzlich sehr geladen.

Eleonora hat sich noch niemals zuvor so von einem Mann angezogen gefühlt. Sie kennt ihn kaum, doch er ist sehr sexy und anziehend. Es ist wahrscheinlich alles, die neue Situation, das Verbotene, der Alkohol – sie, die Vernünftige, schiebt all das von sich und hört auf ihren Bauch, der sich sehnsüchtig zusammenzieht, als sie seinen Blick auf sich spürt.

Er deutet auf den Schreibtisch, wo weitere Handtücher und zusammengefaltete Shirts liegen. Sie nimmt eines, es ist viel zu groß und würde ihr eher als Kleid dienen, es ist auf der Brust mit Da Silva bedruckt, doch sie hat jetzt nicht viel Wahl.

Sie sollte sich ins Bad zurückziehen, vernünftig sein, doch das erste Mal in ihrem Leben ist sie das nicht. Sie zieht sich das klebende Kleid aus, dabei lässt sie Dario nicht aus den Augen. Sie liebt seinen Blick auf sich, und als sie in Unterwäsche vor ihm steht, deutet er ihr, zu ihm zu kommen. Wie von selbst bewegen sich ihre nackten Füße zu ihm und als seine Hände ihren Po umfassen und unter ihren Slip wandern, ahnt sie, dass sie das, was sie gleich tun wird, noch niemals getan hat und dass sich noch niemals etwas so angefühlt hat.

Dario küsst sie, doch nicht mehr so wie am Tisch, er küsst sie verlangend und Eleonora ihn genauso zurück. Sie schmiegt sich enger an ihn, er schmeckt zu gut, sie seufzt auf, als er den Kuss kurz trennt und zieht ihm sein Shirt aus. Noch niemals hat sie solche Muskeln unter ihren Händen gespürt.

Sie beenden den nächsten Kuss, ihre Lippen fahren seinen Hals entlang, sie bemerkt eine große Narbe an seiner Schulter, küsst über das Kreuz auf seiner Brust und er lehnt sich zurück, nachdem er ihren BH geöffnet hat.

»Ich habe das Gefühl, dass du nicht so bist wie die anderen Frauen hier.« Eleonora lächelt, als sie sich auf ihn setzt und er über ihre Brüste streicht. »Eigentlich nicht, doch heute schon!« Sie beugt sich vor und küsst ihn. Sie kann nicht aufhören, diesen Mann zu berühren, zu schmecken und seine erfahrenen Hände zu genießen.

Dario ist ein hübscher Mann, ein sehr hübscher Mann, und er zeigt ihr, dass er auch sehr erfahren ist. Noch niemals hat Eleonora einen Mann so begehrt und so genossen wie Dario. Sie kann nicht genug von seinen Küssen und Berührungen bekommen, sie lässt sich vollkommen fallen, obwohl sie ihn nicht kennt.

Sie beide atmen schwer, als sie sich genießen, und als Dario sie dann endlich vereint, stöhnt Eleonora laut auf. Sie kennt sich so nicht, doch sie liebt all das in diesem Moment viel zu sehr. Sie genießt ihn, die Art, wie er sie liebt, und als sie danach ihren Kopf an seine Brust legt und beide versuchen, wieder zu Atem zu kommen, spürt sie seine Lippen an ihren Haaren.

Sie will ihm sagen, dass sie wirklich sonst nicht so ist und dass all das sich trotzdem fantastisch angefühlt hat, doch bevor sie dazu kommt, hören sie jemanden von unten laut seinen Namen rufen. Er flucht und steht auf, zieht sich seine Jeans und sein Shirt über und Eleonora kann ihn noch einmal genau betrachten. Er sieht ihr in die Augen. »Warte hier, ich will noch mehr über dich erfahren.«

Noch immer außer Atem steht sie auf und will ins Bad, um sich frisch zu machen. Sie zieht das Shirt über und ihren Slip, das Shirt ist wie ein Kleid für sie. Sie geht auf die Toilette, als sie sich dann wäscht, fällt ihr ein, dass sie ihre Tasche gar nicht hat.

Schnell geht sie nach unten, wo sie fast in Tanja, Nura und Davina hineinläuft, die alle genau wie sie zu viel getrunken haben. Tanja hält eine Flasche mit teurem Champagner und einigen Pappbechern hoch und Davina Eleonoras Tasche. »Hier bist du ja, die

Sonne geht gleich auf. Die Party ist langsam vorbei, lass uns den Sonnenaufgang am Hafen feiern.«

Sie ziehen sie aus dem Haus zurück zu Tanjas Auto. Einen Moment denkt sie daran, Dario wenigstens noch ihre Nummer zu geben, doch dann lächelt sie ein weiteres Mal am heutigen Tag über ihre Naivität.

Dario Da Silva.

Sie hatten Spaß, viel Spaß, Eleonora wird das, was sie gerade hatten, wahrscheinlich niemals wieder vergessen, noch immer bebt ihr Körper allein beim Gedanken an seine Küsse, doch sie weiß, dass er das morgen schon wieder vergessen hat. Er ist Dario da Silva und sie nur eine Frau aus dem Hafenviertel. Sie nickt und nimmt Tanja die Flasche ab.

»Auf geht's, zurück in unsere Welt.«

Kapitel 3

»Was ist los?«

Genervt geht Dario zu der Gruppe, die sich um den Pool herum gebildet hat. Wie so oft in letzter Zeit stehen Barim und Nicky sich gegenüber und werden von seinem Bruder Diego und Sergeo auseinandergehalten.

»Ihr beiden schon wieder? Was ist los mit euch? Könnt ihr nicht einmal mehr zusammen auf einer Feier sein? Und wieso ruft ihr mich? Bekommt ihr das nicht alleine hin?« Sergeo lässt Nicky los. »Er hat dich gerufen.« Nicky ist außer sich vor Wut. Er sieht nicht einmal zu ihm, er lässt Barim nicht aus den Augen, der ein fieses Grinsen im Gesicht hat. Die Frauen um sie herum weichen zurück, einige gehen, die Party ist somit offenbar vorbei.

»Mir reicht es, Dario, entscheide, wer von uns beiden in der Familia bleibt, zusammen geht es nicht mehr, sonst werde ich ihn töten.«

Dario reibt sich über das Gesicht, verdammt, das hier bringt ihn gerade wieder voll runter. »Ist das euer Ernst? Habe ich es hier mit Silvas oder mit irgendwelchen pubertierenden Teenies zu tun? Wenn ihr aus der Familia rauswollt, geht, keiner hält euch auf, ansonsten reißt euch zusammen. Wir haben genug Feinde, wir können keine in der eigenen Familia gebrauchen.«

Ohne weiter auf die Männer zu achten, läuft er zurück ins Haus.

Gerade noch hat er einen drei Millionen Dollar-Deal mit einer Guerilla-Gruppe abgeschlossen und im nächsten Moment muss er seine Männer auseinanderhalten. Manchmal hat er das Gefühl, der Leiter eines Irrenhauses zu sein. So viele Männer mit zu viel Macht und Kraft im Zaum zu halten, ist nicht immer leicht.

Er geht zurück ins Zimmer. Das hier ist noch nicht beendet.

»Hör mal ...«

Das Zimmer ist leer.

Dario flucht auf. Noch immer liegt der süße Duft von dieser Eleonora im Raum, auch an sich kann er ihn noch riechen. Auf dem Boden liegen ihr Kleid, ihr BH und die nassen Ballerinas.

Sie ist garantiert wieder in den Garten gegangen. Er geht ans Fenster und sucht den Garten nach ihr ab. Dabei muss er über sich selbst den Kopf schütteln.

Eigentlich hatte er gar keine Lust auf diese Party, sie sind viel zu spät vom Flughafen zurückgekommen und er wollte nur noch ins Bett nach den letzten Tagen und all diese anstrengenden Verhandlungen hinter sich lassen. Sie haben oft schwere Geschäftspartner, aber mit diesen Leuten war es sehr anstrengend und Dario hat das Gefühl, dass da noch Ärger auf sie zukommen wird.

Trotzdem hat er dann Diego und Adrian auf die Party begleitet, die diesen großen Deal feiern soll. Dario hat sich an den Tisch zum Kartenspielen zurückgezogen, er war zu müde, um richtig zu feiern, doch ihm ist schon beim Betreten des Gemeinschaftshauses die hübsche Frau mit den herausstechenden Augen beim Tanzen aufgefallen.

In Nächten wie diesen laufen viele schöne Frauen hier herum und sie können sich eine aussuchen, doch diese Frau hat seinen Blick sofort auf sich gezogen.

Sie ist zierlich und doch hat ihr Körper sich gekonnt zur Musik bewegt, und auch wenn die Frauen um sie herum viel üppiger gebaut waren, hat sie alle Blicke auf sich gezogen. Einige Männer haben sie betrachtet, während sie mit ihren Freundinnen getanzt hat, doch wie hübsch sie wirklich ist, hat Dario erst richtig gesehen, als sie sich plötzlich ihm gegenüber gesetzt und ihrer Freundin beim Kartenspielen geholfen hat.

Ihr Gesicht ist wunderschön, sie hat hellbraune mandelförmige Augen, die aus ihrem schmalen Gesicht stark herausstechen. Dann diese kleine Nase und ihre Lippen, die sich zu einem süßen

Lächeln verzogen haben, wenn ihre Freundin und sie wieder einmal gewonnen haben.

Dario ist darauf trainiert, Kleinigkeiten in Sekundenschnelle zu erfassen. Er hat das kleine Muttermal an ihrer Schulter sofort bemerkt, genau wie die Falte, die sich auf ihrer Stirn bildet, sobald sie zu grübeln beginnt.

Als er sie dann zu sich geholt hat, konnte er ihren süßen Duft wahrnehmen und wie zart und schlank ihre Arme und Finger sind. Sie ist eine wunderschöne Frau, und die Art und Weise, wie sie sich immer wieder umgesehen hat, hat ihm, auch wenn sie sich wirklich zu amüsieren schien, gezeigt, dass sie nicht wie die anderen Frauen hier ist. Er hat sie vorher auch noch nie auf ihren Partys gesehen.

Er hat oft seinen Spaß mit einer der Frauen auf diesen Feiern, um ein wenig abzuschalten, doch er hatte es bei Eleonora nicht vor. Zumindest wollte er erst mehr über sie herausbekommen, doch als sie dann vor ihm stand, nur noch in Unterwäsche und er ihren sexy Körper gesehen hat, hat sein Verstand sich verabschiedet.

Sie haben kaum mehr als zehn Worte miteinander gesprochen und doch hat Dario das Gefühl gehabt, jemand ganz Besonderen in seinen Armen zu halten, als sie dann miteinander geschlafen haben. Er weiß nicht, ob er es schon jemals so genossen hat, eine Frau zu spüren und er will das, was er eigentlich vorhatte, jetzt unbedingt weiterführen. Er muss mehr über diese Frau erfahren.

Doch er findet sie nicht mehr, weder sie noch ihre Freundinnen. Kopfschüttelnd sieht er zu den Schuhen, sie scheint barfuß und im Da Silva-Shirt mit ihren Freundinnen gegangen zu sein. Er muss leise lachen, das wird er so schnell garantiert nicht vergessen.

Als er wieder nach unten und in den Garten kommt, geht Sergeo gerade mit einer Frau im Arm ins Haus. Der Garten wird immer leerer. »Sag mal, diese beiden Frauen beim Kartenspielen, kennst du eine von denen?« Sergeo schüttelt den Kopf. »Nein, keine

Ahnung, wer die eingeladen hat, hab die hier auch noch nie gesehen.«

Er lässt seinen Cousin mit der Frau weitergehen und sieht sich noch einmal im Garten um. Als er Nicky mit hängendem Kopf und etwas zu rauchen im Mund am Pool sitzen sieht, geht er zu ihm und setzt sich neben ihn.

»Was soll das, Nicky, du machst doch sonst keine Probleme. Was ist mit Barim und dir passiert, ihr habt euch doch früher so gut verstanden? Du denkst doch nicht echt daran, uns zu verlassen?«

Nicky hält Dario die gedrehte Zigarette hin und Dario nimmt auch einen Zug. Er spürt, dass Nicky ihm all das gar nicht sagen möchte, doch dann gibt er sich einen Ruck und räuspert sich.

»Weißt du noch, die Frau, die ich letztens mit auf die Hochzeit deiner Cousine gebracht habe, die mit den blonden Locken? Für mich war das mehr als das, was wir hier mit den Chicas haben und das wusste jeder. Selbst du hast mich gefragt, was da los ist. Sie ist eine gute Frau, hat einen kleinen Laden, ich mag sie …«

Man hört selten solche Töne von einem Mann aus der Familia, sie haben alle viel zu viel Spaß mit Frauen, aber wenn man jemanden so reden hört, dann meint er es meist ernst. »Aber das ist doch gut. Wo liegt dann das Problem?«

Dario gibt Nicky die Zigarette wieder. Das Zeug darin ist stark.

»Barim hat mich nur ausgelacht und gesagt, dass sie genau wie alle anderen Frauen eine Schlampe ist und mir drei Tage später Nacktbilder von ihr geschickt. Er hat sie dazu gebracht, mit ihm ins Bett zu gehen, um mir zu beweisen, dass sie es nicht wert ist.«

Barim hatte schon immer nur Blödsinn im Kopf.

»Und sie ist mit ihm …?« Nicky schnippst die Zigarette weg. »Offenbar, die Bilder waren eindeutig. Sie hat versucht, mit mir zu reden und gesagt, sie wollte das alles nicht, doch wegen ihr stehe ich jetzt vor allen als Idiot da, der dachte, mal eine Frau getroffen zu haben, die anders ist. Am Ende denken sie alle nur ans Geld.

Frauen machen nur Probleme, mach einen weiten Bogen um sie. So wie ich es bisher bisher getan habe, war es genau richtig. Hab deinen Spaß, genieße sie, aber lass sie nicht zu nah an dich ran, sodass sie dir schaden können.«

Adrian kommt zu ihnen und setzt sich neben Nicky.

»Du sagst es. Frauen machen nur Probleme.«

Dario lacht auf und lehnt sich zurück.

Die Sonne geht über ihnen auf und er sieht dem neuem Tag entgegen, dabei trägt er noch immer den süßen Duft der Frau in der Nase, von der er nicht einmal weiß, ob er sie jemals wiedersehen wird.

»Was war denn vorhin mit Ayla los?« Adrian schnauft laut auf. »Wie immer, sie ist hier reingeplatzt und hat eine Szene gemacht, dabei war neben mir weit und breit keine Frau. Soll ich jetzt jedem Mann in der Familia verbieten, Kontakt zu Frauen zu haben, damit es ihr besser geht? Vertrau mir, Dario, bleib so lange du kannst von diesen ganzen Sachen wie einer festen Freundin, heiraten und all dem fern, es macht alles unnötig kompliziert.«

Dario steht auf und sieht den beiden in die Augen.

»Ich habe nichts anderes vor und mich braucht keiner zu warnen, mir geht es gut. Wenn, dann muss man sich um euch Sorgen machen. Geht schlafen. Übermorgen kommen die Mexikaner und das wird nicht weniger anstrengend als das, was gerade hinter uns liegt.«

Er wendet sich ab, um zu seinem Haus zu gehen. Vor dem Gemeinschaftshaus steht Barim mit zwei anderen Männern und raucht eine Zigarette, dabei lacht er laut auf, er sieht Dario nicht kommen, der ihn grob beiseite nimmt und ihn ernst ansieht.

»Wieso tust du so etwas, Barim? Was soll das? Willst du unbedingt Streit innerhalb der Familia auslösen? Willst du, dass ich dich rauswerfe? Was geht in deinem Kopf vor sich?«

Barim ist überrumpelt, er merkt, wie sauer Dario ist.

»Nicky ist auf mich ...«

Dario unterbricht ihn laut. »Nicky hat jedes Recht dazu. Hättest du das mit mir abgezogen, würdest du nicht mehr atmen, also sei froh, dass sich Nicky noch zurückhält. Wir wollen, dass ihr wie Brüder zusammensteht. Wenn du das nicht kannst und versuchst, den anderen aus der Familia zu schaden, musst du gehen, Barim. Denk darüber nach und überlege dir gut, wie du dich ab jetzt verhältst. Ich habe keine Zeit und keine Nerven für all diese Scheiße. Es gibt genug Leute, die uns schaden wollen, das kann ich nicht noch von meiner eigenen Familia brauchen.«

Ohne noch etwas abzuwarten, geht er. Die beiden anderen Männer sehen ihn unsicher an, es sind auch andere stehengeblieben, Dario war wohl lauter, als er wollte. Er gehört ins Bett, das hätte er schon von Anfang an tun sollen, als er zurückgekommen ist.

Kapitel 4

»Wenn es jemanden gibt, der unterrichten kann, dann Eleonora. Als wir jünger waren, hat sie uns immer gezwungen, auf ihrem Hinterhof Schule zu spielen und nach ihrem Unterricht habe ich mehr verstanden als in der Schule.«

Eleonora lacht und bringt den nächsten Stapel Tablettenverpackungen weg, während Davina weiter die anderen Mitarbeiterinnen unterhält. Sie sind zurück auf ihrem alten Arbeitsplatz, sie machen wieder die gleiche Arbeit und verdienen weniger, doch trotzdem fühlt sich Eleonora besser. Sie kann Benny aus dem Weg gehen, der die letzten Wochen trotzdem immer wieder das Gespräch mit ihr gesucht hat. Mittlerweile hat er eine andere Arbeiterin zum Bestellen eingeteilt und holt sie regelmäßig in sein Büro, doch zufrieden scheint er damit nicht zu sein.

»Ihr seid heute aber sehr schnell.« Die Vorarbeiterin lächelt sie an und Eleonora lächelt zurück. Sie hat nach ihrer Schicht ein wichtiges Gespräch mit dem Abteilungsleiter. Wenn alles gut geht, wird sie sich heute Nachmittag dann für die ersten Kurse anmelden, die in einigen Wochen starten. Sie braucht den Job weiterhin und sie kann nur hoffen, dass der Abteilungsleiter sie weiter behalten wird, nur mit weniger Stunden und in der Abendschicht.

Eleonora kann seit Tagen an nichts anderes denken, sie hat heute im Akkord gearbeitet, damit die Zeit auch schneller vergeht, doch der Zeiger der Uhr hat kein Erbarmen mit ihr.

»Eleonora, komm bitte in Raum zwei.«

Sie will gerade zurück zu ihrem Platz gehen, als die Durchsage ertönt. Davina beginnt zu grinsen. »Dein Termin wird vorgezogen.« Die anderen Mitarbeiterinnen wissen alle davon und halten ihr symbolisch den gedrückten Daumen hin.

Ganz ruhig bleiben, sie versucht einen klaren Kopf zu behalten, während sie die Hallen der Produktion verlässt und zu dem Teil des Gebäudes geht, in dem die Büroräume liegen. Für den Fall, dass der Abteilungsleiter es im ersten Moment ablehnen sollte, hat sie eine lange Liste mit Argumenten geschrieben, die er nicht so einfach von der Hand weisen kann.

Sie war nie krank, sie arbeitet schneller … Eleonora bleibt verdutzt vor dem Büro des Abteilungsleiters stehen, sein Büro ist im Raum fünf. Sie hat nie wirklich darauf geachtet, welche Nummern hier stehen, sie kennen die Räume alle. Sie geht drei Räume weiter und steht vor dem Medizinraum.

Wieso wird sie hergerufen? Sie haben vor einigen Tagen alle zusammen Blut abgegeben, wie sie es regelmäßig alle paar Monate machen. Sie müssen das tun, damit ausgeschlossen ist, dass Mitarbeiter tablettenabhängig sind und sich hier bedienen. Sie nimmt keine Tabletten, nicht mal Kopfschmerztabletten, also kann da gar nichts sein.

Eleonora klopft enttäuscht an. Sie dachte wirklich, ihr Gespräch würde früher stattfinden. Der Mann, der ihnen immer das Blut abnimmt, öffnet die Tür und bittet sie herein. Sie setzt sich ihm gegenüber und er schlägt eine Akte auf.

»Wir haben die Blutergebnisse bekommen und deswegen habe ich Sie ausrufen lassen.« Eleonora unterbricht ihn. »Ich nehme keine Tabletten.« Er nickt. »Ja, ich weiß, das sehe ich, aber Sie wissen ja, dass wir ein ganzes Paket haben, worauf die Arbeiter immer untersucht werden. Wir haben da ja diese Auflagen vom Staat, dieses Paket von Dingen, auf die die Arbeiter untersucht werden. Eisenmangel, Aids, Schwangerschaften und andere Sachen sind da mit drin, das wissen Sie doch? Sie mussten dazu etwas unterschreiben, als Sie hier angefangen haben.«

Verlegen senkt sie kurz den Blick. »Um ehrlich zu sein, brauchte ich die Arbeit und habe einfach alles unterschrieben, ohne es genau zu lesen.« Er räuspert sich. »Dann liegt es also daran, dass Sie es nicht gemeldet haben, aber Sie müssen eine Schwangerschaft melden. Dazu sind sie verpflichtet, es müssen dann gewisse Maßnahmen ergriffen werden.«

Da muss wohl ein Missverständnis vorliegen.

»Ich bin nicht schwanger.«

Der Mann sieht sie verwirrt an. Er schlägt die Akte auf. »Doch, laut Ihren Blutergebnissen ja, sonst waren alle Ergebnisse gut, keine Tabletten, alle Werte sind gut, kein Aids, aber eine eindeutige Schwangerschaft.«

Eleonora verschränkt die Arme vor der Brust. »Ich hatte ...« Bilder schießen ihr vor das innere Auge. Dunkle schöne Augen sehen sie an, ihre Hände fahren über Muskeln und sie erlebt ein Gefühl, was sie so noch niemals gespürt hat. Sie denkt darüber nach, wann sie ihre letzte Periode hatte, die hat sie noch nie wirklich regelmäßig gehabt und sie hat auch nie Buch darüber geführt. Verdammt.

Die letzten Wochen hat sie immer wieder an diese Nacht denken müssen, an Dario, doch sie hat das alles weit von sich geschoben. Zum einen hat sie sich dafür geschämt, dass genau sie mit einem wildfremden Mann und dann auch noch Dario Da Silva ins Bett gegangen ist, zum anderen hat sie nicht aufhören können, immer wieder an ihn und diese Zärtlichkeit zu denken.

Vor ungefähr zwei Wochen war sie auf dem Markt am Hafen und hat einige Autos der Da Silvas gesehen. Statt wie sonst wegzugehen, ist sie näher herangegangen und hat Dario entdeckt. Er stand mit drei Männern um mehrere Kisten herum und hat etwas unterschrieben.

Wieder war sie völlig eingenommen von seiner Erscheinung. Er ist ein hübscher mächtiger Mann. Er hat über etwas gelacht, was einer der anderen Männer gesagt hat und auch Eleonora musste lächeln, er hat ein schönes, ansteckendes Lachen. Für einen Augenblick hat sie darüber nachgedacht, zu ihm zu gehen und ihn anzusprechen. Sie hat ihr Kleid und ihre Schuhe bei ihm gelassen und noch immer das Shirt von den Silvas im Schrank hängen.

Doch als sie schon fast dabei war, zu ihm zu laufen, kamen zwei Frauen zu den Männern, mit einigen Bechern Kaffee in der Hand.

Dario hat um eine von ihnen den Arm gelegt und sich von den anderen Männern verabschiedet. Eleonora hat sich weggedreht und weiter eingekauft. Das war ein Ausrutscher für sie, eine Nacht, die sie vielleicht nie wieder vergisst. Eine Begegnung, die sich tief in ihr Herz gebrannt hat, die aus einer Mischung aus Alkohol und Unvernunft entstanden ist. Für Dario wird sie schon lange vergessen sein und Eleonora wird immer mit einem Lächeln daran zurückdenken, zumindest hat sie das bis eben gedacht.

»Geht es Ihnen gut? Sie sind ganz blass? Sie wussten das wirklich nicht, oder?«

Ihr wird schlecht. »Müsste ich das nicht merken? Ich meine, das ist jetzt sicherlich … drei Monate her, ich habe nicht zugenommen, vielleicht minimal, ich hatte die letzten Wochen aber auch viel Stress, mir war nicht übel, nichts …«

Der Arzt sieht sie besorgt an. »Jede Frau erlebt die Schwangerschaft anders. Ich …«

Sie unterbricht ihn. »Nein, das kann nicht sein. Es muss ein Missverständnis sein. Vielleicht wurde mein Blut verwechselt, können Sie das noch einmal testen?«

Er sieht ihr in die Augen. »Nein, das geht nicht. Aber Sie sollten sowieso zum Arzt gehen. Leben Sie wie die meisten der Frauen hier am Hafen?« Das darf doch nicht wahr sein, Eleonora hat gerade das Gefühl, ihr wird der Boden unter den Füßen weggezogen.

Sie antwortet nicht, doch er kann in ihren Unterlagen ja ihre Adresse sehen und öffnet eine Schublade. »Es gibt im Gemeindezentrum eine kostenlose medizinische Versorgung. Es ist nicht das Beste, doch Sie können da hingehen und sich untersuchen lassen. Ich muss die Ergebnisse weitergeben …«

Kopfschüttelnd nimmt sie die Karte entgegen. »Können Sie damit noch einen Tag warten? Ich muss zu dem Arzt und dann wird sich das alles klären ...« Er sieht auf die Uhr. »Die Schicht ist eh gleich zu Ende, bis morgen kann ich das noch aufschieben, doch dann muss ich sie abgeben.«

Eleonora steht auf. »Danke, ich ...« Er sieht sie weiter besorgt an. »Vielleicht sollten Sie noch sitzen bleiben, Sie sehen sehr blass aus.« Doch Eleonora geht schon aus dem Raum. »Ich melde mich morgen mit neuen Ergebnissen.« Sie will sofort los, läuft aber in den Abteilungsleiter hinein.

»Ah, da sind Sie ja. Ich wollte fragen, ob wir das Gespräch auf morgen verschieben können. Ich muss meine Tochter abholen, sie hat wohl etwas vom Essen in der Schule nicht vertragen.« Sie atmet erleichtert aus. »Gerne, kein Problem. Bis morgen.« In dem Moment klingelt es zum Schichtende und sie atmet tief ein.

Einen ruhigen Kopf behalten. Sie geht sich jetzt untersuchen lassen und wird gesagt bekommen, dass das alles nur ein Missverständnis ist. Sie wird aus diesem Fehler lernen und nie wieder so dumm und unvernünftig sein, und morgen wird sie dann einen neuen Arbeitsplan bekommen und sich für die Kurse anmelden.

»Oh nein, sag nicht, dass er abgelehnt hat.« Davina steht plötzlich vor ihr und sieht ihr besorgt ins Gesicht. Eleonora will vor den anderen Frauen nichts über ihr Gespräch sagen und beeilt sich, zu den Bussen zu kommen. Davina läuft ruhig neben ihr her und das will etwas heißen, eigentlich würde sie Eleonora so lange nerven, bis sie ihr sagt, was los ist, doch sie muss ihr im Gesicht ansehen, dass das hier kein Spaß ist.

Leider steigen zwei Kolleginnen mit ihnen in den Bus. Auch sie fragen, was mit dem Gespräch ist und Eleonora erklärt mit heiserer Stimme, dass der Abteilungsleiter das auf morgen verlegt hat, wegen seiner Tochter. Während der gesamten Fahrt beteiligen sich weder sie noch Davina am Gespräch der beiden. Als sie dann aussteigen, sagt Eleonora schnell, dass sie in die andere Richtung muss und läuft in Richtung Gemeindezentrum.

»Jetzt sag endlich, was los ist. Du machst mir Angst, Eleonora.«
Sie haben es nicht weit, doch wie so oft ist schon der Hof des
Gemeindehauses voll. Hier bekommt man alles: Essen, Kleidung,
ärztliche Betreuung und auch Anwälte finden sich hier ein, um die
Leute kostenlos zu beraten.

»Es ist nur ein Irrtum, es muss ein Irrtum sein.« Sie weiß, dass
das keine Antwort war, doch sie will es gar nicht aussprechen. All
das ist gleich vorbei, ein kurzer Alptraum, aus dem sie gleich
erweckt wird. »Von was redest du? Was ... warte doch ...«

Eleonora drängelt sich an den Menschen vorbei, man muss eh
eine Nummer ziehen, um zu den Ärzten zu kommen. Sie sieht die
Liste durch und hat Glück, dass heute ein Frauenarzt da ist. Vor
ihr warten auch nur zwei Frauen, die meisten der Menschen hier
wollen zu den anderen Ärzten.

Sie zieht eine Nummer und setzt sich, Davina nimmt neben ihr
Platz und Eleonora bindet sich ihre Locken zu einem unordentlichen Zopf nach oben. »Der Arzt in der Fabrik muss meine Blutergebnisse vertauscht haben, er sagt, ich bin schwanger.« Sie sieht zu
ihrer besten Freundin.

Vielleicht hat sie ein Lachen erwartet, vielleicht ein 'das ist doch
gar nicht möglich', doch Davina öffnet den Mund, sieht ihr in die
Augen, will etwas sagen, aber kann dann doch nicht.

»Das würde einiges erklären ...« Nach einigen Minuten erst sagt
Davina etwas, auch sie musste das erst einmal verdauen, währenddessen hat Eleonora nervös alle Plakate hier gelesen. »Wie ... was
meinst du?«

Ihre Freundin dreht sich zu ihr. »Du bist nur noch am Schlafen
und vorgestern hast du dein Hähnchen stehen lassen, dabei liebst
du das am meisten. Deine drei Kugeln Eis ... denk doch mal nach.
Wann ist es passiert und wer ist der Vater?«

Eleonora verschränkt die Arme vor der Brust. »Nichts davon deutet doch auf eine Schwangerschaft hin. Ich bin immer müde und ...« Ihre Nummer wird aufgerufen und sie beide springen auf.

Jetzt wird sie aus diesem Alptraum geholt. Sie gehen in das kleine Zimmer, was dem Arzt als Untersuchungsraum dient. Er begrüßt sie und Eleonora erklärt sofort, was passiert ist, dass das nicht sein kann und sie von ihm eine Bestätigung für die Arbeit braucht, dass das es ein Missverständnis ist.

Der Arzt sieht sie dabei nur an, er fragt, wann sie das letzte Mal ungeschützten Geschlechtsverkehr hatte und Eleonora sagt ihm das Datum und dass es nur einmal war und sie sonst so etwas nicht tut. Sie spürt Davinas Blick auf sich, sie hat ihr nie etwas davon erzählt und hatte es auch nicht vor.

»Gut, legen sie sich auf die Liege, wir untersuchen sie mal.« Eleonora legt sich hin, der Arzt bittet sie, ihr Shirt hochzuziehen und sie macht es. »Du hast einen kleinen Bauch.« Davina sieht sie an. »Habe ich nicht, das bildest du dir ein.« Der Arzt sagt nichts weiter. Er verteilt das Gel auf ihrem Bauch und schaltet den Bildschirm vor ihnen ein.

Es sind zwei Sekunden, die alles verändern.

Er braucht nichts zu sagen, sie alle erkennen ein kleines Baby auf dem Bildschirm. Davina spricht ein leises Gebet und Eleonora beginnt zu weinen. Das darf nicht wahr sein.

»Es tut mir leid, Sie haben das offensichtlich nicht geplant, doch Sie sind schwanger. Sie sind ungefähr in der 15. Woche, das passt auch mit dem Datum zusammen, das Sie genannt haben. Das Baby ist gut entwickelt, das Herz schlägt kräftig und es sieht alles gut aus. Wir müssen natürlich noch weitere Untersuchungen machen. Jeden Dienstag wird hier im Zentrum eine Schwangerschafts-sprechstunde angeboten, da bekommen Sie alle Untersuchungen, Beratungen und alles, was nötig ist. Ich würde Sie dafür einschreiben.«

Er beendet den Ultraschall, nachdem er sich das Baby eine Weile angesehen hat. Davina sagt keinen Ton mehr und Eleonora hat das Gefühl zu ersticken.

»Ich kann dieses Baby nicht bekommen. Niemals. Ich will Lehrerin werden und ich habe niemanden und ...« Der Arzt sieht sie verständnisvoll an. »Vielleicht reden Sie in Ruhe mit dem Vater des Kindes ...« Sie hebt die Hand. »Es gibt keinen Vater. Das war ein Versehen, das ... hat nichts zu bedeuten.«

Sie steht auf, sie muss hier raus, sie erstickt.

»Okay, ich verstehe. Das Problem ist, hier sind Abtreibungen wie Sie wissen nicht erlaubt, nur unter bestimmten Umständen und Sie sind schon zu weit. Wenn Sie sich gegen das Baby entscheiden, müssen Sie es zur Adoption freigeben, doch ich bin dafür, dass Sie jetzt erst einmal über all das schlafen. Ruhen Sie sich aus und reden Sie mit Ihrer Familie darüber. Kommen Sie am Dienstag unbedingt in die Sprechstunde, ich habe Sie schon eingetragen. Hier habe ich ein Paket, das alle schwangeren Frauen bekommen, da sind Vitamintabletten drin, die Sie brauchen, Broschüren und noch einiges mehr.«

Eleonora nimmt das Paket, murmelt eine Verabschiedung und verlässt das Center so schnell sie kann. Sie hat nicht einmal mehr auf Davina geachtet, doch als sie im Hof ist und tief Luft holt, spürt sie ihren Arm um sie. »Wir schaffen das, Eleonora, lass uns erst einmal nach Hause gehen.«

Sie hat gerade keine andere Wahl. Wie in Trance läuft sie nach Hause. »Wer von den Silvas ist es? Ich habe gar nicht darauf geachtet, mit wem du an dem Abend zusammen warst. Sie alle haben Geld, Eleonora, du musst mit dem ....«

In diesem Punkt wird sie nicht nachgeben.

»Es gibt keinen Vater, es war ein Versehen, für das ich jetzt bestraft werde. Er hat damit nichts zu tun.«

Sie fahren in ihre Wohnung und setzen sich noch immer unter Schock an den Küchentisch. Davina gießt ihr ein Getränk ein, da kommt auch ihre Mutter in die Küche. Sie sieht auf das Paket und in ihre blassen Gesichter und atmet hektisch ein.

»Das ist nicht dein Ernst, Eleonora.« Sie senkt nur den Kopf, nicht auch noch das. »Du … hast du denn nichts von mir gelernt? Machst du den gleichen Fehler wie ich? Wie willst du in unserer Situation ein Baby bekommen? Du wolltest doch die Kurse besuchen wie … du weißt, dass ihr nicht mal in der Wohnung hier bleiben dürft, man darf hier nur zu weit leben oder wird rausgeschmissen, wie konntest du so unvernünftig sein? Sonst bist du doch immer so verantwortungsbewusst, was ist passiert? Wer ist der Vater?«

Die laute Stimme ihrer Mutter dröhnt durch die Wohnung und Eleonora reibt sich die Stirn. Sie weiß es nicht, sie weiß nichts mehr, es ist alles anders und sie verliert den Boden unter den Füßen, doch in einer Sache ist sie sich absolut sicher:

»Es gibt keinen Vater!«

Kapitel 5

»Ihr seid verrückt.«

Eleonora streicht über ihren Bauch, als sie in die Wohnung tritt.

»Wir dachten, statt einer normalen Babyparty hilft dir das hier weiter.« Sie betritt die Wohnung, die seit einigen Tagen ihr gehört. Ihre erste eigene Wohnung. Sie ist in demselben Häuserkomplex, in dem auch ihre Mutter wohnt, nur zwei Etagen tiefer. Die Wohnungen dürfen höchstens zu zweit bewohnt werden und deswegen musste Eleonora sich etwas eigenes suchen. Ihr Glück war, dass die Vormieterin zurück nach Chile gezogen ist und sie ihr die Wohnung überlassen hat. Die Hauseigentümer waren einverstanden, wenn Eleonora sich um die Renovierung und alles selbst kümmert.

Die Frau aus Chile war aber sehr sauber und ordentlich, die Wände der gesamten Wohnung sind frisch in einer schönen Cremefarbe gestrichen. Sie hat überall helles Laminat ausgelegt, sodass die kleine Wohnung größer wirkt, und im Gegensatz zu der Wohnung ihrer Mutter hat sie hier auch einen kleinen Balkon. Es ist die gleiche weiße Küche eingebaut wie in all diesen Wohnungen, es gibt das gleiche Bad, einen kleinen Wohnbereich, eine kleine Kammer und ein Schlafzimmer.

Die letzten Monate waren eine Berg- und Talfahrt. Eleonora hat noch niemals etwas Vergleichbares erlebt. Sie hat lange gebraucht, um überhaupt zu akzeptieren, dass sie schwanger ist. Sie wollte das ausblenden und hat sich teilweise wie ein dreijähriges Mädchen benommen, das dachte, wenn ich die Augen zumache, sieht mich auch keiner.

Doch am Ende musste sie sich dem stellen, sie hat lange darüber nachgedacht, was sie nun tun soll, ob sie dieses Baby behalten oder zur Adoption freigeben soll. Sie ist alleine, sie will Lehrerin werden, sie hat so viele Pläne, nur nicht, jetzt Mutter zu werden.

Ihre Mutter war sehr sauer auf sie, sie hat niemals gewollt, dass Eleonora das Gleiche wie sie durchmachen muss, doch nach und nach hat auch sie sich mit der Situation abgefunden und sich mit Eleonora und Davina an den Tisch gesetzt und überlegt, was nun zu tun ist. Beide haben immer wieder auf sie eingeredet, dem Vater zu sagen, dass sie schwanger ist, doch für Eleonora steht fest, dass sie das nicht tun wird.

Sie beide haben sich gehen lassen, nicht nachgedacht, er wird nicht einmal mehr wissen, wer sie ist, und sie wird jetzt nicht zu ihm rennen und um Geld betteln. Dario Da Silva ist kein Mann, der ein Vater wird. Dieses Baby hat von ihm nichts zu erwarten, mit viel Glück kann sie etwas Geld erbetteln, doch dafür ist sie zu stolz. Sie hat bei ihrer Mutter gesehen, dass sie es allein schaffen kann und wird. Davina und ihre Mutter haben es irgendwann akzeptiert, sie mussten es.

Doch Eleonora hat sich immer noch nicht entscheiden können, sie ist hin- und hergerissen gewesen von ihren Plänen und dem immer dicker werdenden Bauch. Sie ist regelmäßig ins Center zu den Untersuchungen gegangen und hat erfahren, dass sie einen Jungen erwartet. Irgendwann hat sie begonnen, ihren kleinen Sohn zu spüren, immer öfter, immer stärker, und sie hat gemerkt, dass er auf sie reagiert.

Wenn sie liebevoll über den Bauch streichelt, hält er ein, als würde er diese Berührung genießen, wenn sie Limonade mit zu viel Kohlensäure trinkt, wird er noch unruhiger und wenn sie die Tomatensuppe ihrer Mutter isst, schläft er jedes Mal ein.

Sie hat mit ihrem Abteilungsleiter gesprochen, eigentlich sollte das Gespräch in eine andere Richtung gehen, doch sie musste ihm sagen, dass sie schwanger ist. Seine Frau hat selbst gerade ihr zweites Kind bekommen und er war sehr verständnisvoll. Er weiß, wie gut und viel Eleonora in den letzten Wochen gearbeitet hat.

Mit seiner Hilfe konnte sie normal weiterarbeiten, sie hat einen Stuhl bekommen, auf dem sie bei einer leichteren Tätigkeit sitzen kann und sie hat immer, wenn sie möchte, die Möglichkeit, Pause zu machen und ein wenig Luft zu schnappen. Nach der Geburt kann sie, sobald sie sich dazu bereit fühlt, erst einmal einem Minijob nachgehen und dann Teilzeit arbeiten, bis sie wieder voll einsteigen kann, oder aber sie entschließt sich doch für die Adoption, bekommt das Baby und besucht dann die Kurse und arbeitet weiter abends in der Fabrik.

Bis vor vier Wochen hat sie darüber nachgedacht, bis sie in den siebenten Monat gekommen ist. Sie hat auch mit den Ärzten im Center darüber gesprochen, dass sie das Baby eventuell weggeben will, sie haben sie beraten und gesagt, dass sie sich darum kümmern würden, wenn sie es sich endgültig überlegt hat.

Als sie an diesem Abend nach Hause gelaufen ist, hat sie die Frau aus Chile getroffen, die ihr ihre Wohnung angeboten hat. Sie hat ihr gesagt, dass sie nicht weiß, ob sie die Wohnung wirklich brauchen wird und schon da war ihr komisch. Sie hat gespürt, dass etwas nicht stimmt.

Noch auf dem Weg nach Hause hat sie gemerkt, dass sie Ausfluss hat und musste zuhause entdecken, dass sie blutet. Das war der Moment, als sie Panik bekommen hat und Angst, Angst um ihr Baby. Ihre Mutter war arbeiten und Davinas Vater hat sie zu ihr ins Krankenhaus gebracht.

Den ganzen Weg hat Eleonora nicht aufhören können zu weinen, sie hat sich schuldig gefühlt. Sie hat so oft davon gesprochen, dass sie ihren Sohn nicht haben will und nun schien er wirklich zu gehen.

Dieser Moment hat alles geändert, ihre Muttergefühle kamen mit solch einer Wucht, dass auch sie davon ganz erschlagen war. Alles was in dem Augenblick zählte, war, dass er lebt, dass sie ihn nicht verliert.

Ohne Unterbrechung hat sie ihren Bauch gestreichelt, mit ihrem Sohn gesprochen, sich entschuldigt und ihm gesagt, dass sie ihn liebt. Auch ihre Mutter hat Panik bekommen, als sie sie im Krankenhaus entdeckt hat.

Ein Arzt hat sie sofort untersucht, ihrem Sohn geht es gut. Sie hat einen kleinen Bluterguss im Bauch, der nach und nach ausgeblutet ist, es bestand aber in keiner Minute eine Gefahr für das Baby. Eleonora war noch niemals so erleichtert wie in diesem Moment, und als sie die Nacht im Krankenhaus verbracht hat, lag sie wach und wusste, dass sie ihren Sohn bereits zu lieben angefangen hat, ohne es überhaupt bemerkt zu haben.

Von da an war klar, dass sie ihn nicht hergeben kann. Auch wenn sie das niemals wollte, wird sie nun mit zwanzig Jahren Mutter und ihr Baby hier im Hafenviertel alleine großziehen.

Sobald ihr das klar war und sie sich aus vollem Herzen für ihren Sohn entschieden hat, hat sich auch alles andere langsam gefügt. Sie hat begonnen, die Schwangerschaft sogar ein wenig zu genießen, ihr Bauch ist runder und runder geworden, ansonsten hat sie nicht viel zugenommen. Sie ist ständig am Hafen gewesen, es ist, als würde das Wasser das Baby anziehen.

Sie hatte etwas Geld gespart, eigentlich für die Kurse, nun hat sie die Wohnung übernommen und für die ersten vier Monate davon die Miete gezahlt, damit sie ihre Ruhe hat, wenn das Baby erst einmal da ist.

Sie hatte noch so viel Geld, um sich in einem Geschäft, was schließen musste und alles um 70 % reduziert hatte, ein Bett, einen Kleiderschrank, ein Babybett und eine Wickelkommode zu kaufen. Ihre Mutter hat ihr eine Couch und einen kleinen Tisch für das Wohnzimmer gekauft, alles andere muss sie sich nach und nach besorgen.

Die Sachen wurden vor einigen Tagen in ihre neue Wohnung geliefert, doch sie ist noch nicht dazu gekommen, alles aufzubauen.

Als sie jetzt die Wohnung betritt, ist alles aufgebaut, es fliegen blaue Ballons an die Decke, in der Küche stehen ein blauer Kuchen und viele Cupcakes. Es durftet nach dem leckeren Reis mit Hähnchen ihrer Mutter und viele Freunde und Arbeitskollegen sind da, auch alte Freunde ihrer Mutter, Davinas Familie … Eleonora hat nicht geahnt, was sie hinter ihrem Rücken geplant hatten.

Sie haben alles für Eleonora aufgebaut und eingerichtet, bis ins kleinste Detail. Unter der Couch liegt ein weicher heller Teppich, auf dem Tisch steht eine Schüssel mit frischem Obst, Blumen und leichte Schals an den Fenstern runden das Ganze ab.

Der Balkon ist aufgeräumt und bepflanzt, sogar einen kleinen Tisch mit zwei Stühlen gibt es jetzt hier. Ihr Bett steht und auf dem Bett liegen viele weiche Kissen, wie Eleonora es liebt. Neben dem Bett steht ein kleines rundes Babybett direkt an ihrem dran, auch das müssen sie besorgt haben. Der Kleiderschrank ist aufgebaut und auch eine Kommode, die sie ihr besorgt haben müssen. Ihre ganzen Sachen hängen schon und auf der Kommode stehen ihre Schminksachen und ein kleiner Spiegel, es ist wunderschön.

Auch im Bad hängen Handtücher und einige Kleinigkeiten, die das alles gleich viel wärmer gestalten, doch besonders schön ist das Zimmer von ihrem Sohn geworden. Sie hatte das Bett schon aufgestellt, das war das Einzige, zu dem sie bisher gekommen ist und was für sie das Wichtigste war.

Es hat nun schöne hellblaue Bettwäsche, es gibt ein kleines Regal, das wie ein Haus aussieht und in dem ein Teddybär und zwei Autos stehen. Die Wände sind mit hellblauen Wolken und Sternen bemalt und sie haben auch zwei hellblaue Wolkenteppiche hineingelegt. Der Wickeltisch steht und hat auch schon eine weiche Unterlage, im Regal des Wickeltisches liegen bereits Windeln, Feuchttücher und die ersten Babysachen, die Davina und sie letzte Woche gekauft haben.

Natürlich kann Eleonora ihre Tränen nicht zurückhalten. Das kann sie in den letzten Tagen überhaupt nicht mehr. Die Zeit rennt, nun sind es nur noch vier Wochen, bis ihr Sohn zur Welt kommen soll und mit Hilfe ihrer Familie und ihren Freunde ist alles dafür bereit.

Sie umarmt alle und bedankt sich. Es wird Musik gespielt, sie essen Hähnchen mit Reis und Eleonoras Herz platzt vor Glück. Sie freut sich, auch wenn sie das so nicht geplant hat, doch sie liebt diesen kleinen Menschen in ihrem Bauch schon so sehr, dass sie es gar nicht abwarten kann, ihn endlich in den Armen zu halten.

Als es später Abend wird, beginnt ein Spiel. Mittlerweile sind nur noch gute Freunde, ihre und Davinas Mutter da. Davinas Mutter holt einen Zettel hervor und beginnt, die Bedeutung einiger Jungennamen vorzulesen. So soll sie den perfekten Namen für ihr Baby finden. Anhand der Bedeutungen, nicht des Namens.

»Lieb, liebevoll …« Eleonora streicht über ihren Bauch. »Der Mutige, der Entdecker …« Sie hat bisher keinen Namen gefunden und die Mutter hat sicherlich schon die Hälfte der Liste durch, ihre Mutter und alle anderen haben immer wieder gesagt, das ist perfekt, doch bisher hat Eleonora noch nicht das Gefühl, den richtigen Namen gefunden zu haben.

»Der Sieger, der alles schaffen kann, der Sohn des Löwen.«

Augenblicklich schießen Eleonora die Bilder von Dario wieder vor Augen. Vor zwei Tagen hat sie ihn in der Zeitung entdeckt, zusammen mit dem Präsidenten und seinem Bruder Diego. Sofort kommt ihr alles vor das innere Auge. Seine großen Hände, die sie gehalten haben, seine Küsse, die ihr den Atem geraubt haben, die Tattoos, seine dunklen Augen, das Lachen und die Macht, die er hat.

»Das ist der Name.«

Davinas Mutter lächelt. »Nael. Ein sehr schöner Name.«

Ihre Mutter klatscht in die Hände und Davina neben ihr streicht auch über ihren Bauch. »Bald bist du da, kleiner Nael, und dann fress ich dich auf.«

Die Feier zieht sich lange hin, und danach schläft Eleonora das erste Mal alleine in ihrer neuen Wohnung. Trotzdem wird sie am Morgen um zehn Uhr von ihrer Mutter aus dem Bett geklopft. Sie geht zur Arbeit und wollte ihr noch Brötchen vorbeibringen.

Sie setzt sich auf den Balkon in die Sonne. Sie muss noch einmal zur Bank. Sie hat noch genug Geld, um die ersten Wochen zurechtzukommen, bis sie wieder arbeiten kann, doch sie muss langsam aufpassen. Sie hatte Geld abgehoben, um sich einen Kinderwagen zu holen, doch gestern hat sie ein Tragetuch bekommen, und bisher weiß sie von allen Müttern, dass sie die Babys in den ersten Wochen nur getragen haben. Deswegen bringt sie das Geld zurück und dann muss sie arbeiten. Sie wird bis zur Geburt versuchen, so viel wie möglich zu arbeiten.

Deshalb macht sie sich auch nach dem Frühstück gleich auf den Weg. Sie schafft alles, auch wenn sie die ganze Zeit ein komisches Gefühl hat, leichte Wehen hatte sie die ganzen letzten Tage, der Arzt im Center hat gesagt, dass sich der Bauch senkt und heute scheint er sich besonders stark zu senken.

Doch als sie während der Arbeit sitzt und allen, die nicht dabei waren, von der Party erzählt, vergeht das wieder – bis sie aufsteht, um zur Toilette zu gehen und alles an ihren Beinen nass wird.

»Madre Mia, deine Fruchtblase ist geplatzt.« Sofort kommen Davina und noch eine Kollegin und stützen sie. »Das kann nicht sein, es ist noch zu früh.« Sie spürt, wie alle um sie herum lauter werden und hektischer, sie hört jemanden sagen, dass ein Krankenwagen gerufen werden soll und sie langsam vor die Tür gebracht wird. Der Abteilungsleiter kommt und hilft ihr und als sie draußen ist, kommt auch schon ein Krankenwagen angerast.

Eleonora ruft Davina zu, sie soll ihre Tasche mit dem Mutterpass holen und erklärt den Sanitätern, dass sie noch mehr als vier Wochen bis zum errechneten Geburtstermin hat. Doch dann hört sie auf, klar zu denken, denn plötzlich werden die Schmerzen stärker, viel stärker, und sie atmet heftig aus.

»Die Geburt beginnt, ab ins Krankenhaus.«

Davina schafft es gerade noch, zu Eleonora in den Krankenwagen zu springen. Die Schmerzen lassen wieder nach und sie denkt panisch daran, dass ihre Mutter ihr erzählt hat, dass sie nach nicht mal zwei Stunden auf der Welt war. Und auch bei ihr geht plötzlich alles sehr schnell. Die Sanitäter reden beruhigend auf sie ein, sie soll liegenbleiben. Sie schieben sie mit einer Trage in das Krankenhaus, in dem auch ihre Mutter arbeitet, das einzig staatliche, wo man nur sehr wenig zahlt, im Gegensatz zu allen anderen Privatkliniken.

Doch dementsprechend voll ist das Krankenhaus, sie wird auf einem Flur abgestellt, wo auch zwei andere Schwangere liegen. »Der Kreißsaal ist voll, warten Sie hier!« Eleonora kann nichts sagen, der nächste Schmerz rollt an. »Schaffst du das? Ich suche deine Mutter und einen Arzt.« Sie kann nicht antworten, sie versucht, nicht vor Schmerzen das Bewusstsein zu verlieren. Sie weiß, dass sie stark ein- und ausatmen muss, um ihr Baby mit Sauerstoff zu versorgen, das hat sie im Kurs gelernt, den sie im Center besucht hat.

Alles Zeitgefühl geht verloren. Eleonora weiß nicht, ob sie mehrere Minuten oder Stunden dort liegt. Sie kämpft mit den Schmerzen, irgendwann ist Davina wieder da und auch ihre Mutter, doch sonst kommt niemand, der ihr hilft. Sie sieht die Angst in den Augen der beiden, da weder sie noch die anderen Schwangeren einen Arzt haben.

»Ich muss pressen.« Eleonora zieht sich mit letzter Kraft die Unterhose unter dem Rock aus. »Verdammt, wo ist hier ein Arzt?« Ihre Mutter schreit laut auf und tatsächlich kommt in dem Moment eine Frau, die einen Kittel trägt. Sie sieht auf die nasse und blutige Unterhose von Eleonora und dass sie zu pressen beginnt und schiebt sie in einen Raum, wo sie endlich alleine sind.

Da wird sie das erste Mal untersucht und ihr gesagt, was zu tun ist, und keine zehn Minuten später hört sie den ersten Schrei von Nael.

Es kommt Eleonora vor, als würde sich die Erde neu zu drehen beginnen, als sie dann ihren kleinen Kämpfer auf den Arm bekommt.

Er ist so winzig, seine Augen sind geschlossen, er hat dunkle Haare, eine kleine Stupsnase und volle Kusslippen, Eleonora küsst liebevoll seine Wangen, hält ihn fest im Arm und schließt erschöpft die Augen. »Er ist noch sehr klein, ich hole den Kinderarzt und eine Hebamme wegen der Nachgeburt.« Die Frau, von der Eleonora nicht einmal weiß, ob sie überhaupt Ärztin ist, lächelt und verlässt den Raum wieder.

Davina und ihre Mutter sind bei ihr geblieben und beide sehen verliebt auf Nael, der ein wenig schreit und gleich erschöpft abbricht. Noch niemals hat Eleonora so etwas empfunden wie in diesem Moment für ihren kleinen Sohn.

Wieder kann sie weder sagen, ob Minuten, noch ob Stunden vergehen, bis eine Frau kommt und sie bittet, noch einmal zu pressen. Sie hantiert etwas an ihr herum und sagt ihr dann, dass alles in Ordnung ist. Sie hat die Geburt gut überstanden und alles sieht gut aus. Dann kommt ein Mann und will sich Nael ansehen. Er fragt nach dem Vater und ihre Mutter erklärt schnell, dass es keinen gibt.

Als er Nael auf einen Wickeltisch legt, setzt sich Eleonora auf; sie will dabei sein, wenn ihr Sohn untersucht wird, doch sie hat noch zu starke Schmerzen.

Er wiegt und misst Nael. Er ist nur knapp 2500 Gramm schwer und auch noch sehr klein, er ist vier Wochen zu früh gekommen, kann aber selbstständig atmen und scheint sonst ziemlich fit zu sein. Der Arzt sagt, dass Eleonora noch etwas in der Klinik bleiben muss, um ihn noch weiter untersuchen lassen zu können, er gilt offiziell als Frühchen; auch wenn er nicht in den Brutkasten muss, muss er doch mehr Untersuchungen bekommen als andere Babys.

Der Arzt bittet Eleonora zu probieren, Nael anzulegen und es funktioniert mit seiner Hilfe gut. Da er auch selbstständig trinkt, kann sie erst einmal auf ein Zimmer mit ihm.

Sie wird an Zimmern mit sechs Frauen vorbeigefahren, da Nael aber als Frühchen gilt, kommen sie in eine andere Abteilung, wo sie in einem Dreibettzimmer gebracht werden, in dem noch eine andere Frau mit ihrem Baby liegt.

Nael hat die ganze Zeit getrunken, und dann bekommen sie extra Kleidung für ihn, da alles andere ihm noch viel zu groß ist. Es bricht Eleonora das Herz, als sie merkt, wie klein ihr Sohn im Gegensatz zu anderen ist, die heute geboren wurden, doch er ist ein kleiner Kämpfer und gähnt sich in den Schlaf. Ihre Mutter und Davina nehmen ihn das erste Mal auf den Arm und man sieht, wie sehr sie den kleinen Mann sofort lieben.

Er ist aber auch wirklich zuckersüß, er ist bildhübsch und sie erkennt Dario in ihm. Nael hat seine Lippen und seine Nase, sie küsst auch auf dem Arm ihrer Mutter immer wieder seine Wange, doch dann geht sie zusammen mit Davina auf den Flur zu den Duschen.

Sie wäscht sich mit ihrer Hilfe die Schmerzen und alles andere der letzten Stunden vom Körper und fühlt sich viel besser, als sie in einer schwarzen Leggins und einem weißen Shirt vom Krankenhaus zurück in ihr Zimmer kommt. Sie hat sich extra beeilt, weil sie schon in dieser kurzen Zeit angefangen hat, Nael zu vermissen, und sobald sie wieder liegt, kuschelt sie ihren Sohn auf ihre Brust.

Irgendwann muss Eleonora so eingeschlafen sein, sie ist erschöpft. Sie spürt, wie Davina geht, eine Schwester kommt und einige Untersuchungen macht, wacht auf und sieht ihre Mutter auf der Couch neben dem Bett schlafen. Irgendwann meldet sich Nael, sie legt ihn an und er schläft weiter, so geht das die ganze Nacht.

Immer wieder wird sie geweckt, das andere Baby schreit, Nael wird wach. Er muss untersucht werden, am nächsten Morgen ist sie sehr erschöpft, doch Nael schlummert selig in ihren Armen und das gleicht alles aus.

Sie isst etwas und bewegt sich auch schon mehr. Nael wird weiter untersucht und irgendwann kommt Davina und fast gleichzeitig mit ihr auch der Kinderarzt zu ihr ins Zimmer. Der Arzt untersucht Nael noch einmal und setzt sich dann an ihr Bett.

»Ihr Sohn ist ein Frühchen, doch er macht das alles schon sehr gut. Das Problem ist nur, dass ich festgestellt habe, dass sich seine Haut ganz leicht bläulich färbt. Das könnte auf einen Herzfehler hinweisen. Wir werden einige weitere Untersuchungen vornehmen müssen.«

Eleonora nickt und schmiegt Nael an sich, ein ungutes Bauchgefühl macht sich sofort in ihr breit. »Okay, tun sie alles was sein muss.« Der Arzt lächelt matt. »Wir haben hier nicht die besten Geräte, aber ich sehe zu, was ich tun kann.«

Er drückt ihre Hand und verlässt das Zimmer wieder. Ihre Mutter setzt sich zu ihr und lächelt.

»Das ist sicher nichts, sieh doch, er wirkt gesund.« Eleonora streicht über den kleinen zerbrechlichen Rücken ihres Sohnes und atmet tief ein. Seit sie herausgefunden hat, dass sie schwanger ist, hat sich alles geändert, es gab so viel, was plötzlich unbedeutend geworden ist. So viel, was sich plötzlich ganz anders angefühlt hat und jetzt kriecht eine Angst ihr den Nacken hoch, die sie vorher noch niemals verspürt hat.

Ihre Mutter besorgt ihnen Frühstück, doch Eleonora bekommt nichts herunter. Sie wartet angespannt was nun passiert, und tatsächlich werden sie nur wenig später in einen anderen Raum gerufen.

Was dort passiert, bricht Eleonora das erste Mal das Herz.

Nael wird mit einem Ultraschall das Herz untersucht, er ist so klein und schreit, sie kann nichts anderes tun, als seine kleine Hand zu halten und irgendwie zu versuchen, ihn zu beruhigen, ohne dass dies den Arzt stört.

Es kommen weitere Ärzte und als sie allen in die Gesichter sieht, weiß sie, dass etwas nicht stimmt.

Der Arzt, der sich schon die ganze Zeit um Nael gekümmert hat, sieht sie an, nachdem sie ihr Baby wieder anziehen durfte, ihn auf den Arm nimmt und stillt.

»Es tut mir sehr leid, Ihr Sohn hat einen angeborenen Herzfehler. Man spricht von einer TGA. Es handelt es sich um einen komplexen Herzfehler. Das wichtigste Merkmal ist der Fehlursprung der Aorta, das heißt, die beiden großen Gefäßstämme sind vertauscht. Er muss operiert werden und das so schnell wie möglich.«

Sie hat gespürt, dass etwas nicht stimmt.

Sie hört, wie ihre Mutter neben ihr zu weinen beginnt, doch sie selbst sieht dem Arzt fest in die Augen. »Was für eine Operation? Wie gefährlich ist das?« Er holt einen Stapel Unterlagen heraus. »Ich will ganz ehrlich zu Ihnen sein: Es wird eine sehr schwere Operation, er ist sehr klein und es passiert immer wieder, dass Babys das nicht überleben. Deswegen ist es vorher sehr wichtig, die Gesundheitsgeschichte der ganzen Familie zu kennen, von allen Seiten, und es müssen auch Vater und Mutter zur Operation einwilligen. Wir hatten immer wieder Ärger deswegen, bei solch einer Operation brauchen wir die Erlaubnis beider Elternteile.«

Nun kann sich Eleonora auch nicht mehr halten, sie riecht am Kopf ihres Sohnes und drückt ihn an sich. »Ich darf ihn nicht verlieren. Er ist doch gerade erst zur Welt gekommen.« Der Arzt senkt den Blick.

»Was ist, wenn es keinen Vater gibt? Operieren Sie die Kinder dann nicht?« Auch ihre Mutter weint noch. »Doch natürlich, aber es werden erst einige Tage rechtliche Schritte eingeleitet, um die

Klinik abzusichern, da es wirklich schon Probleme in der Vergangenheit gab. Wenn Sie wissen, wer der Vater ist, wäre es am besten, ihn zu kontaktieren. Wir brauchen auch seine Angaben und die seiner Seite der Familie, um bestens vorbereitet zu sein und Sie sind abgesichert. Wenn Sie das schaffen, kann ich die Operation sogar schon für morgen früh ansetzen.«

Eleonora nickt und wischt sich die Tränen weg.

Sie sieht auf ihren Sohn, sieht Dario vor sich und nickt. Sie muss Nael retten, egal was es kostet.

Sie legt Nael, der erschöpft eingeschlafen ist, in den Arm ihrer Mutter und sieht zum Arzt. »Ich weiß nicht, wie ich seinen Vater erreiche. Ich fahre jetzt zu ihm und bin in einer Stunde wieder da. Ich werde alles probieren, dass er einwilligt und ich diese Informationen bekomme.«

Der Arzt und ihre Mutter versuchen, sie davon abzuhalten. Sie wollen jemanden schicken, doch das wäre noch komplizierter und jetzt zählt nur, dass Nael überlebt. Sie hat gestern entbunden und sollte sich schonen, doch Eleonora steigt vor dem Krankenhaus direkt in ein Taxi und lässt sich zum Hügel fahren.

Ihr Herz rast, als sie aussteigt und zu den Wachen geht, doch sie holt sich Naels Gesicht vor das innere Auge und riecht noch seinen süßen Duft an sich und sieht dem bewaffneten Mann direkt in die Augen.

»Ich muss mit Dario sprechen ... Dario Da Silva.« Der Mann lächelt und sieht an ihr herunter. »Das müssen viele, Süße.« Sie wartet, ab ob er noch weiterspricht, doch offenbar war das seine Antwort. »Nein, ich meine das ernst. Ich muss mit ihm sprechen, es geht um seinen Sohn.«

Der Mann hebt die Augenbrauen und ein weiterer kommt dazu. »Dario hat keine Kinder.« Sie deutet auf ihren Bauch, der natürlich noch immer da ist, wenn auch nicht mehr so groß wie vor der

Geburt. »Seit gestern hat er es und sein Sohn braucht eine Operation, es ist wirklich dringend, könntet ihr ihn herholen?«

Sie sieht schon, wie der Mann sie wegschickt, doch der andere, der neu dazugekommen ist, zieht sein Handy heraus und ruft jemanden an.

»Dario, hier ist jemand, der sagt, du bist gestern Vater geworden und dein Sohn braucht deine Hilfe.« Er lacht auf und Eleonora ist sich sicher, dass auch Dario lacht, Tränen steigen ihr in die Augen und sie atmet tief ein. Es geht hier um das Leben ihres Sohnes.

Der Mann merkt das und vielleicht glaubt er ihr auch. »Ich bringe sie mal zu dir, hör dir kurz an, was sie zu sagen hat.«

Kapitel 6

»Kannst du deinen Arm bewegen?«

Diego winkt ab und steht auf, doch Dario sieht, wie er einen Moment schmerzvoll sein Gesicht verzieht.

Eigentlich wollten sie nur einige Überprüfungen in Peru machen, doch wie sie es vermutet haben, sind sie dort von den Arbeitern hereingelegt worden. Sie haben Waren von ihnen unterschlagen und am Ende kam heraus, dass eine andere Familia dafür verantwortlich war, und als sie diese zur Rechenschaft ziehen wollten, haben sie versucht, sie anzugreifen.

Es wurde schnell unterbunden, doch Diego hat sich am Arm verletzt. Er ist nicht gebrochen, doch er hat Schmerzen, wenn er ihn bewegt. Sie waren dort in einem Krankenhaus, allerdings vertrauen sie nur ihrem Arzt hier in Puerto Rico richtig. Im Gemeinschaftshaus haben sie eine Art kleine Praxis, in der ein Arzt arbeitet, der sich um alle Männer der Da Silvas kümmert. Er ist ein alter Freund der Familia und hat das auch unter seinem Vater schon getan. Letzten Endes vertrauen sie ihm am meisten.

Darios kleiner Bruder steht ihm in kaum etwas nach, wenn Dario nicht kann, führt er die Familia. Sie sind fast gleich groß und gleich trainiert und es trennen sie nur knapp zwei Jahre, und doch fällt es ihm sehr schwer mit anzusehen, wenn er irgendwie verletzt ist.

»Es ist alles gut, lass uns direkt Moers aufsuchen und mit ihm klären, wie das ab sofort in Peru zu laufen hat. Es kann nicht sein, dass wenn wir jemandem den Rücken zudrehen, sie glauben, sie können tun, was sie wollen.«

Dario nickt und verlässt hinter seinem Bruder das Flugzeug. »Erst fahren wir nach Hause. Ich will mich umziehen und etwas essen, dann können wir los.«

Sergeo läuft neben Dario zum Auto.

»Denkt dran, wir feiern später noch Nickys Geburtstag. Es wird schon alles vorbereitet.« Sie setzen sich in die Autos. Adrian fährt und Dario sieht sich so lange seine Nachrichten und Emails an, er hat fast den ganzen Flug verschlafen und prüft, ob er etwas Wichtiges verpasst hat.

Nicky hat ihm geschrieben und sich für die Uhr bedankt, die er ihm hat zukommen lassen. Er mag ihn und er weiß, dass er es in letzter Zeit nicht leicht hatte. Bekim hat es auf ihn abgesehen und will ihm seinen Platz streitig machen, aber auch wenn Dario schon oft mit ihm gesprochen und ihm klargemacht hat, dass er damit aufhören muss, passiert es immer wieder, dass die beiden aneinandergeraten.

Neben all den Deals, Treffen und den Feinden, die ihre Familia fallen sehen wollen, muss sich Dario auch noch mit den Problemen der Männer seiner Familia herumschlagen und von allem hasst er das am meisten. Seinen Feind anzusehen und ihm klarzumachen, wo die Grenzen sind, ist leichter, als es bei einem seiner eigenen Männer zu tun.

Sie fahren auf ihr Gebiet und setzen Diego direkt beim Arzt ab. Dario sagt Bescheid, dass er gleich etwas essen möchte und fährt mit Adrian nach oben zu ihren Häusern.

Sobald er die Tür schließt, atmet er tief ein.

Er liebt diese Ruhe nach einer solch anstrengenden Reise. Wie immer ist alles perfekt aufgeräumt, auch wenn er sein Haus nicht so verlassen hat. Es ist gut, dass sie Leute haben, die sich um all das kümmern. Er liebt es, in ein sauberes Haus zu kommen und einen gefüllten Kühlschrank zu haben, ohne sich darum selbst kümmern zu müssen. Er hat genug zu tun.

Doch statt zum Kühlschrank geht er ins Bad. Er duscht und auch da kommt er endlich etwas zur Ruhe. In diesem Moment spürt er, wie viel Adrenalin doch die ganze Zeit durch seinen Körper geflossen ist.

Er muss die ganze Zeit hochkonzentriert sein, in jeder Sekunde, die er in einem anderen Land verbringt, sobald er aus dem Flieger steigt. Es kann immer von irgendwoher eine Gefahr drohen und wenn dann wirklich etwas eskaliert wie heute, steht er komplett unter Spannung, besonders wenn es Verletzte gibt.

Selbst wenn sie alles hinbekommen haben und auf dem Rückflug sind, kann er nicht richtig abschalten, die Männer sind alle noch zu aufgedreht, und auch wenn er einschläft, bekommt er diese Unruhe mit. Erst in seinem Haus kann er wirklich herunterfahren.

Er lässt das Wasser auf seinen Rücken prasseln und schließt die Augen, tankt so Kraft, die er braucht, um sich Moers vorzuknöpfen, der hinter der Aktion in Peru steckt. Er freut sich schon auf die Feier heute Abend, sie sind seit Wochen nicht dazu gekommen, sie hatten zu viel zu tun und es wird Zeit, dass er und seine Männer auch mal wieder die schönen Seiten der Familia genießen können.

Als er aus der Dusche kommt, zieht er sich eine hellblaue Jeans und ein schwarzes Shirt über, steckt seine Waffe ein und nimmt noch eine weitere mit. Er weiß, dass bei Moers einiges passieren kann.

Sein Magen meldet sich und er geht die Treppen seines Hauses wieder hinab, in den Keller und in die Garage, steigt in seinen grauen Sportwagen und fährt zum Gemeinschaftshaus. Da das Essen meistens schon zubereitet ist, gibt es Nudeln mit Scampis, Pizza oder Steak zur Auswahl. Dario nimmt sich etwas von den Nudeln, frisch gebackenes Brot und ein Steak dazu. Als er gerade zu essen beginnt, setzt sich Diego dazu, der Arzt hat ihm einen Verband umgemacht, er scheint sich etwas gezerrt zu haben, doch es ist nichts Schlimmes.

»Du solltest heute hierbleiben, du hast noch Schmerzen, und wenn sie ihre Waffen ziehen und du zu langsam bist wegen der Schmerzen, kannst du mehr abbekommen als nur diesen verletzten Arm.«

Diego winkt ab. »Nein, ich habe eine Schmerztablette genommen, es geht schon wieder.« Adrian setzt sich zu ihnen und sagt, dass Moers in zwei Stunden einen Termin am Hafen hat, dort werden sie ihn abfangen. Somit haben sie noch etwas Zeit und essen langsamer.

Es kommen noch mehr Männer dazu und sie erzählen, was alles vorgefallen ist, gleichzeitig beginnen die Vorbereitungen für die Party. Nicky stößt zu ihnen und Dario beglückwünscht ihn noch einmal richtig, in dem Moment ruft ihn Jebrail, eine der Wachen an.

»Dario, hier ist jemand, der sagt, du bist gestern Vater geworden und dein Sohn braucht deine Hilfe.« Dario muss lachen, manche Chicas probieren einiges, um weiter Kontakt zu halten. Er hat schon so manches erlebt, eine hat sich sogar mal als Haushaltshilfe einstellen lassen und Diego hat sie dann in seinem Bett vorgefunden.

»Sag ihr, es gibt heute Abend eine Party, wenn sie ...« Jebrail, der gerade Wache hält, unterbricht ihn und er hört sich anders an. Als würde er das, was sie sagt, sogar glauben. »Ich bringe sie mal zu dir, hör dir kurz an, was sie zu sagen hat.« Dario legt auf und schüttelt den Kopf. Diese Frauen und ihre Geschichten. Er umarmt Nicky noch einmal. Als es hupt, geht er vor die Tür.

Jebrail steigt aus und vom Beifahrersitz eine Frau in Leggins und einem Top. Er sieht auf die Locken, die goldbraune Haut, die hellbraunen Mandelaugen und sofort muss er an die Nacht denken, die ihn die letzten Monate immer wieder eingeholt hat. Vor ihm steht die Frau, die einfach verschwunden ist, die er aber das erste Mal gar nicht gehen lassen wollte.

Wie schon beim ersten Mal nimmt ihn ihre Erscheinung sofort ein, ihre Augen funkeln aus ihrem wunderschönen Gesicht und er stockt einen Augenblick, was sicherlich alle hier bemerken werden.

Als er noch einmal hinsieht, erkennt er aber, dass sie zwar immer noch sehr zart ist, aber auch einen Bauch hat und sehr blass um die Nase herum ist. Sie wirkt müde.

»Du? Eleonora, richtig?« Er hat oft an sie gedacht und ihren Namen nicht vergessen. Bei anderen Frauen passiert ihm das häufiger.

Sie räuspert sich, auch sie scheint einen Moment geschockt zu haben, doch dann kommt sie einige Schritte näher zu den Stufen, auf denen er steht.

»Ja, ich … entschuldige, wenn ich störe. Ich weiß, dass das nicht die richtige Art und Weise ist, doch ich habe einfach keine Zeit, und unser Sohn, also ich habe einen Sohn bekommen und er ist auch dein Sohn. Er hat …«

Wenn da irgendeine der vielen Frauen stehen würde, mit denen Dario etwas gehabt hat, würde er schon lange loslachen, doch bei Eleonora kann er das nicht. Man sieht ihr an, dass etwas nicht stimmt, sie hat Tränen in den Augen und sieht völlig fertig aus.

»Du bist hier, um mir zu sagen, dass ich einen Sohn habe?« Er glaubt das nicht, doch in seinem Magen rumort es augenblicklich. »Um ehrlich zu sein, hätte ich dir das nicht gesagt. Ich bin mir sicher, dass du mit so etwas nichts zu tun haben willst und das ist auch völlig in Ordnung …« Diego kommt heraus und stellt sich zu ihm. Er spürt auch einige andere Männer hinter sich, doch Eleonora sieht ihm in die Augen und er bricht den Augenkontakt nicht ab.

»Ich bin nicht hier wegen Geld oder weil du dich um den Kleinen kümmern sollst, ich wäre nie hergekommen, aber er ist gestern zu früh zur Welt gekommen, die Ärzte haben einen Herzfehler entdeckt und er muss dringend operiert werden. Ich brauche dafür deine Zustimmung, damit es so schnell wie möglich geht und auch Informationen über dich und deine Familie, Krankheiten, alles was dazugehört… «

Dario kommt sich vor wie im falschen Film. »Du hast gestern einen Sohn zur Welt gebracht und er soll von mir sein?« Sie nickt und atmet tief ein, als hätte sie Schmerzen.

»Ja. Ich brauche deine Zustimmung zu dieser Operation. Wenn du kurz mitkommst, deine Zustimmung gibst und einige Fragen beantwortest, kann der Kleine morgen operiert werden.«

Dario hat es noch nie so ruhig hier am Gemeinschaftshaus erlebt wie in diesem Moment. Diego neben ihm flucht leise auf. Tausend Gedanken durchrasen seinen Kopf, hat sie … ist er wirklich Vater geworden, ohne dass er etwas davon weiß?

»Hol den Arzt.« Er hört Diegos Stimme und weiß, dass er reagieren muss, auch wenn er ehrlich gesagt nicht weiß wie, und das kommt eigentlich nie vor. Sein Bruder spürt das und springt für ihn ein. »Hör mal, ich will dich nicht angreifen oder dir etwas unterstellen, doch du bist nicht die Erste, die behauptet, einer von uns sei der Vater ihres Kindes. Unser Arzt wird eine Blutprobe machen und dann ist das geklärt, danach …«

Der Arzt kommt verdutzt zu ihnen und Eleonora wiederholt noch einmal alles; als sie den Herzfehler erwähnt, sieht der Arzt Dario an, der noch immer nur zu Eleonora blickt und all das versucht sacken zu lassen, was aber nicht geht.

Sie wendet sich noch einmal an Dario. »Ihr könnt gerne diesen Test machen, gleichzeitig brauche ich nur die Einwilligung und einige Informationen. Ich will auch nichts weiter von dir, kein Geld … nichts. Nur, dass du unseren Sohn rettest, Dario.«

Er sieht ihr in die Augen. »Wo ist … das Baby?« Sie atmet aus und Tränen laufen über ihre Wangen. Sie scheint sehr angespannt zu sein. »Im St. Marien-Krankenhaus. Ich muss auch sofort zurück, ich bin nur hier, um dich um Hilfe zu bitten. Er ist erst wenige Stunden alt.«

Dario nickt und sieht zum Arzt. »Machen Sie das. Nehmen Sie mir Blut ab und testen das. Sie kennen die Krankheitsgeschichte meiner Familie besser als ich, und wenn ich wirklich der Vater bin, komme ich und gebe die Einwilligung.«

Eleonoras Augen sehen ihn dankbar an. »Danke.« Er sieht auf sein Auto. »Am besten fahre ich euch gleich dahin und gebe dort das Blut ab.« Der Arzt nickt und Dario sieht zu seinem Bruder, der auch genauso überrascht wie er ist. Er weiß nicht, was er davon halten soll, ob er Eleonora trauen kann, doch ein Bauchgefühl sagt ihm, dass er zumindest überprüfen sollte, was da los ist und er hört immer auf sein Bauchgefühl.

»Ich komme danach direkt wieder her. Keiner von euch geht ohne mich zu Moers.«

Ohne eine Antwort abzuwarten, geht er zu seinem Auto und deutet Eleonora und dem Arzt einzusteigen. Sie steigt nach hinten, der Arzt setzt sich neben ihn, dabei legt er vorsichtig die Waffe, welche er auf den Beifahrersitz gelegt hat, in das Handschuhfach. Er gibt Gas und der Arzt sieht nach hinten zu Eleonora, die die Zähne zusammenbeißt.

»Haben Sie den Kleinen gestern zur Welt gebracht? Sie sollten sich noch nicht so viel bewegen, versuchen Sie, die Beine hochzulegen.« Eleonora lehnt sich ein wenig mehr nach hinten, doch sonst bleibt sie sitzen. »Ich weiß, aber ich musste herkommen, um meinem Sohn zu helfen.«

Ihrem Sohn? Seinem Sohn? Dario sieht Eleonora durch den Rückspiegel an und trifft auf ihren Blick, er weiß, dass er sicherlich nicht gerade freundlich aussieht, doch er kann jetzt auch nicht irgendetwas vorspielen. Er fragt nach, wo genau das Krankenhaus ist und der Arzt erwähnt, dass das Krankenhaus sehr schlecht ist.

»Ich habe nicht das Geld, um wählerisch zu sein, und sie versuchen, mir zumindest zu helfen.« Der Arzt sieht einen Augenblick zu Dario, sein Blich verrät, wie schlecht das Krankenhaus sein muss. Was soll er dazu sagen? Er kennt Eleonora kaum, er hat keine Ahnung, ob sie wirklich einen Sohn von ihm bekommen hat. Er bezweifelt es, jede andere Frau hätte das doch sofort ausgenutzt und sich auch in der Schwangerschaft finanziell helfen lassen. Er muss das testen. Das würde ihn nicht mehr in Ruhe schlafen lassen.

Sobald sie am Krankenhaus sind, verlässt Eleonora das Auto schnell, sie fahren in den ersten Stock und gehen zu einem Schwesternzimmer. »Können Sie den Kinderarzt rufen? Der Vater ist da und möchte sein Blut testen lassen.«

Alle blicken zu ihm, jeder hier weiß, wer er ist. Der Arzt schaltet sich ein und spricht mit den Schwestern und Eleonora sieht unruhig zu einem Zimmer. »Ich muss den Kleinen stillen, danke, dass du gekommen bist und das machst.« Dario hält sie am Arm zurück, erneut blitzen die Bilder dieser Nacht vor seinem inneren Auge auf, er hat selten eine Frau so sehr genossen wie sie. Er sieht ihr in ihre hellen Augen. Er will etwas sagen, doch wieder weiß er nicht was, und bevor er sich völlig zum Deppen macht, lässt er sie wieder los. Sie sieht ihm unsicher in die Augen, doch geht dann und verschwindet hinter einer Tür.

»Setz dich. Ich nehme dein Blut ab.«

Dario lässt nur seinen Arzt an sich heran, er nimmt Blut ab und verspricht, sich selbst darum zu kümmern. »In zwei, drei Stunden haben wir das Ergebnis.« Dario nickt und sieht auf die Uhr. »Ich muss los, ruf mich dann sofort an.«

Einen Moment denkt er noch darüber nach, zu Eleonora zu gehen und mit ihr zu sprechen, doch dann lässt er es und fährt zurück, um seinen Bruder und die Männer abzuholen.

Nun steht er auch ohne dass jemand ihn angreift, völlig unter Adrenalin. Er wünschte sich sogar, dass es eskaliert, damit er sich etwas abregen kann, doch Moers entschuldigt sich sofort und bettelt um Verzeihung. Dario hält sich zurück und lässt seine Männer machen, während er auf die Schiffe vom Hafen blickt.

Immer wieder sieht er zur Uhr. »Was wirst du tun, wenn du wirklich der Vater bist?« Diego stellt sich zu ihm. »Ich habe keine

Ahnung, ich habe mit allem gerechnet, aber niemals mit so etwas. Ich … weiß nicht einmal, was ich zu alldem sagen soll.« Sein Bruder macht sich eine Zigarette an und hält sie ihm gleich hin, doch Dario lehnt sie ab.

Diego lacht leise auf. »Ach du Scheiße, das kann ja was werden. Ich habe noch nie jemand so verzweifelt gesehen. Ich denke nicht, dass die Kleine lügt. Soll ich Papa und Mama etwas davon sagen?« Dario schüttelt den Kopf und reibt sich die Stirn. »Warten wir erst einmal ab.«

In dem Moment ruft ihn der Arzt an, und auch wenn Dario schon auf wirklich wichtige Anrufe gewartet hat, hat noch niemals zuvor sein Herz so stark geschlagen.

»Dario … die ersten Ergebnisse sind da. Du bist der Vater des Jungen. Ohne Zweifel.« Dario flucht leise auf, er hat es geahnt. Er hat einen Sohn und der muss dringend operiert werden. »Was sollen wir jetzt tun?« Es ist wahrscheinlich das erste Mal, dass Dario diese Frage stellt, sonst gibt er immer die Antwort auf diese Frage, doch jetzt ist er völlig überfordert.

»Ich habe bereits alle Fragen beantwortet und würde vorschlagen, dass ich die Mutter und das Baby erst einmal in die Klinik ans Meer bringen lasse, dort kann ihnen viel besser geholfen werden. Es ist eine Klinik, die die besten Herzspezialisten hat. Wir brauchen dich aber dort für die Einwilligung, die kannst du nur persönlich geben. Ich fahre mit den beiden dahin und sage Bescheid, wann du dort sein sollst, das kann sicher noch etwas dauern.«

Noch nie hat sich Darios Mund so trocken angefühlt. »Okay. Ich komme danach direkt dahin.«

Der Arzt hört, dass Dario überrumpelt ist. »Das kann noch zwei, drei Stunden dauern, lass dir Zeit. Ich kümmere mich um alles.«

Er legt auf und sein Bruder sieht ihm fragend in die Augen.

»Ich bin gerade Vater geworden.«

Kapitel 7

Die Minuten vergehen wie Stunden, Eleonora stillt Nael und versucht, sich selbst zu beruhigen, doch das funktioniert nicht. Davina kommt und erfährt, was alles passiert ist, gemeinsam sehen sie auf Nael und jede seiner Bewegungen. Vielleicht ist das die Strafe, weil sie daran gedacht hat, ihn wegzugeben, ihn nicht wollte.

Sie sollte krank sein, nicht er. Eleonora beginnt immer wieder zu weinen; wenn eine Schwester hereinkommt und Nael untersucht, seine Werte kontrolliert und seine Hautfarbe überprüft, versucht sie, stark zu wirken, um den Kleinen nicht merken zu lassen, dass seine Mutter dabei ist, vor Angst ihren Verstand zu verlieren.

Sie geht irgendwann vor die Tür und sieht nach, ob der Arzt oder Dario noch da ist, doch sie findet nur den Arzt, der bei den Schwestern sitzt und mit ihnen verschiedene Bögen durchgeht. Sie will nicht stören, alles, was es vorantreibt, dass Nael bald operiert werden kann, ist gut.

Als sie zurück ins Zimmer kommt, sieht ihre Mutter sie an. »Werden wir jetzt erfahren, wer der Vater ist? Ist er noch da?« Eleonora schüttelt den Kopf, nimmt Nael auf den Arm und geht zum Fenster. »Er ist weg, ich denke, er hat das Blut abgegeben und ist gegangen. Ich kann nur hoffen, dass er wirklich kommt und sein Einverständnis gibt. Es besteht kein Zweifel, dass er der Vater ist, ich hatte lange vor ihm keinen Sex und danach auch nicht mehr. Es ist Dario Da Silva.«

Sie sieht aus dem Fenster. Es ist ihr momentan völlig egal, was ihre Mutter oder Davina dazu sagen, sie hat wirklich andere Sorgen, doch als gar keine Reaktion kommt, dreht sie sich doch um. Beide sehen sie an. »Der Anführer der Da Silvas?« Ihre Mutter hebt die Augenbrauen.

Eleonora nickt. Davina räuspert sich. »Der hübsche Mann, der letztens in der Zeitung war, der ständig neue Frauen hat und vor dem ganz Lateinamerika zittert, ist der Vater unseres kleinen Babys?«

Wenn die Situation nicht so ernst wäre, würde sie die Augen verdrehen. »Es ist doch völlig egal, was oder wer er ist, es geht doch nicht darum, dass er sich um den Kleinen kümmert oder um mich. Alles was ich möchte, ist seine Einwilligung und dann kann jeder wieder seinen Weg gehen.«

Davina deutet Eleonora, ihr Nael zu geben. Sobald sie ihn hat, küsst sie seine weichen Wangen. Sie müssen vorsichtig sein, es dürfen nicht viele Leute zu ihm und niemand, der krank ist und ihn anstecken könnte. »Jetzt verstehe ich den Namen, Sohn des Löwen.« Davina schüttelt den Kopf und ihre Mutter steht auf und bekreuzigt sich.

»Madre mia, ich hoffe, dass das nicht noch Ärger gibt. Bist du sicher, dass er das auch so sieht? Dass er nichts von seinem Sohn wissen möchte?« Sie beginnt, unruhig im Raum auf und abzugehen, das tut sie immer, wenn sie nervös wird und es macht Eleonora wahnsinnig.

»Ich weiß nicht, was er denkt und es ist mir gerade auch egal.« Sie muss daran denken, wie sie ihm wieder gegenüberstand und ihm von Nael erzählt hat. Im ersten Moment hat sie seine Erscheinung wieder völlig eingenommen. Sobald er vor die Tür kam, bekam sie eine Gänsehaut. Sie hat die letzten Monate immer wieder an die Nähe zwischen ihnen gedacht, an seine dunklen Augen, seinen Geruch, seine starken Arme, die sie gehalten haben, sein süßes Lachen, und als er dann da stand und verwundert auf sie hinabsah, ist ihr all das sofort wieder aufgefallen.

Seine Haare sind kürzer, er war frisch rasiert, und auch wenn er immer düsterer und düsterer geguckt hat, als Eleonora zu sprechen begonnen hat, haben seine Augen fast noch mehr geglänzt, als sie es in Erinnerung hatte, wenn er lacht.

Wahrscheinlich wäre sie normalerweise in diesem Moment tausend Tode gestorben, besonders, als immer mehr Männer aus dem

Haus kamen und sein Bruder mit ihr gesprochen hat. Er sieht Dario ähnlich, er hat eine größere Narbe auf der rechten Wange, die ihn gefährlicher aber nicht weniger hübsch wirken lässt, sie hat gespürt, dass keiner ihr das so richtig geglaubt hat, doch immerhin hatten sie solch einen Zweifel, dass Dario mitgekommen ist. Sie weiß nicht, was sie sonst getan hätte, sie würde alles tun, um Nael gesund zu bekommen.

»Ich kann mir vorstellen, dass es ihm so geht wie mir an dem Tag, als ich erfahren habe, dass ich schwanger bin, wobei ich denke ...«

Es klopft und der Arzt tritt ein.

»Hallo, ich bin der Arzt der Da Silvas.« Er begrüßt ihre Mutter und Davina, die ihn misstrauisch ansehen. Der Arzt ist ein älterer Mann mit grauen Locken und einer schwarzen Brille, er sieht sehr erfahren aus, auch wenn er nur ein rotes Poloshirt und eine schwarze feine Hose trägt.

»Die Blutergebnisse des Vaterschaftstest sind da. Ich musste ganz schön viel bewegen, dass das so schnell geklappt hat, doch ja, wie Sie ja sicher wissen, ist Dario der Vater. Ich habe ihm das gerade mitgeteilt, er wird bald kommen.«

Eleonora steigen erneut Tränen in die Augen.

»Danke, das ist ... also wird alles gut?«

Der Arzt lächelt mild. »Ich habe mir alle Unterlagen angesehen. Darf ich mir den Kleinen mal ansehen?« Eleonora nickt, sie will ihn Davina aus den Armen nehmen, die den Arzt warnend ansieht, sie traut ihm nicht, doch Eleonora spürt, dass das hier wichtig ist. Sie legt ihn in seine Arme und er sieht sich Nael an, dabei lächelt er sofort. »Er hat sehr viel Ähnlichkeiten mit Dario.« Das weiß sie, er sieht seinem Vater sehr ähnlich.

Der Arzt hört ihn ab, tastet behutsam seinen Kopf ab und lässt sich seine Akten bringen.

»Ich habe gerade mit einer anderen Klinik gesprochen. Wie Sie wissen, ist diese Klinik nicht am besten geeignet für solche Operationen. Das Baby ist so weit in einer guten Verfassung, dass es verlegt werden kann. Die Klinik ist am Meer und auf Herzprobleme spezialisiert. Sie wissen Bescheid und bereiten alles vor. Morgen früh wird er operiert, von zwei Spezialisten Puerto Ricos und weit darüber hinaus: ein Kinderchirurg und ein Kinderherzspezialist. Ich würde mit ihnen jetzt gerne dahin fahren, damit der Kleine dort sofort die Behandlung bekommt, die er braucht.«

Eleonora lacht leise auf. »Das kann ich mir nicht leisten und ich habe auch das Gefühl, dass der Arzt hier alles dafür tut ...« Plötzlich hört sie eine Stimme von der Tür, sie hat nicht gemerkt, dass der Arzt, der sich die ganze Zeit um sie gekümmert hat, in der Tür steht.

»Wenn Sie die Möglichkeit haben, lassen Sie es dort machen, etwas Besseres kann Ihnen nicht passieren; wäre das mein Sohn, würde ich nicht zögern. Wir haben hier nur die allernötigsten Mittel, von den Keimen und allem anderen ganz zu schweigen. Denken Sie nicht viel über das Angebot nach.«

Sie sieht ihre Mutter und Davina an, die genauso unsicher zwischen den Ärzten hin und her sehen. »Das ist der Sohn von Dario Da Silva. Er wird darauf bestehen, dass sein Sohn nur von den besten Ärzten behandelt wird, um die Kosten müssen Sie sich keine Sorgen machen. Es geht jetzt nur darum, die besten Voraussetzungen zu schaffen, damit der Kleine richtig gesund wird, oder?«

Sie atmet tief aus und sieht auf Nael. »Natürlich.«

Nicht mal eine halbe Stunde später werden sie in einem Krankenwagen zu der anderen Klinik gefahren. Der Arzt und Davina fahren in einem Taxi hinterher. Davina hat für Eleonora frische Sachen aus ihrer Wohnung geholt, die Tasche und alle Papiere für Nael haben sie auch dabei.

Als sie mit ihrem Baby im Arm aus dem Krankenwagen steigt, sieht sie auf das Meer. Vor ihnen steht ein wunderschönes weißes

Haus, es ist viel kleiner als die Kliniken, die Eleonora kennt und viel edler. Zwei Krankenschwestern stehen mit einem Kasten bereit.

»Willkommen, wir können den Kleinen gleich hier reinlegen, dort werden seine Werte am besten ...« Sie drückt ihren Sohn an sich und bindet ihm die Decke enger um. »Ich trage ihn.« Die Schwestern nicken und deuten ihnen, mitzukommen.

Davina und ihre Mutter bleiben an ihrer Seite, auch sie sehen sich genau um. Sie war noch nie in ihrem Leben hier und sie kann sich nicht vorstellen, dass eine der beiden jemals hier war. Der Arzt hält ihnen die Tür auf und trägt Eleonoras Tasche. Er bemüht sich sehr und sie lächelt ihn dankbar an, auch wenn es sie alle Kraft der Welt kostet, gerade zu lächeln.

Sie werden durch eine wunderschöne Eingangshalle gebracht, hier sind Bilder von Ärzten angebracht, zwei Männer sitzen im Rollstuhl bei einem Brunnen und reden miteinander, es wirkt so gar nicht wie ein Krankenhaus. Alle Schwestern, die ihnen begegnen, begrüßen sie freundlich.

Mit dem Fahrstuhl fahren sie in den zweiten Stock. Die Schwester erklärt, dass sie die große Familiensuite bekommen und der Arzt gleich bei ihnen sein wird. Sie öffnet die Tür zu einem Raum und Eleonora hat das Gefühl zu träumen.

Sie betreten einen kleinen Vorraum, wo man Jacken aufhängen kann und die Schuhe auszieht, hier geht auch ein großes Bad ab. Dann kommt man in einen riesigen Raum mit großem Bett, Wickelkommode, Babybett, einem Schrank, einem Flachbildschirm und einem Schreibtisch mit Laptop. Das Zimmer ist fast so groß wie ihre komplette Wohnung. Wenn nicht Infusionsstangen und Monitore bereitstehen würden, würde man nicht glauben, dass das hier ein Krankenhaus ist.

Auch ihre Mutter sieht sich irritiert um, während Davina große Augen macht und auf einen Balkon tritt, von dem aus man direkt aufs Meer blickt.

Eleonora dreht sich zum Arzt um, der die Tasche abstellt. »Ich brauche ein Krankenhaus und keine Luxussuite, es geht hier um ...« Ein Mann erscheint in der Tür, die noch nicht geschlossen wurde. Er trägt einen weißen Kittel und ist das erste Anzeichen, dass hier auch wirklich jemand weiß, was man mit ihrem Sohn tun muss.

»Sie sind hier in den besten Händen. Ich bin Professor Dr. Boeckel. Ich habe in Deutschland studiert, in Amerika und Kanada gearbeitet und mir hier einen kleinen Traum verwirklicht. Ich bin als einer der besten Herzspezialisten im Bereich der Kinderchirurgie ausgezeichnet worden, der zweite Arzt, der sich später vorstellen wird, sogar schon zweimal. Wir möchten nur, dass sich unsere Patienten wohlfühlen und Sie werden sich hier besser erholen als in einem Sechsbettzimmer in einem staatlichen Krankenhaus, wo Ihr Baby zwischen einem Blinddarm und einem Beinbruch operiert wird.«

Er schüttelt ihre Hand. »Ich werde Ihren Sohn gesund machen, vertrauen Sie mir.«

Sie wünschte, sie könnte es, doch sie fühlt sich komisch hier, das passt nicht zu ihr, sie wünscht sich den Arzt aus dem alten Krankenhaus, doch ihr Verstand sagt ihr, dass das hier der beste Weg für Nael ist.

»Kann ich den kleinen Mann mal sehen?« Sie legt ihn so in ihren Arm, dass der Arzt ihn ansehen kann, dann nimmt er die Unterlagen entgegen, während ihre Mutter beginnt, ihre Sachen in den Schrank zu räumen.

»Ihm geht es zum Glück noch ganz gut. Ich habe schon viel kritischere Fälle gesehen, doch er ist auch sehr klein und leicht, dadurch, dass er früher geboren wurde. Ich werde diese Unterlagen durchgehen und mein Kollege kommt Ihren Sohn dann richtig untersuchen. Davor kommt auch noch eine Frauenärztin, die Sie untersucht, das sollte so kurz nach einer Geburt und bei all dem Stress, den Sie haben, nicht vernachlässigt werden.«

Der Arzt geht und Eleonora streicht sich müde über die Augen, am liebsten würde sie laut losschreien, aus diesem Alptraum aufwachen und mit ihrem Sohn allein in ihrer Wohnung sein, doch sie steht hier, in einer Luxussuite und wartet darauf, was als nächstes passiert, während ihr Sohn so kurz nach seiner Geburt um sein Leben kämpfen muss.

Sie setzt sich aufs Bett und Davina kommt zu ihr. Eleonora wischt sich ihre Tränen nicht einmal mehr weg. Sie kann das nicht mehr kontrollieren. »Gib mir den Kleinen mal her, sieh doch, er ist eingeschlafen. Du musst dringend etwas essen, am besten gehst du duschen, zieh deine Anziehsachen an und wir versuchen, irgendetwas zu essen zu besorgen, danach wird es dir schon ein wenig besser gehen. Nael braucht dich jetzt, du musst für ihn stark sein.«

Der Arzt der Da Silvas sieht verschämt zur Seite. Ihre Mutter legt die Sachen, die sie für Nael besorgt hat, in die Schubfächer des Wickeltisches. »Die Sachen sind alle zu groß, wir müssen noch einmal Frühchensachen besorgen.« Der Arzt räuspert sich. »Ich gehe dem Arzt mit den Unterlagen helfen. Wegen dem Essen und den Anziehsachen gebe ich jemandem Bescheid, damit sich darum gekümmert wird. Kommen Sie erst einmal in Ruhe an.«

Sie alle sehen ihm hinterher, als er die Tür schließt und sie alleine in dieser Suite zurückbleiben. »Das ist doch Wahnsinn.« Ihre Mutter sieht sich auch um, Davina aber blickt streng zu Eleonora. »Jetzt mach schon, solange er schläft«

Auch das Bad ist purer Luxus, hier gibt es neben einer riesigen Dusche auch eine große Badewanne, Doppelwaschbecken und eine separate Badewanne für Babys. Eleonora hat nicht daran gedacht, Shampoo mit in die Dusche zu nehmen, doch das braucht sie auch nicht, dort stehen mehrere.

Während sie sich wirklich ein klein wenig besser zusammennehmen kann unter dem Wasser, spürt sie Schmerzen im Unterleib. Sie beeilt sich, ihre Brüste sind heiß und schmerzen. Sie waren noch nie so riesig wie jetzt.

Eleonora trocknet sich schnell ab. Sie zieht eine schwarze Jogginghose und ein rosa Shirt über, lässt ihre nassen Haare aber offen. Als sie dann aus dem Zimmer kommt, stehen zwei silberne Rollwagen mit Essen im Zimmer. Eine Schale Obst, drei Salate, drei Suppen, dreimal Nudeln mit Rinderfilet, Wasser, Limonade, Eistee.

Nael schläft noch immer, doch da sie das Gefühl hat, ihre Brüste platzen, legt sie ihn an, und selbst im Schlaf saugt er und trinkt. Wenigstens das funktioniert, er soll so gestärkt wie nur möglich vor der Operation sein. Davina und ihre Mutter essen und dann spürt auch sie, dass sie etwas im Magen braucht. Sie haben recht, wenn sie jetzt hier umkippt, hilft das niemandem weiter. Im Zimmer gibt es sogar so etwas wie einen Esstisch. Während sie dort sitzen, kommt eine Schwester und bringt ihnen einen großen Stapel mit kleinen Bodys, Jäckchen, kleinen Stramplern, Mützen und das alles kleiner als die normalen Babysachen.

Ihr Handy hat Eleonora schon kurz nach der Geburt ausgeschaltet, weil sie einfach keine Ruhe hatte. Davina erzählt, wem sie alles davon erzählt hat, was passiert ist. Sie muss morgen wieder arbeiten und auch die Arbeitskolleginnen werden wissen wollen, was los ist, sie waren ja dabei, als die Fruchtblase geplatzt ist.

Eleonora ist das alles egal. Sie zieht sich nach dem Essen mit Nael auf das große Bett zurück und tatsächlich fallen ihr dort ziemlich schnell die Augen zu. Allerdings klopft es nur wenige Minuten später und eine Frau kommt herein, die sich als Frauenärztin vorstellt. Sie kann auf dem Bett liegen bleiben. Die Ärztin tastet sie ab, fragt sie einiges, misst ihren Puls und nimmt ihr Blut ab. Dann wird ein Monitor hereingerollt und sie macht noch einen Ultraschall vom Bauch. Außer dass sich Eleonora unbedingt ausruhen muss, ist aber alles in Ordnung.

Sie verspricht, das zu tun, sobald die Operation hinter ihnen liegt. Davina sieht aufs Meer, nachdem die Frau gegangen ist. Nael liegt auf ihrer Brust und Eleonora fallen langsam erschöpft die

Augen zu. Auch ihre Mutter legt sich auf die bequeme Lounge-couch, die so breit wie ein Bett ist.

Als es das nächste Mal klopft, öffnet sie mühevoll die Augen, doch ist dann hellwach.

Dario tritt ein.

Kapitel 8

Selbst jetzt in dieser Situation ist seine Erscheinung und sein Auftreten beeindruckend. Eleonora setzt sich ein wenig mehr auf, doch er deutet ihr, liegen zu bleiben. Seine dunklen Augen sehen in ihre. Sie kennt diesen Mann kaum, sie haben nicht viel miteinander gesprochen und doch hat sie seinen Sohn im Arm.

Davina und ihre Mutter stellen sich beide zum Bett. Sie räuspert sich leise. »Dario ... das sind meine Mutter Tamara und meine beste Freundin Davina.«

Er reicht beiden höflich die Hand, sie sehen zu Eleonora und Nael und deuten zur Tür. »Wir lassen euch alleine.« Ehrlich gesagt weiß sie nicht einmal, ob sie das überhaupt möchte, sie weiß nicht, was sie ihm sagen soll. Was man überhaupt zu alldem sagen könnte. Bis vor wenigen Stunden hat sie nicht damit gerechnet, ihn jemals wiederzusehen.

Dario bleibt vor ihrem Bett stehen und reibt sich kurz über die Stirn. Sie kann einen Mann wie ihn schwer einschätzen, ist ihm all das egal? Ist er sauer? Was denkt er darüber? Vielleicht möchte er all das nur schnell hinter sich haben und wieder gehen.

Doch jetzt im Moment wirkt er müde und angespannt. Er setzt sich zu Eleonora an die Seite des Bettes und sieht ihr in die Augen.

»Ich weiß noch nicht, ob ich das alles hier nur träume, oder ob das echt passiert.« Sie weicht seinem Blick nicht aus. »So ging es mir auch, als ich eher zufällig erfahren habe, dass ich schwanger bin.« Er sieht auf die dunklen Haare seines Sohnes. »Der Kinderarzt kommt gleich und klärt uns genau über alles auf.«

Eleonora nickt und nimmt Nael von sich herunter. Sie küsst seine weichen Wangen und reicht ihn Dario. »Dein Sohn.«

Etwas unbeholfen nimmt Dario ihn in seine großen Hände, sie hilft ihm, Nael richtig in seine Arme zu legen und er beginnt zu lächeln. »Er sieht aus wie ich. Der Arzt hat das schon gesagt, doch ich hatte nicht geahnt, dass die Ähnlichkeit so stark ist.«

Eleonora lehnt sich erschöpft zurück und beobachtet, wie Dario seinen Sohn ganz genau betrachtet. Er beugt sich über ihn und küsst seine Wange ebenfalls. »Er ist so klein und zerbrechlich.« Das ist er.

Sie spürt, wie ihr die Tränen wieder in die Augen steigen. »Er sollte nicht solch einen Eingriff über sich ergehen lassen müssen.« Dario blickt hoch und sieht ihr wieder in die Augen. »Deswegen sind wir hier. Mir wurde versichert, dass hier die besten Ärzte dafür sind.« Es klopft und eine Schwester bittet sie mitzukommen. Dario steht auf, er legt Nael sehr vorsichtig an seine Brust und legt eine dünne Decke über ihn.

Eleonora steht auf und beißt sich auf die Lippen, als ein Schmerz sie durchfährt. Dario merkt das. »Die Ärzte sagen, du brauchst mehr Ruhe, du hast gestern ein Baby bekommen.« Sie lächelt matt. »Wenn ...«, sie stockt, doch dann spricht sie es aus, »unser Sohn all das gut überstanden hat, dann verspreche ich, dass ich die Tage nur noch im Bett verbringe.«

Einen Moment überlegt sie, Nael an sich zu nehmen, sie gibt ihn nicht gerne aus der Hand, doch Dario ist sein Vater. Auch wenn nie geplant war, dass er das erfährt, so ist er jetzt da und wer weiß, wie lange er hier ist. Vielleicht gibt er nur die Einverständniserklärung ab und dann sehen sie ihn nie wieder. So hat Nael wenigstens etwas von seinem Vater, für diese wichtige Zeit vor der Operation.

Eleonora schlüpft in die Badelatschen, die sie im anderen Krankenhaus bekommen hat, die Schwester sieht das und holt aus der Garderobe im Flur neue Badelatschen, die bequemer aussehen und vor allem passen, die anderen sind ihr mindestens zwei Nummern zu groß.

Dario bleibt neben ihr, und als sie dann zusammen auf den Flur treten, kommen gerade ihre Mutter und Davina mit Cappuccino-Tassen zurück. Sie sehen einen Moment verwundert zu Dario und Nael, dann erklärt Eleonora ihnen, dass sie kurz zum Kinderarzt müssen und die beiden beschließen, hier zu warten.

Sie müssen nur einige Zimmer weiter. Dort erkennt man, dass das hier wirklich eine Klinik ist. Auch wenn es alles sehr freundlich eingerichtet ist, stehen hier Geräte herum, die sie vorher noch nie gesehen hat.

Ein Mann erwartet sie schon. Er reicht Eleonora die Hand und dann Dario. »Herzlich willkommen in unserer Klinik, meine Kollegen und ich haben uns schon alle Unterlagen genau angesehen und ich versichere Ihnen, dass wir Ihrem Sohn helfen können und werden. Kann ich mir den Kleinen mal ansehen?«

Dario legt Nael auf die Liege zwischen ihnen allen und sofort schrecken seine Arme auf, er mag es nicht, abgelegt zu werden. Der Arzt sieht zu dem Baby und dann zu Dario. »Das ist ja ganz der Papa.« Eleonora blickt auch zu Dario, doch der sieht nur sehr wachsam zu Nael, während der Arzt ein Gerät an die Liege holt und Eleonora bittet, dem Kleinen den Body auszuziehen.

»Nael ist ein seltener Name, wie sind Sie darauf gekommen?« Eleonora zieht ihren Sohn aus, sie weiß gar nicht, ob Dario seinen Namen überhaupt kennt. »Die Bedeutung hat mit gefallen, der Sohn des Löwen, der alles erreichen kann.« Nun blickt Dario doch hoch und in ihre Augen, doch im gleichen Moment beginnt ihr Sohn zu schreien und alle sehen zu ihm.

Es zerreißt einem das Herz, wenn man dieses kleine zarte Würmchen schreien sieht, sie wird ganz nervös, doch der Arzt muss ihn ja untersuchen. Dario streicht mit seinem Finger über seine Wange, um ihn zu beruhigen, doch Nael wird immer lauter, als der Arzt den Ultraschall anlegt.

»Kann ich ihn nicht auf dem Arm nehmen und sie untersuchen ihn so?« Der Arzt nickt und Eleonora nimmt ihn so auf den Arm, dass der Arzt trotzdem den Ultraschall machen kann, Nael ist nun viel ruhiger.

»Sehen Sie, dieser Kreislauf hier ist falsch. Wir werden das morgen in einer Operation beheben. Der Eingriff an sich ist schon schwer, es ist keine leichte Operation und schon gar nicht für solch ein kleines und zartes Baby.«

Er blickt ihnen ernst in die Augen.

»Sie geht über mehrere Stunden und man hat nie eine Garantie, dass alles gut gehen wird, doch wenn Nael das geschafft hat, wird er wieder ganz gesund. Er braucht eine Weile, um die Operation zu verarbeiten, doch dann kann er wie jeder andere Junge auch aufwachsen. Er hat zum Glück nur die leichte Form der Krankheit, von daher ist außer einer bleibenden Narbe am Herzen nichts weiter zu erwarten. Er muss einmal im Jahr kontrolliert werden, doch es ist selten, dass nach der Operation noch einmal Probleme auftauchen.«

Sie drückt Nael enger an sich. »Sie wollen uns damit sagen, dass es sein kann, dass er stirbt? Was ist, wenn wir diese Operation nicht machen?« Der Arzt sieht ihr traurig in die Augen. »Dann stirbt er auf jeden Fall. Wir werden alles tun, um ihn zu retten. Wir brauchen von Ihnen beiden die Einwilligung.«

Eleonora setzt sich auf einen der Stühle, der Arzt ist fertig mit der Untersuchung. »Was ist, wenn wir noch warten, bis er stärker ist? Er ist zwei Tage alt, er kann noch nicht einmal richtig seine Augen öffnen. Ich ...« Der Arzt geht an einen Schrank und holt einige Utensilien heraus. »Ich verstehe Ihre Ängste. Ich habe selbst drei Kinder, doch es geht nicht anders. Sein Zustand wird sich verschlechtern. Seine Haut würde immer blauer werden, er würde so nicht kräftiger werden, im Gegenteil. Jetzt hat er noch mehr Kraft, als er sie in einigen Tagen haben wird.«

Sie beginnt zu weinen und schmiegt Nael an sich, sie hat nicht mehr auf Dario geachtet, bis er sich an den Arzt wendet.

»Wissen Sie, ich weiß gerade mal seit knapp zwei Stunden, dass ich einen Sohn habe und jetzt soll ich über dessen Leben entscheiden. Ich habe schon Entscheidungen getroffen, die das Leben vieler Männer beeinflusst haben, mir fiel es niemals schwer, Entscheidungen zu treffen, doch das hier ist etwas ganz anderes. Wenn Sie sagen, es muss sein, glaube ich es Ihnen, doch ich hoffe wirklich, dass Sie wissen, was Sie tun und dass mein Sohn das hier gut übersteht wird.«

Eleonora sieht hoch, ist das eine Drohung gewesen? Es ist sicher nicht das Klügste, dem Arzt, der das Leben ihres Sohnes in der Hand hat, zu drohen, doch der Arzt nickt. »Das werden wir, Señor Da Silva. Ich verspreche Ihnen, dass Sie diese Entscheidung nicht bereuen werden. Und Sie stimmen auch zu?«

Wut schlägt in ihrem Bauch hoch, sie hat doch gar keine andere Wahl. Er lässt das so klingen, als hätten sie eine. »Ich möchte, dass mein Baby gesund wird.«

Der Arzt nickt. »Wir müssen ihm noch einmal Blut abnehmen, dann können Sie sich auf das Zimmer zurückziehen. Seine Werte werden jetzt immer wieder bis zur Operation kontrolliert. Stillen Sie ihren Sohn um sechs Uhr früh das letzte Mal, damit sein Magen nicht zu voll ist. Das Erste, was wir morgen früh tun werden, ist, Ihren Sohn zu retten.«

Als der Arzt kommt und Nael Blut abnehmen will, kann Eleonora das nicht. Wie soll sie die Operation morgen überstehen, wenn sie es nicht einmal schafft zuzusehen, wie ihm Blut abgenommen wird? Doch dann steht Dario plötzlich neben ihr und nimmt ihr Nael ab. »Ich mache das.«

Sie hat sich niemals Gedanken darüber gemacht, ob Nael einen Vater braucht. Es stand niemals zur Debatte. Für sie war klar, dass er ohne einen Vater aufwachsen wird, doch allein zu wissen, dass sie nicht ganz alleine all das trägt, nimmt ihr in diesem Moment ein klein wenig Last ab.

Sie weiß nicht, wie sie Dario eingeschätzt hatte. Es wäre gemein zu sagen, dass sie ihn überhaupt einschätzen könnte, sie kennt ihn nicht, doch sie hat nicht erwartet, dass er sich wirklich so um ihren Sohn bemüht. Er nimmt ihn ihr vorsichtig aus dem Arm. In seinen

Armen und in seinen Händen wird einem noch mehr bewusst, wie winzig Nael ist. Eleonora wendet sich ab und geht ans Fenster, sie hört, wie Nael zu weinen beginnt und schließt die Augen. Wieso muss ihr kleiner Engel all das durchmachen?

Doch kurz danach hört er wieder auf und sie dreht sich um. Der Arzt bringt etwas weg und Dario küsst ihren Sohn auf die Stirn und murmelt etwas, was Nael zu beruhigen scheint. »Sie können jetzt auf ihr Zimmer, versuchen Sie alle, sich etwas zu entspannen, das morgen wird nicht leicht werden, für niemanden. Die weiteren Untersuchungen werden nach und nach gemacht.«

Wieder trägt Dario Nael zurück. Davina und ihre Mutter begleiten sie in ihr Zimmer und Eleonora erzählt alles. Sie alle weinen, während Dario mit Nael im Arm auf einem Sessel sitzt und ihn ansieht. Sie kann kaum einen klaren Gedanken fassen, was macht sie, wenn die Operation morgen nicht so gut verläuft wie erhofft? Wie soll sie damit leben?

Ihre Mutter muss zur Arbeit; sie fragt, ob sie lieber bleiben soll, doch die Schwester, die gerade hereinkommt, um sich Nael anzusehen, sagt, dass heute ohnehin nicht mehr so lange Besuch bleiben sollte, da der Kleine so viel Ruhe wie nur möglich braucht. Außer dem Vater und der Mutter des Kindes sollten alle gehen. Schweren Herzens verabschieden sich Davina und ihre Mutter kurz darauf, sie versprechen, morgen früh zu kommen und sollte irgendetwas sein, soll sie sich melden.

Sie reichen auch Dario die Hand, sie sprechen alle nicht viel miteinander, es ist nicht der Zeitpunkt, sich kennenzulernen.

Es ist still, nachdem die beiden gegangen sind. Dario sitzt noch immer mit Nael auf dem Arm da und sieht ihn an. Es kommt ihr fast so vor, als könne er noch immer nicht begreifen, dass er nun Vater ist. Er sieht hoch und lächelt.

»Ich glaube, er hat Hunger.« Er bringt Nael zu ihr, der ein wenig mit den Lippen saugt. Eleonora lächelt auch, er sieht so niedlich aus.

Sie zögert einen Moment, ihr Top herunterzuziehen und ihn zu stillen, doch Dario lacht mit seiner heiseren Stimme auf. »Wenn ich irgendetwas von dir noch nicht gesehen hätte, säßen wir beide heute nicht hier.« Natürlich. Eleonora legt Nael an und Dario sieht sie dabei an.

»Ich wollte niemals Vater werden.« Sie atmet tief ein. »Ich wollte auch nicht Mutter werden, zumindest nicht jetzt. Ich wollte Kurse besuchen, um Lehrerin zu werden.«

Es klopft wieder und eine Schwester kommt mit einem Rollwagen herein. Er ist mit Spiegeleiern, Speck, frischem Brot und Aufschnitt sowie Kuchen bestückt. Dazu neue Getränke und wieder frisches Obst. Dario fragt, was sie möchte, doch erst einmal will sie nur etwas trinken. Nael ist aber schnell fertig und schläft, sie hofft, dass sie sich nur einbildet, dass er schlapper als noch heute Morgen wirkt.

Sie legt ihn zärtlich über ihre Schulter und setzt sich zu Dario, der einiges auf den Tisch gelegt hat. Sie weiß, dass sie essen muss, um genug Milch für Nael zu haben, deswegen zwingt sie sich, ein wenig zu essen, auch wenn sie keinen Appetit hat. Dabei bemerkt sie, dass Dario sein Handy auf dem Tisch hat, es ist lautlos gestellt, doch es blinkt ständig, weil eine Nachricht hereinkommt oder ein Anruf eingeht. Er ignoriert das alles.

»Ich muss ehrlich sagen, dass ich gedacht hätte, dass du die Einwilligung gibst und wieder verschwindest. Ich meine, ich kenne dich kaum, aber ich bin überrascht, dass du noch hier bist.« Dario sieht sie aus seinen dunklen Augen an, er nimmt einen Schluck Limonade und hebt die Augenbrauen.

»Um ehrlich zu sein, habe ich gar nicht gewusst, was ich hier machen soll oder werde. Ich bin einfach gekommen und dann wollte ich zumindest kurz nach dem Kleinen sehen und dann habe ich eine Miniversion von mir in den Armen und dann der Arzt … ich denke, ich werde bei euch bleiben, bis die Operation vorbei ist, er ist mein Sohn, auch wenn ich eigentlich nichts von ihm wissen sollte.«

Eleonora sieht ihn entschuldigend an. »Ich dachte, dass du … ich hatte keine Wahl, ich war schwanger und dachte, dass du eh nichts damit zu tun haben willst und ich …« Er unterbricht sie. »Ich weiß nicht, was ich möchte und was nicht. Ich weiß erst seit einigen Stunden von Nael, aber du hättest es mir von Anfang an sagen müssen, ich hätte dir doch helfen können. Ich meine, wir beide haben …« Es klopft wieder und dieses Mal kommt Diego herein. »Es ist so toll, dass du an dein Handy gehst und sagst, wo genau du bist.« Er sieht seinen Bruder sauer an und blickt dann zu Eleonora.

»Hey, ist er das?« Sie streicht über den Rücken von Nael und nickt. Es ist Wahnsinn. Sie hatte immer Respekt vor den Da Silvas, vermischt mit einer gehörigen Portion Angst. Jeder hat das. Doch nun sieht sie auf Dario und Diego und kann das nicht mehr so fühlen, vielleicht liegt es daran, dass sie gerade einfach andere Sorgen hat, doch trotzdem merkt man sofort die mächtige Ausstrahlung beider Brüder.

Sie sind beide durchtrainiert, beide haben den gleichen dunklen Hautton, Dario hat etwas kürzere Haare als Diego und man sieht, dass er etwas älter ist. Sie haben auch im Gesicht viel Ähnlichkeit und nun auch zu ihrem Sohn. Diego legt seine Waffe auf eine Anrichte und Eleonora sieht schockiert darauf, sagt aber nichts dazu.

»Kann ich ihn halten?« Sie legt Darios Bruder Nael in die Arme und der strahlt sofort übers ganze Gesicht. »Er sieht aus wie du. Hallo, ich bin dein Onkel, wieso bist du so ein Süßer?« Dario lacht leise und Eleonora muss schmunzeln, als Diego mit verstellter Stimme mit Nael spricht. »Ich würde gerne, dass er Nael Dariel heißt. Dariel ist der Name meines Vaters. « Eleonora nimmt sich einen Apfel, daran hat sie gar nicht gedacht, doch sie nickt. »Kein Problem.«

»Nael Dariel Da Silva, was hast du für einen stolzen Namen, da kann ja nur ein großer Mann aus dir werden. Was passiert jetzt mit ihm?« Der Name ihres Sohnes ist noch nicht einmal irgendwo eingetragen, sie hat auch keine Kraft, sich jetzt darum zu kümmern, doch es ist komisch, den Namen so zu hören. Da Silva? Sie sagt nichts dazu, es ist nicht der richtige Augenblick.

Diego klärt seinen Bruder auf, und bei seinen Worten wird ihr erneut bewusst, wie ernst die Lage ist. Nun ist auch Diego nicht mehr zum Scherzen zumute. Er fragt seinen Bruder, ob er seine Eltern verständigen soll, doch Dario sagt, dass er es ihnen erst nach der Operation sagen wird.

Nachdem sie gegessen hat, zieht Eleonora sich aufs Bett zurück. Eine Schwester kommt, räumt alles wieder ab und bringt es weg. Eleonora beobachtet die beiden Brüder, wie sie sich unterhalten und dabei Nael in Diegos Armen liegt. Er scheint sich wohlzufühlen. Es kommt wieder eine Schwester und untersucht Nael, Eleonora wird immer müder, auch wenn sie weiß, dass sie nicht viel schlafen wird.

Sie blickt immer wieder auf die Uhr und atmet tief ein. Nach der Untersuchung verabschiedet sich Diego, auch er wird morgen früh kommen. Dario bringt ihr Nael und sagt, dass er duschen gehen will, kommt kurz danach mit einer Jogginghose und einem weißen Shirt wieder und geht direkt ins Bad.

Eleonora stillt ihren Sohn und lauscht den Geräuschen von Dario. Es ist verrückt, sie sind zwei völlig fremde Menschen, die hier zusammen um das Leben ihres Sohnes bangen. Bisher muss sie aber sagen, dass sie Dario ganz anders eingeschätzt hatte, doch er scheint nicht so zu sein, was aber auch daran liegen kann, dass sie alle gerade in einer absoluten Ausnahmesituation sind, auch Eleonora würde sich sonst niemals so verhalten wie jetzt.

Sie wäre wahrscheinlich panisch geworden in dem Moment, als Dario von Nael erfahren hatte, doch gerade ist alles was zählt, dass

Nael das morgen schafft und gesund wird, alles andere gerät komplett in den Hintergrund.

Sie muss über ihre Gedanken ein wenig eingenickt sein. Als sie wach wird, liegt Dario auf der riesigen Couch mit seinem Handy in der Hand und sieht darauf. »Wie spät ist es?« Er legt sein Handy weg. »Nach Mitternacht, du hast zwei Stunden geschlafen und Nael auch.« Sie setzt sich auf. Dario steht auf und nimmt ihr Nael ab. »Bleib liegen, schlaf noch etwas.« Sie schüttelt den Kopf und steht langsam auf. Es ist bald so weit, ihr wird heiß und kalt, sie öffnet die Tür zur Terrasse und geht hinaus.

Es ist dunkel, einige Laternen beleuchten den Strand und einen Weg dorthin. Man hört und riecht das Meer, Eleonora atmet tief ein. Als sie zurück ins Zimmer kommt, setzt sie sich zu Darios Füßen ans andere Ende der Couch und sieht zu, wie Nael entspannt auf der Brust seines Vaters schläft.

»Es ist merkwürdig. Als hätte mit seiner Geburt die Welt sich neu zu drehen angefangen.«

Dario lächelt. »Ja, irgendwie schon. Ich denke, wenn ich ihn nicht angesehen hätte, wäre ich vielleicht wirklich erst einmal gegangen und erst zur Operation wieder hergekommen, doch als ich ihn dann im Arm hatte, wusste ich, dass er ein Teil von mir ist. Ich schätze, ich habe mich sofort in ihn verliebt. Ich wünschte, ich könnte ihm das abnehmen. Vorhin hatte er kurz seine Augen offen, er hat die gleichen schönen Augen wie seine Mutter.« Sie muss an ihre gemeinsame Nacht denken.

»Ich wusste, dass es anders wird, sobald Nael auf der Welt ist, doch damit habe ich nicht gerechnet. Als ich schwanger war, wusste ich nicht, ob ich ihn behalte. Es war … ich hatte andere Pläne und wollte kein Baby, doch dann habe ich Blutungen gehabt und solche Angst um ihn, dass ich gespürt habe, dass sich, ohne dass ich es gemerkt habe, solch eine starke Bindung aufgebaut hat. Und nach der Geburt war es so stark, dass es mir richtig schwerfällt, ihn nicht im Arm zu halten. Er hat bisher noch keine Minute in einem Bett geschlafen, immer auf einem Arm oder auf der Brust.«

Dario küsst den Kopf von Nael. »Ich habe nicht damit gerechnet, dass wir uns jemals wiedersehen.« Er schließt seine Augen immer wieder, auch er muss müde sein. Sie antwortet nicht, sondern sieht dabei zu, wie Dario einschläft, seinen Sohn fest im Arm.

Sie sieht den beiden dabei eine Weile zu und denkt über alles nach, was seit der Geburt passiert ist. Sie hatte sich die Zeit nach der Geburt so schön vorgestellt, nun liegt sie hier und hat Angst, Nael zu verlieren. Was würde sie dafür geben, mit ihm in ihrer Wohnung zu sein, wo sie sich in Ruhe kennenlernen können.

Auch dieses Mal schläft sie ein, sie wird wach, als Nael unruhig wird. Vorsichtig nimmt sie ihn aus Darios Armen, dann bringt sie ihn zum Wickeltisch und macht ein kleines Licht an.

Ihr Sohn beschwert sich, sobald er abgelegt wird, doch Eleonora bedeckt ihn mit Küssen und summt ein leises Kinderlied. Nael wird ruhiger, während sie ihn wickelt, und irgendwann öffnet er tatsächlich die Augen, doch um die genaue Farbe zu erkennen, ist es einfach zu dunkel.

Sie genießt die Ruhe und Nael, nimmt ihn mit ins Bett und kuschelt eine ganze Weile mit ihm, bevor sie ihn stillt. Sie schläft auch noch einmal kurz ein, wird aber immer wieder wach. Dieses ungute Gefühl vor dem, was kommen wird, frisst sie innerlich auf. Die Zeit rast, um kurz vor sechs Uhr morgens stillt sie ihn ein letztes Mal, dann kuschelt sie ihren Sohn in eine weiche Decke und geht mit ihm zusammen den Sonnenaufgang über dem Meer auf der Terrasse betrachten.

Ihr Herz schlägt immer schneller und das Gefühl, keine Luft zu bekommen, wird immer stärker. Einen Moment denkt sie wirklich darüber nach, Nael zu nehmen und zu gehen.

Es gibt so viel, was sie ihm zeigen möchte, sie möchte tausende von Sonnenaufgängen mit ihm erleben, ihm zeigen, wie sehr sie ihn liebt und wie sehr sie diese Gedanken am Anfang der Schwangerschaft bereut. Sie möchte ihm zeigen, wie die Welt ist, ihn trösten, wenn er hinfällt und all das tun, was eigentlich so banal klingt. Auf Spielplätze gehen, die Einschulung, ihn lachen und wachsen sehen. Sie bittet Gott, sie beide all dies erleben zu lassen.

Irgendwann hört und spürt sie Dario hinter sich, dreht sich aber nicht um. Sie kann ihre Gefühle kaum unter Kontrolle halten und all ihre Gedanken drehen sich jetzt um Nael. Sie hat keine Kraft, darüber nachzudenken ob und was für eine Rolle Dario jemals in ihrer beider Leben spielen wird, doch er ist da und auch wenn sie ihn kaum kennt, ist sie ihm dankbar dafür.

»Ich kann das nicht. Ich kann ihn nicht diesen Ärzten überlassen und hoffen, dass er überlebt, ich kann es nicht riskieren, ihn zu verlieren. Ich bin Schuld an alldem, weil ich ihn nicht haben wollte, weil ich so dumm war und diese Schwangerschaft nicht wollte, werde ich bestraft, doch warum kann sich das nicht ganz auf mich beziehen, wieso muss er leiden?«

Sie weint und weiß, dass das nicht das letzte Mal heute sein wird. Dario kommt neben sie und nimmt Nael auf seinen Arm. »Es ist nicht deine Schuld, es ist niemandes Schuld und wir werden ihn auch nicht verlieren. Unser Sohn wird das überleben, er braucht diese Operation und das wissen wir beide.«

Das wissen sie, doch trotzdem zerreißt es sie. Sie kann sich nicht vorstellen, dass sich irgendetwas schlimmer anfühlen könnte.

»Ich möchte ihn nicht verlieren.« Sie wendet sich ganz zu Dario um, seine müden dunklen Augen blicken in ihre und er deutet ihr, zu ihm zu kommen. Eleonora war immer eine starke Frau, doch in diesem Moment braucht sie Halt, deswegen ist sie dankbar, als Dario sie in den Arm nimmt. Mit seiner rechten Hand hält er Nael und den linken Arm hat er um sie gelegt, während sie ihren Kopf an seine Schulter lehnt und tief einatmet. Es fühlt sich vertraut an, vielleicht, weil sie so oft daran zurückgedacht hat.

Dario küsst den Kopf seines Sohnes und ihren. »Es wird alles gut. Ich verspreche es.«

94

Kapitel 9

Die ersten Strahlen der Sonne wärmen sie und sie bleiben einfach eine Weile so stehen. Dario weiß, dass er keine Macht darüber hat, dieses Versprechen zu halten, doch er möchte der zitternden Frau in seinen Armen die Angst nehmen, und wenn es nur mit diesen Worten und seiner Anwesenheit geht, dann muss er das tun.

Sie verlassen die Terrasse erst, als eine Schwester kommt. Sie möchte noch einmal Naels Werte überprüfen und Dario bittet sie, vorsichtig zu sein. Er sollte die Zeit bis zur Operation so viel wie möglich schlafen, um nicht zu sehr Hunger zu bekommen. Eleonora sitzt ganz blass dabei, als die Schwester ihn untersucht.

Er hat gemerkt, dass sie sich in den letzten Stunden immer wieder die Tränen verkniffen hat, doch nun ist es auch dafür zu spät. Seitdem sie auf der Terrasse waren, laufen ihr die Tränen die Wangen herunter. Im Grunde kann er gar nicht viel zu Eleonora sagen, doch was er in diesen paar Stunden gemerkt hat, ist, dass sie eine sehr starke Frau ist.

Die Krankenschwester verlässt das Zimmer wieder und sagt ihnen, dass sie bald Frühstück bekommen werden. Die Ärzte bereiten schon alles vor und in ungefähr einer Stunde geht es los mit der Operation. Eleonora atmet tief ein und fragt ihn, ob es in Ordnung ist, wenn sie schnell duschen geht. Natürlich. Nael schläft auf seiner Brust und er sieht zu, wie sie sich etwas zum Anziehen aus einer Tasche nimmt und ins Bad geht.

Sein Handy ist mittlerweile aus. Es stand nicht mehr still. Das gab es noch nie, dass er mal nicht für die Familia zu erreichen war. Er hatte zwei wichtige Termine, die sein Bruder übernommen hat, aber das ist auch sein Glück. All das klappt, weil Diego da ist und für ihn einspringt.

Es war nicht geplant, nichts von alldem.

Um ehrlich zu sein, dachte Dario, er geht ins Krankenhaus, gibt diese Erlaubnis und fragt Eleonora vielleicht, ob sie sich treffen, wenn all das vorbei ist und darüber sprechen, welche Hilfe sie braucht. Dario weiß nicht, was genau er tun wollte, doch es war nicht geplant, dass er Nael nur einmal ansieht und es einfach nicht kann.

Er konnte dieses kleinen Wesen nicht im Stich lassen, nicht gehen und ihn seinem Schicksal überlassen. Das hat er spätestens bei der Untersuchung und den Worten des Arztes gemerkt. Gibt es Liebe auf den ersten Blick? Dario hat niemals daran geglaubt, doch wenn, dann ist ihm das mit seinem Sohn passiert.

Zu sehen, wie er seine Lippen kräuselt, zu spüren, wie wohl er sich jetzt hier in seinen Armen fühlt, bedeutet ihm alles. Er braucht seinen Vater, und auch wenn Eleonora und er sich nicht gut kennen, braucht auch sie jetzt in diesem Moment die andere Hälfte, die mit ihr zusammen das durchsteht.

Es ist schwer zu sagen, wie oft er an diese hübsche Frau gedacht hat, die ihm den Kopf verdreht hat, die sich so gut in seinen Armen angefühlt hat und dann einfach weg war. Er hat oft gehofft, sie wiederzusehen, aber niemals damit gerechnet, dass es so sein wird.

Alles was er jetzt hofft, ist, dass sein Sohn diese Operation gut übersteht und dass sie dann eine Lösung finden, wie sie in Zukunft mit allem umgehen, jetzt heißt es erst einmal, die nächsten Stunden zu überstehen.

Die Tür zum Bad geht wieder auf. Eleonora tritt heraus. Sie ist blass, sie hat dunkle Ränder unter den Augen, doch noch immer ist sie in seinen Augen eine der schönsten Frauen, die er je gesehen hat.

Ähnlich wie sein Sohn ist sie sehr zart, ihre Arme, die unter einem weiten Shirt mit der Aufschrift La Vie herausgucken, ihre Beine, die in einer engen schwarzen Leggins genau zur Geltung kommen, ihre langen dunklen Locken und diese hellbraunen Mandelaugen, die erst ihn einen Moment traurig ansehen und dann verzweifelt zu ihrem Sohn wandern.

Er kennt sie kaum, doch trotzdem kann er es kaum ertragen, sie so zu sehen.

Sie setzt an, etwas zu sagen, doch in dem Moment klopft es, die Tür geht auf und Frühstück wird hineingeschoben.

Dieses Krankenhaus gehört zu einem der besten in Puerto Rico. In allen Bereichen, besonders bei der Hygiene und dem Service. Auch seine Mutter hatte Probleme mit dem Herzen und war hier in Behandlung, und er kann nur hoffen, dass sie es schaffen, auch seinem Sohn zu helfen.

Auf dem Wagen sind frische Croissants, Kaffee, Eier mit Speck, Früchte und French Toast. Dario hat immer Hunger, doch er versteht, dass Eleonora sich vom Wagen wegdreht und ihm vorsichtig Nael abnimmt. Auch er hat keinen richtigen Appetit. Er steht auf, geht sich frisch machen, trinkt einen Kaffee und isst ein halbes Croissant, da klopft es und Eleonoras Mutter und ihre beste Freundin kommen herein.

Auch ihnen sieht man an, dass sie keine leichte Nacht hatten und dass sie sich Sorgen machen. Sie nehmen sie lange in den Arm und begrüßen auch ihn. Sie sind völlig fremde Menschen, die die Sorge um dieses kleine Baby teilen, das all das noch nicht versteht oder mitbekommt. Er schläft friedlich in den Armen seiner Mutter. Unter dem Shirt von Eleonora erkennt man einen kleinen Bauch. Dario hätte sie zu gerne schwanger gesehen.

Es klopft erneut und sein Bruder kommt herein. Er ist froh, ihn zu sehen; nachdem er alle begrüßt hat, gehen sie zusammen vor die Tür des Zimmers. »Ist alles klar? Du siehst sehr müde aus.«

Diego sieht ihm in die Augen. »Es war eine anstrengende Nacht. Ich bin wirklich vieles gewohnt, doch zu erfahren, dass man plötzlich Vater ist, seinen Sohn im Arm zu halten und zu wissen, dass er bei der Operation gleich sterben kann, ist doch noch einmal etwas ganz anderes.«

Diego nickt.

»Einige Männer haben es mitbekommen, sie wussten nicht mal, ob sie sich für dich freuen sollen oder nicht, hast du mit ihr darüber gesprochen, was nach der Operation sein wird? Ich habe dich an dem Abend mit der Kleinen gesehen und wie du sie angesehen hast, doch wer hätte ahnen können, dass ihr nun hier steht? Es ist normal, dass dich das nicht kalt lässt; als ich ihn angesehen habe, habe ich mich sofort in ihn verliebt, er sieht aus wie wir in Babyversion. Ich wette, Mama wird ihn auffressen, nachdem sie dir den Kopf abgerissen hat, weil du ihr nichts erzählt hast.«

Dario muss leise lachen. Es tut gut, seinen Bruder hier zu haben. Er schafft es immer, ein wenig die Schwere aus vielen Situationen zu nehmen. »Stell dir vor, sie wäre hier … mit ihrem Herzen. Es ist besser so, wenn sie all das erst später erfährt. Was war mit dem Tijuana-Deal? Haben sie eingewilligt?«

Diegos Handy klingelt, doch er drückt es weg. »Sie wollen sich morgen mit uns treffen. Das ist das Problem, wenn einer von uns alleine zu solchen Deals geht. Sie denken, wäre der andere Bruder dabei gewesen, hätten sie noch mehr Spielraum gehabt. Ich denke, wir sollten ihnen zeigen, dass sie sich damit schwer getäuscht haben.«

Dario nickt, als er sieht, dass der Arzt mit zwei Schwestern auf sie zukommt. »Aber erst bringen wir das hier hinter uns.« Diego klopft auf seine Schulter. »Das werden wir. Er ist ein Da Silva, unterschätze ihn nicht. Denk daran.«

Doch es fällt allen sehr schwer, in den nächsten Minuten einen klaren Kopf zu behalten. Der Arzt und die Schwestern bitten Eleonora und ihn mitzukommen. Nur sie dürfen im Operationsbereich warten. Da dort auch andere Operationen durchgeführt werden, ist es immer nur einer oder höchstens zwei Personen erlaubt. Der Arzt versichert, dass es mindestens vier Stunden dauern wird.

Diego sagt ihm, dass er gehen wird und dass Dario sich melden soll, sobald sie mehr wissen, er kommt danach zurück, und auch Eleonoras Mutter und Davina beschließen dann, sich abzulenken, wenn sie hier eh nichts tun können, außer herumzusitzen.

Er weiß, dass sie lieber bei Eleonora bleiben würden und er kann es verstehen. Sie wird in den nächsten Stunden viel Kraft brauchen, doch auch wenn er nicht wirklich weiß, wie er das anstellen soll, so wird er versuchen, diese Stütze für sie zu sein.

Zusammen gehen sie mit ihrem Sohn auf dem Arm in den Operationsbereich. Je weiter sie nach unten gehen und durch je mehr Türen sie laufen, umso schlechter wird auch ihm.

Er sieht auf Nael, der noch immer selig auf dem Arm seiner Mutter schläft und würde alles dafür geben, wenn er an seiner Stelle all das auf sich nehmen könnte. Kurz bevor sie mit einer der Schwestern in einen abgetrennten Raum gehen, wendet sich Eleonora noch einmal zu ihm um. Sie weint und sieht ihm in die Augen.

»Was ist, wenn wir … noch einmal jemand anderen nach seiner Meinung fragen? Man sagt doch, dass man drei verschiedene Meinungen einholen soll. Vielleicht sollten wir …« Er würde lügen, wenn nicht auch er gerade noch daran gedacht hat, doch nun muss er einen klaren Kopf behalten, so schwer es ihm fällt. Obwohl er schon so viele Entscheidungen treffen musste, fällt es ihm so schwer wie noch niemals zuvor, einen klaren Kopf zu behalten.

»Er schafft das. Ich bin mir sicher, dass du in einigen Stunden deinen Sohn im Arm hältst und er wieder völlig gesund ist.«

Die Schwester wartet im Zimmer und lächelt leicht. »Vielleicht sollte ihr Mann den Kleinen hier reinbringen und sie warten schon hier im Wartebereich. Es fällt besonders den Müttern sehr schwer, diesen Schritt zu gehen und ihn uns zu übergeben.« Eleonora schließt die Augen, doch sie weiß wahrscheinlich, dass es besser so ist.

Sie küsst Nael und beginnt noch mehr zu weinen, als sie ihn Dario übergibt. Er folgt der Schwester in einen Vorraum des Operationsbereiches, von hier kann man schon die Ärzte sehen, die sich für die Operation vorbereiten. Dort bittet ihn die Schwester um Nael. Dario sieht seinem Sohn noch einmal ins Gesicht. Er ist so friedlich, so unschuldig. Er küsst seine Wangen und atmet noch einmal seinen Duft ein. So rein, er bildet sich ein, etwas von seinem und auch von Eleonora Duft an ihm zu erfassen.

Es fällt ihm sehr schwer, ihn der Schwester zu übergeben, sehr schwer, es kommt ihm so vor, als würde er sein Fleisch und Blut im Stich lassen. Sie nimmt ihn mit; einer der Ärzte, Dario kann nicht mehr erkennen welcher, öffnet ihr die Tür und Dario sieht beiden noch einmal in die Augen.

»Retten Sie meinen Sohn!«

Der Arzt und die Schwester nicken. Auch wenn er es nicht als Drohung ausgesprochen hat, wissen sie, dass er ausrasten würde, wenn seinem Sohn etwas passiert. Er will, dass sie alles geben.

Er sieht den beiden hinterher und wie alle in den Operationssaal gehen.

Dario ist kein besonders religiöser Mensch. Seine Mutter hat sie immer mit zur Kirche genommen, doch er hat sich da niemals viele Gedanken drum gemacht, aber in diesem Moment bereut er es, als er seinen Kopf in den Nacken legt, sich über seine müden Augen streicht und eines der wenigen Gebete spricht, die er kennt.

Dann erst geht er vor die Tür, vor der Eleonora steht. Sie umarmt sich selbst und zittert vor Weinen. Dario weiß, dass er jetzt alles ist, was sie hat. Er nimmt sie in den Arm und sie lässt all das heraus, was sich auch in ihm aufgebaut hat.

Es fühlt sich vertraut an, sie in seinen Armen zu haben, auch wenn es das nicht sollte. Er streicht über ihren Rücken und verspricht ihr erneut, dass alles gut wird. Sie sagt nichts, sie weint und er hält sie.

Sie stehen lange so da und irgendwann wird das Zittern und das Weinen weniger. Nicht weil es besser wird, einfach weil die Kraft ausgeht.

Als sie sich dann wieder von ihm entfernt und etwas wie eine Entschuldigung murmelt und auf die Toilette geht, die schräg gegenüber liegt, fühlt es sich falsch an, sie nicht mehr im Arm zu haben. Fast wie damals, als sie einfach von der Party verschwunden ist. Diese Frau macht etwas mit ihm, das er selbst sich nicht erklären kann.

Dario setzt sich auf die Bank vor dem Operationsbereich. Das erste Mal erinnert dieses Krankenhaus hier an ein ganz normales, doch sobald er das gedacht hat, kommt eine Schwester mit einem kleinen Tablett mit Sandwiches, Getränken und Tee. Eleonora kommt von der Toilette zurück, sie hat ihr Gesicht mit Wasser erfrischt.

Nachdem sie sich zu ihm gesetzt hat, hält er ihr etwas zu trinken und ein Sandwich hin. »Du musst etwas essen und trinken. Sonst bringen die unseren Sohn und du kannst ihn nicht mehr auf dem Arm halten, und ich wette, wenn er aufwacht, hat er eine Menge Hunger. Ich habe ihm versprochen, dafür zu sorgen, dass seine Mama dann bereit ist.«

Ein Lächeln setzt sich auf Eleonoras Gesicht. Dario versucht, einfach ein wenig wie Diego zu sein und sie aufzuheitern, auch wenn es ihm schwerfällt, da auch sein Herz sich viel zu schwer anfühlt. Sie nimmt das Sandwich und beißt ab.

»Ich habe mir in der Schwangerschaft niemals auch nur vorgestellt, dass du jemals … bei uns sein wirst, dass du überhaupt von Nael erfahren wirst. Ich hätte nicht gedacht, dass du so bist. Danke, dass du jetzt hier bist.«

Sie sieht ihn aus ihren schönen traurigen Augen an und er spürt sofort wieder diese Wut in sich hochkommen. Doch sein nasses Shirt, was von ihren Tränen durchtränkt ist, lässt ihn sich zusammennehmen.

»Ich verstehe das nicht, wieso denkt ihr Frauen, dass ihr das alleine entscheiden könnt? Ich meine, du hättest es mir sagen müssen; klar hattest du keine Garantie dafür, wie ich mich dann verhalte, doch zumindest hätte ich davon gewusst und es selbst entscheiden können.«

Sie nickt. »Ja, jetzt wo ich euch beide zusammen gesehen habe, weiß ich, dass du recht hast. Doch als ich schwanger war ... wollte ich all das ja selbst nicht richtig und habe angenommen, dich damit nur zu belästigen und ich wollte nicht ankommen und ... genau wie es ja auch war: Ich kam zu dir und alle sagen: 'da bist du nicht die Einzige, die behauptet, ein Kind von Dario bekommen zu haben'. Ich wollte all das gar nicht und ich bin auch keine Frau, die auf Geld aus ist. Ich weiß noch nicht wie, aber die Kosten hierfür werde ich übernehmen. Ich habe etwas Geld gespart, damit ich nicht sofort wieder arbeiten muss und ...«

Dario nimmt sich auch etwas zu trinken.

»Das ist alles schon bezahlt, das ist auch mein Sohn und ich werde alles dafür geben, dass er die beste Hilfe bekommt, die er kriegen kann. Du hast die Schwangerschaft schon alleine durchgestanden, jetzt kann ich dir auch helfen. Ich verstehe, was du meinst, und hättest du mich an dem Abend, als wir zusammen waren, gefragt, ob ich Kinder haben möchte, hätte ich nein gesagt, auch wenn du mich das vorgestern noch gefragt hättest. Doch jetzt habe ich Nael in den Armen gehalten und das hat alles geändert.«

Auf Eleonoras Lippen legt sich ein bezauberndes Lächeln. »Das ist verrückt, oder? Es ändert alles.«

Er kann nur zustimmen. »Ich denke, wir sollten uns ein wenig besser kennenlernen. Immerhin haben wir zusammen ein Baby. Wie war die Schwangerschaft für dich?« So lenkt Dario sie wirklich ab und gleichzeitig erfährt er endlich mehr über diese Frau, die die Mutter seines Sohnes ist und die ihn schon längere Zeit in seinen Gedanken verfolgt.

Sie erzählt ihm von den Anfängen, wie schwer es ihr gefallen ist, diese Schwangerschaft zu akzeptieren, wie ihre eigentlichen Pläne aussahen, dass sie mit dem Gedanken der Adoption gespielt hat. Er erfährt auch, wie sie gelebt hat und dass sie eine eigene Wohnung beziehen musste, dass sie völlig verrückt nach Kiwis und Mangos war und dass sie ständig Sodbrennen hatte.

Eleonora scheint völlig in diese Zeit zurückzufallen, es hilft ihr, nicht ständig zur Uhr zu sehen. Sie erzählt von den Untersuchungen im Gemeinschaftszentrum, weil sie sich gar keinen normalen Arzt leisten konnte, sie ist sich sicher, dass ein anderer Arzt mit anderen Geräten diesen Herzfehler vielleicht schon früher herausgefunden hätte.

Ihre Augen strahlen, als sie erzählt, dass sie manchmal kaum schlafen konnte wegen der inneren Unruhe und ihres großen Bauches und viele Spaziergänge am Hafen gemacht hat.

Dabei muss sie ihre feste Bindung zu Nael aufgebaut haben, ohne dass sie selbst es richtig gemerkt hat. Sie hat angefangen, ihn zu spüren und konnte ihn sogar manchmal mit ihren Händen beruhigen, und als sie dann die Blutungen bekommen hat, wusste sie, dass sie ihn bereits in der Schwangerschaft so stark geliebt hat, dass sie ihn nicht verlieren wollte.

Den Rest kennt er ja. Sie erzählt von der Geburt und wie schlimm es im staatlichen Krankenhaus war. Als sie dann damit endet, dass sie ihn geholt hat, ist es ganz still zwischen ihnen, bis er ihr erneut in die Augen sieht. »Warum bist du damals gegangen? Ich habe dich gebeten zu warten und als ich wiederkam, warst du weg.«

Das erste Mal unterbricht sie ihren Augenkontakt schnell.

»Das war damals … ich kann mir vorstellen, dass du das oft hörst. Ich bin nicht so. Ich mache so etwas nicht … aber ich meine das ernst. Ich bin immer vernünftig gewesen. Ich habe gerne gefeiert und war auch schon mit Männern zusammen, doch immer alles sehr im Rahmen. Mir war es wichtiger, Lehrerin zu werden, Geld zu sparen und meine Träume zu verwirklichen.«

Sie zuckt die Schultern.

»In der Firma, wo ich jetzt noch arbeite, hat einer der Vorarbeiter etwas mit mir angefangen. Es ging zum Glück nicht weiter, doch ich mochte ihn und an dem Tag habe ich erfahren, dass er verheiratet ist und mit mir nur seinen Spaß haben wollte. Weil ich ihn dann natürlich zur Rede gestellt habe, habe ich die Beförderung, die Davina und ich bekommen hatten, gleich wieder verloren, und es war eine Mischung aus Wut und mir-ist-alles-egal, die mich überhaupt erst dazu gebracht hat, mit Tanja und den anderen zu der Party zu gehen.«

Sie sieht wieder hoch in seine Augen.

»Dann kam der Alkohol dazu und dann du. Ich meine, ich wusste nicht, wer du bist, ehrlich gesagt hätte mich das im Normalfall auch nur abgeschreckt, doch da hat mich das alles angezogen. Ich hatte es satt, die Vernünftige zu sein und ja ... den Rest kennst du ja. Als du dann gegangen bist ... das zwischen uns ... es war wunderschön. Ich weiß, das hören Männer sicher nicht gerne, aber ich habe das, was zwischen uns war, als wunderschön empfunden, auch wenn es viel zu schnell war. Doch es hat mir sehr geholfen, dass ich es so empfunden habe. Denn immer wenn ich daran denke, wie Nael entstanden ist, musste ich an dieses schöne Gefühl denken und das ist gut, das hat mich das auch nie wirklich bereuen lassen, auch wenn ich schockiert war, schwanger zu sein, konnte ich das niemals bereuen. Doch als du dann gegangen bist ... habe ich mich geschämt, habe nur das Shirt übergezogen und bin mit meinen Freundinnen abgehauen. Um ehrlich zu sein, habe ich mir gedacht, dass es dir so nur recht ist und dass du wahrscheinlich eh nicht zurückgekommen wärst und ...«

Nun muss er lächeln.

»Doch, ich bin zurückgekommen und ich habe mir oft, sehr oft danach gewünscht, du wärst nicht gegangen.«

Kapitel 10

Eleonora sieht in seine dunklen Augen, die ganz ruhig auf ihr liegen. Er meint das ernst.

»Was hättest du getan, wenn ich noch da gewesen wäre?«

Er zuckt die Schultern. »Ich weiß es nicht, vielleicht das, was wir jetzt tun: uns kennenlernen. Auch mir hat das zwischen uns gut gefallen, ich weiß, auch du denkst jetzt sicher, dass ich das nur so sage und dass du nur eine von vielen Frauen warst und ja ... ich habe und hatte viele Frauen, doch ich habe immer wieder an dich zurückgedacht und mir gewünscht, du wärst nicht gegangen.«

Damit hat Eleonora wirklich nicht gerechnet. Sie setzt an, etwas zu sagen, doch in dem Moment kommt eine Schwester aus dem Operationsbereich. »Ich wollte nur einen kleinen Zwischenstand geben. Es sieht alles sehr gut aus, der Kleine macht das toll und die Ärzte sind sehr zufrieden.«

Mit dieser Aussage fallen schon einige Felsbrocken von ihrem Herzen, auch wenn es noch weitere dort gibt.

Die Schwester geht wieder und Eleonora sieht zu Dario, sie schafft es sogar, ein wenig zu lächeln. »Er ist stärker, als ich geglaubt habe.« Dario nickt und lehnt sich ein wenig zurück. »Natürlich ist er das. Er ist mein Sohn.«

Wieder sehen sie sich in die Augen. Es ist merkwürdig, sie sitzen auf einem langen Flur mitten in einem Krankenhaus und doch wirkt es so, als gäbe es hier gerade nur sie beide. Eleonora legt ihren Kopf an die Wand. »Erzähl mir von dir, Dario, was ist der Vater meines Sohnes für ein Mann? Ich meine, ich weiß ja, dass du der Anführer der Da Silvas bist, aber was sollte ich noch wissen über euch? Über dich?«

Sie hat ihm alles erzählt, nun ist er mal dran. Auch wenn sie nicht wirklich damit gerechnet hat, dass Dario gerne etwas von sich preisgibt, beginnt er ohne zu zögern zu erzählen.

»Wie du es gesagt hast. Ich bin der Anführer der Familia Da Silva. Mein Vater hat mir die Führung mit siebzehn übergeben, jetzt bin ich 25. Neben meinen Eltern gibt es noch meinen Bruder Diego, der mit mir zusammen die Geschäfte leitet. Er ist zwei Jahre jünger als ich. Wir haben noch einen kleinen Bruder, Daniel, er ist vierzehn, meine Mutter hat mich mit 25 bekommen und ihn mit 36.

Die drei leben am Meer, ich habe oder ich hatte … also ich habe auch eine Schwester. Sie ist vor einem Monat neunzehn geworden, Daria. Als sie drei Jahre alt war, ist sie entführt worden. Damals ist die Familia gerade sehr stark und mächtig geworden. Mein Vater und seine Brüder haben viel Macht und Geld bekommen und hatten unzählige Feinde.

Die Familia hatte noch nicht solch ein abgegrenztes Gebiet wie heute, wir haben in einer bestimmten Gegend gelebt und während eines Festes, als alle Kinder zusammen gespielt haben, war Daria mit Diego bei einem Stand, um Eis zu kaufen. Auf einmal begann eine Schießerei, nur zur Ablenkung, wie wir jetzt wissen. Die beiden Männer wurden schnell von unseren Männern getötet, doch in der Zeit ist meine Mutter zu Diego und Daria gelaufen und wurde mit einem Elektroschocker niedergestreckt. Diego ist zu meiner Mutter gerannt, um ihr zu helfen und zwei Frauen haben sich Daria geschnappt und sind geflüchtet. Es war solch ein Durcheinander, dass keiner es verhindern konnte.«

Eleonora ist nicht mehr angelehnt, sie hört Dario schockiert zu. »Das ist schrecklich, habt ihr sie wiedergefunden?« Wenn sie sich vorstellt, jemand würde ihr Nael nehmen … allein der Gedanke bringt sie um den Verstand.

Dario schüttelt den Kopf. »Wir haben sie bis heute nicht wiedergefunden. Mein Vater ist wahnsinnig geworden, er hat alles umdrehen lassen, jeden Stein, an jeder Tür geklopft, in jedem Land bei Familias gesucht, Millionen versprochen und ausgegeben, bis heute suchen wir sie, doch es gibt keinen Hinweis, wo oder ob sie noch lebt. Das hat meinen Eltern damals schwer zugesetzt. Meine Mutter hatte seitdem immer wieder Probleme mit dem Herzen und Depressionen, deswegen kennen wir die Klinik hier. Mit dem Herzen hat sie vor allem wegen dem Elektoschocker, der sehr stark war, Probleme.

Mein Vater kann nicht aufhören zu suchen. Er hat Spezialleute, die sich nur darum kümmern, es gibt sogar Bilder, wie Daria jetzt aussehen würde, meine Mutter lässt jedes Jahr zu ihrem Geburtstag von Experten neue erstellen und es wird noch immer nach ihr gesucht, doch es gibt nichts, als hätte es sie niemals gegeben. Auch die Männer, die bei dem Schusswechsel ums Leben kamen, gab es quasi gar nicht. Wir haben nicht einmal deren Namen herausbekommen.

Als meine Mutter dann Daniel bekommen hat, wurde es etwas besser. Sie sind mit ihm ans Meer gezogen, um ihn aus der Familia herauszuhalten, meine Mutter hat panische Angst, noch ein Kind zu verlieren. Sie kann es auch nicht ertragen, uns die Familia führen zu sehen, deswegen ist sie selten da.

Aber wir haben das gut im Griff. Meine Cousins und ein paar gute Freunde führen mit uns zusammen die Familia. Wir sind noch mächtiger geworden und haben aber natürlich auch viele Feinde. Das gehört alles zusammen. Wir betreiben verschiedene Arten des Handels und sind viel für den Schutz bestimmter Unternehmen oder Regionen verantwortlich. Ich reise viel, ich habe keine feste Freundin, sondern eher immer meinen Spaß mit unterschiedlichen Frauen und seit zwei Tagen habe ich einen Sohn. Was möchtest du noch wissen?«

Eleonora kann kaum noch auf dem Stuhl sitzen, sie winkelt ihre Beine an und umarmt sie. »Was ist mit unserem Sohn? Wird er als dein Sohn auch in Gefahr sein, wenn die Leute von ihm erfahren, falls sie das überhaupt tun?«

Dario streicht sich über die Stirn. »Das kann ich so nicht sagen, ich habe darüber auch noch nie nachgedacht. Ich denke, wenn er das alles überstanden hat, müssen wir eh sehen, wie wir das machen. Ich weiß, dass du mir nicht von ihm erzählen wolltest, doch ich möchte meinen Sohn gerne sehen. Er ist ein Teil von mir genau wie von dir.«

Eleonora nickt. »Natürlich, wir werden da schon eine Lösung finden.« Das hofft sie zumindest, doch zunächst muss erst einmal diese Operation gut verlaufen.

»Was ich mich schon immer gefragt habe … wieso nennt man euch Da Silva? Ich meine, der Nachname kommt doch eher aus Brasilien? Stammt deine Familie ursprünglich von dort?« Ein Grinsen setzt sich auf sein Gesicht, was auch sie lächeln lässt. So wirkt es viel nahbarer.

»Nein, das hat eher etwas mit der Familia zu tun. Wir tragen alle den Nachnamen Silva, doch wie du weißt, ist der in Puerto Rico sehr verbreitet und meinen Großvater hat das immer gestört. Familia Silva war ihm nicht einprägsam genug und als er sich eines Tages einen neuen Pass hat machen lassen, saß dort ein Mitarbeiter der ursprünglich aus Brasilien stammt. Er war überarbeitet oder müde, auf jedenfall hat er aus Gewohnheit Da Silva eingetragen, den Irrtum aber sofort bemerkt und sich entschuldigt. Meinem Großvater aber hat das sofort gefallen, er brauchte etwas, was den Familia-Namen besonders machte und das war es. Er hat alle unsere Nachnamen ändern lassen und seitdem heißen wir Da Silva. Etwas ungewöhnlich, aber er hatte wahrscheinlich recht, dieser Name herrscht nun über einen großen Teil Lateinamerikas.«

In ihrem Magen sammelt sich immer mehr Neugierde und auch eine Art von Faszination an. Sie fragt Dario über seine Reisen aus und wo er schon überall war. Er ist schon sehr viel herumgekommen. Eleonora hat San Juan nie verlassen und als sie ihm zuhört, wo er schon war und was er alles gesehen hat, merkt sie erneut, dass sie aus komplett anderen Welten kommen, auch wenn sie in einer Stadt leben.

Dario fragt sie, warum sie Lehrerin werden möchte und wie genau ihre Pläne eigentlich aussahen, wäre nicht Nael dazwischen gekommen. Mittlerweile redet sie nicht mehr so gerne darüber, besonders nicht jetzt. Sie hat diesem Traum so lange nachgetrauert, dass sie das Gefühl hat, es hat dazu beigetragen, dass sie Nael nicht von Anfang so gewollt hat, wie er es verdient hat.

Ihnen beiden tut es gut, sie sehen sich an und reden miteinander, um ihre pochenden Herzen zu beruhigen. Hin und wieder bekommen sie Essen und Trinken gebracht und dann, früher als erwartet, tritt plötzlich der Arzt aus dem Raum neben ihnen und lächelt sie an.

»Ihrem Sohn geht es gut. Er hat die Operation gut überstanden. Er ist gerade im Aufwachraum, Sie können gleich zu ihm, aber nicht erschrecken. Die ersten Stunden muss er noch komplett überwacht werden, es sind viele Schläuche und Geräte für solch einen kleinen Menschen, aber es muss sein. Patienten kommen nach solch einer Operation auf die Intensivstation, die wir hier nicht haben, wir haben aber die Möglichkeit, jedes Zimmer zu einer solchen umzugestalten. Wir haben Ihr Zimmer schon bereit dafür gemacht, wichtig ist, dass die nächsten 24 Stunden nur Sie beide bei dem Kind sind, um Infektionen vorzubeugen. Wir müssen sehr aufpassen, doch wenn alles gut geht, können wir dann schon einige Schläuche entfernen, wir überprüfen gerade noch die Werte, sehen, ob der Kreislauf nun richtig ist und es wird jedes Mal besser. Ich bringe sie jetzt zu ihrem Sohn und die Schwester bringt sie dann auf ihr Zimmer. Ich komme am Nachmittag noch einmal nach dem Kleinen sehen.«

Dario gibt ihm die Hand und Eleonora bedankt sich tausendmal. Als sie beide in einen Raum gehen, wo außer einem kleinen Bettchen mit einem Glaskasten darum nichts weiter steht, muss Eleonora wieder weinen. Nael liegt darin, ganz schlaff, er schläft und viele Schläuche und Apparate sind an ihn angeschlossen, sie kommen kaum an ihn heran.

Eleonora sieht hoch und in Darios Gesicht, der mit ernster Miene zu seinem Sohn sieht. »Das wird besser, er hat es überlebt.« Das erste Mal spricht sie ihm Mut zu, er sieht weiter auf seinen Sohn. Über seinem kleinen Brustkorb ist ein Pflaster und auch wenn nur ganz schwach, hebt und senkt sich dieser.

»Der Kleine ist sehr tapfer.« Eine Schwester kommt und lächelt Dario an. Eleonora macht es wahnsinnig, Nael so zu sehen. »Kann ich ihn auf den Arm nehmen?« Die Schwester schiebt einen Monitor weg, der offenbar nicht mehr gebraucht wird. »Ja, im Zimmer, aber ganz vorsichtig. Jetzt bringen wir den Kleinen erst einmal zurück.«

Im Zimmer hat sich wirklich einiges getan, es wirkt steriler. Darin steht auch ein Stillstuhl, den sie schon aus einigen Geschäften kennt. Eleonora kann es nicht erwarten. Die Schwester sagt ihr, sie soll sich auf den Stuhl setzen und ihr Shirt ausziehen. Ohne weiter auf Dario zu achten, tut sie das auch. Sie trägt nur noch den Still-BH, den sie vom Krankenhaus bekommen hat, ihre Brüste fühlen sich an, als würden sie platzen, doch sie ignoriert das alles. Dann hebt die Schwester vorsichtig Nael, der noch immer an die vielen Schläuche und Apparate angeschlossen ist, auf ihre Brust und legt eine warme Decke über sie beide. Das dauert ein wenig, Dario hilft, doch Eleonora atmet erleichtert durch, weint und küsst immer wieder den Kopf ihres Sohnes, als sie ihn endlich bei sich hat.

Die Schwester erklärt ihnen alles, dass Nael die ganze Zeit überwacht wird und sobald die Geräte Alarm schlagen, wird sofort eingegriffen, nun sollen sich erst einmal alle ausruhen. Dabei bemerkt Eleonora, dass sie immer wieder zu Dario sieht und versucht, besonders mit ihm zu sprechen.

Sobald die Schwester draußen ist, beugt sich Dario zu ihnen und küsst seinen Sohn auf die Wange. Einen Moment ist es ganz still, sie inhaliert den Duft ihres Sohnes und Dario beobachtet sie beide, bevor er aufsteht. »Ich rufe meinen Bruder an und sage, dass alles gut ist, aber dass vor morgen keiner hierher darf.« Eleonora deutet auf ihre Tasche. »Kannst du bitte auch meiner Mutter und Davina Bescheid geben? Ich möchte hier bei ihm bleiben.«

Dario nimmt ihr Handy, sie entsperrt es und er verlässt das Zimmer. Es wird ganz still und Eleonora schließt die Augen. Sie spürt ihren Sohn und die größte Angst ist überstanden und das lässt sie in einen beruhigenderen Schlaf gleiten als die Stunden zuvor.

Irgendwann wird sie wach, weil sie Unruhe verspürt. An ihrer Seite steht Dario und neben ihm eine Schwester. Dario sieht sie besorgt an und sie spürt, wie Nael an ihrer Haut mit seinem Mund saugt, auch wenn es noch sehr schwach ist. »Was ist los?« Wegen der ganzen Schläuche und Kabel bewegt sie sich nur sehr vorsichtig.

»Du hast Fieber bekommen.« Dario sieht sie immer besorgter an. Die Schwester hält ihr ein Fieberthermometer an die Stirn. »Ihre Milch ist eingeschossen, das ist bei Ihnen schnell gegangen, wahrscheinlich durch das ganze Gefühlschaos. Der Kleine scheint das auch zu merken. Wenn Sie ganz vorsichtig sind, können Sie probieren, ihn zu stillen, das wird ihm guttun, auch wenn er sicher noch nicht so viel trinken kann. Wenn das gut klappt, wird sich das Fieber auch wieder senken, ansonsten gebe ich ihnen eine Tablette.«

Die Schwester hilft Eleonora, Nael richtig anzulegen, was sehr, sehr kompliziert ist mit all den Schläuchen, doch als es dann geklappt hat, trinkt er sofort und sie spürt, dass er wirklich schon etwas kräftiger geworden ist. Ihre Brüste tun weh, doch mit jedem Schluck wird es besser. Sie sieht Dario in die Augen, auch er sieht ein wenig verschlafen aus. »Wie lange haben wir geschlafen?« Er blickt auf sein Handy. »Knapp drei Stunden. Ich habe allen Bescheid gesagt, sie kommen morgen und ich habe dir gleich meine Nummer eingespeichert und deine bei mir.«

Eleonora lehnt sich zurück und streicht über die dunklen Haare ihres Sohnes, dann sieht sie auf ihre Brüste, die, wegen der Decke und Nael, nur sie sehen kann.

»Wow, ich habe mich immer gefragt, wie meine Brüste wohl nach einer Operation aussehen würden.« Dario lacht leise auf und die Schwester überprüft einige Dinge an einem Monitor. »Du brauchst keine Operation, glaub mir.« Eleonora freut sich, dass sie beide schon ein wenig entspannter sind nach den letzten Tagen.

»Das weißt du doch gar nicht mehr genau, das ist nun schon etwas her.« Dario sieht zu ihr. »Doch, das weiß ich noch ganz genau.« Sie sehen sich in die Augen und die Schwester wendet sich zu ihnen um. »Es sieht sehr gut aus, der Arzt kommt in zwei Stunden, dann kann man schon mehr sagen. Ich hole Ihnen Ihr Essen.«

Nael trinkt ziemlich gut, sie bildet sich ein sogar mehr als vor der Operation, doch vielleicht ist das auch mehr Wunschdenken als alles andere. Dario isst etwas und die Schwester hilft Eleonora, ihn auch an die andere Brust anzulegen, sodass beide etwas leerer werden und die Schmerzen aufhören. Als er dann tief und fest an der Brust schläft, fragt die Schwester, ob Dario ihn jetzt nehmen möchte, der sofort zustimmt. Vorsichtig nimmt sie Nael von Eleonora herunter, sie wickeln Nael im Bettchen, währenddessen zieht sich Dario sein Shirt aus.

Als Eleonora wieder auf seinen nackten Oberkörper sieht, mit dem Kreuz an seiner Brust, der Narbe an seiner Schulter und dem Da Silva-Tattoo am Arm, erinnert sie sich an die süßen Details ihrer ersten Begegnung und sieht wieder zu ihrem Sohn, um ihn das nicht merken zu lassen. Die Schwester legt ihm Nael auf die Brust und Eleonora legt die Decke über ihren Sohn, bevor sie etwas isst und dann duschen geht. Als sie zurückkommt, findet sie die beiden schlafend vor und macht auch ein Foto davon, findet

Darios eingespeicherte Nummer, schickt ihm das Bild und geht auf den Balkon, um richtig ausatmen zu können.

Sie haben es geschafft.

Die Sonne geht unter, sie sieht auf das wunderschöne Bild vor sich, denkt an das wunderschöne Bild hinter sich, atmet die klare Meeresluft ein und dankt Gott dafür, dass er seine schützenden Hände über ihren Sohn gelegt hat.

Kapitel 11

Eleonora und Dario bleiben bis zum nächsten Mittag mit Nael im Zimmer. Am Abend war der Arzt noch einmal da und sehr zufrieden und gerade war er erneut hier und hat das Herz untersucht. Es sieht sehr gut aus und weitere Schläuche konnten entfernt werden. Jetzt sind nur noch zwei Pflaster auf Naels Brust, um den Herzschlag ständig zu überprüfen.

Der Arzt hat ihnen beiden einen Ausdruck von Naels erstem gesunden Herzschlag überreicht, den Eleonora sich einrahmen und in sein Zimmer hängen wird. Nachdem der Arzt da war, ist Dario dann auch das erste Mal gegangen. Es war klar, dass er zu tun hat, sein Handy hat immer geleuchtet, doch erst als er sicher war, dass es Nael wirklich gut geht, hat er sich verabschiedet und gesagt, er komme später noch einmal wieder.

Kurz darauf sind dann ihre Mutter und Davina gekommen und konnten Nael das erste Mal nach der Operation sehen. Die Schwestern haben sie hereingelassen, wenn auch nur kurz, da man Nael noch nicht zu sehr überfordern sollte. Doch man hat gemerkt, wie erleichtert die beiden waren, ihn sehen zu können und auch wie neugierig sie sind, wie Eleonora und Dario sich nun verstehen, aber sie versichert ihnen sofort, dass das, was hier gerade passiert, wegen Nael ist und keiner von ihnen an etwas anderes denkt.

Nachdem sie beide dann wieder alleine sind, atmet Eleonora tief ein, schließt die Augen und stillt ihren Sohn. Jetzt wird sie beginnen, die Zeit mit ihm zu genießen, ihrem Körper die Ruhe zu geben, die er braucht und wirklich das sogenannte Wochenbett ausnutzen und den Schlaf nachholen, den sie dringend benötigt.

Sie fragt die Schwester, ob die Frauenärztin noch einmal kommen kann, da sie ja gerade erst entbunden hat und eigentlich auch weiter behandelt werden müsste, doch die Krankenschwester erklärt, dass es ja ein Krankenhaus speziell für Herzprobleme ist, und die Ärztin, die sie am ersten Tag untersucht hat, von einem anderen Krankenhaus war und extra dazugerufen wurde. Doch die Schwester versichert ihr sofort, dass morgen erneut die Kollegin aus einer Partnerklinik kommen wird.

Eleonora kann sich nicht vorstellen, was das alles kostet und sagt schnell, dass es nicht nötig ist. Sie fühlt sich gut und wird dann einfach, wenn sie zu Hause sind, alles im Zentrum überprüfen lassen, doch die Schwester sagt, sie haben den Auftrag von Dario, alles zu tun, was Eleonora und der Kleine brauchen und morgen sicherheitshalber die Ärztin kommen wird.

Dann hat Eleonora den Kleinen das erste Mal freiwillig in sein Babybett gelegt und hat auch das erste Mal das Essen hier richtig genossen. Durch all die Sorgen und den Druck hat sie gar nicht gemerkt, wie hungrig sie ist. In dem Moment schreibt Dario ihr und fragt, ob alles in Ordnung ist und ob er ihr etwas mitbringen soll.

Im Krankenhaus hat sie Steak mit Kartoffelpüree und Tomaten gegessen, sie schreibt ihm, dass sie nur Appetit auf etwas Süßes hätte. Die Schwester hat ihr schon gesagt, dass sie jetzt, wo Nael mehr trinkt und kräftiger wird, auch mehr Appetit bekommen wird, Eleonora ist sich aber auch sicher, dass es etwas damit zu tun hat, dass sie nun keine Sorgen mehr um Nael hat, zumindest nicht mehr solch große.

Da das Bad so geräumig ist, kann sie das Babybett mit hineinnehmen und duschen, während sie Nael, der friedlich schläft, weiter im Blick hat. Sie holt sich eine bequeme rosafarbene Sporthose aus ihrer Tasche und ein weißes weiteres Shirt, bindet sich ihre Locken zu einem hohen Zopf und nimmt sich Zeit, sich einzucremen, um sich einfach wieder etwas normaler fühlen zu können.

Als sie dann herauskommt, Nael stillt und ihn wieder in sein Bett legt, öffnet sich die Tür und Dario und Diego kommen mit einem weiteren Mann herein. Diego hat einen riesigen Strauß Blumen in der Hand, er schiebt einen Kinderwagen, der voller Tüten ist und der andere Mann hat einen Korb mit Süßigkeiten im Arm.

»Was habt ihr ... oh mein Gott ...« Eleonora muss lachen, als sie ihr all das hinstellen. Sie steht auf und nimmt Dario den Blumenstrauß mit einigen Rosen ab. Er küsst sie auf die Wange. »Das ist das Mindeste für die Geburt meines Sohnes.« Eleonora legt die Blumen auf den Tisch, sie ist völlig überrumpelt.

Diego beugt sich zu ihr und küsst sie ganz selbstverständlich auf die Wange, sie kennen sich kaum, aber das scheint ihn nicht weiter zu stören. Nun hat sie mit Dario einen Sohn, doch langsam weicht die Sorge und die Angst um Nael, und ihr wird wieder bewusst, wie es dazu gekommen ist und wie unangenehm ihr all das ist. Sein Bruder und der andere Mann müssen sonst etwas von ihr denken, doch sie lassen es sich nicht anmerken.

Der andere Mann reicht ihr die Hand, auch ihn hat sie schon gesehen. Er stellt sich als Darios Cousin Sergeo vor, sie sieht auf sein auf die Schläfen tätowiertes Kreuz und erinnert sich, dass er an dem Abend auch da war.

»Woher wusstet ihr, dass ich noch keinen Kinderwagen habe?« Sie sieht zu dem schönen dunkelblauen Wagen, sie kennt die Firma. In der Schwangerschaft hat sie sich einige Kinderwagen angesehen, alle waren zu teuer, der, der jetzt vor ihr steht, war der teuerste und auch der schönste.

»Deine Mutter hat das am Handy erwähnt, sie hat gesagt, dass sie sich gerade einen ansehen wollten, als ich sie angerufen und gesagt habe, dass keiner mehr kommen darf, erst heute wieder. Ich habe ihr gesagt, dass ich mich darum kümmere.«

Stimmt, er hat ja gestern mit ihrer Mutter gesprochen. Wieso erzählt sie ihm so etwas gleich? Aber so ist ihre Mutter, sie erzählt gerne und viel, egal wem.

Dario holt Nael aus dem Bett und sieht ihn stolz an, dabei küsst er seine weichen Wangen. »Ich habe ihn richtig vermisst die paar Stunden.« Eleonora beobachtet, wie vorsichtig er seinen Sohn hält und wie die beiden anderen Männer sich neben ihm auf das Bett setzen.

Am liebsten würde sie sich die Augen reiben und zweimal hinsehen. Es ist ein unwirkliches Bild: Die drei mächtigsten Männer der Da Silvas sitzen nebeneinander, man hat Angst, dass das Bett unter ihrem Gewicht zusammenbricht, doch sie halten ganz sachte Nael, eingehüllt in einer weichen Decke.

Dario reicht ihn an Diego weiter, der sofort wieder seine Stimme verstellt und mit seinem kleinen Neffen spricht. Er zieht eine kleine Mütze aus seiner Hemdtasche, nimmt Nael die Mütze ab, die er gerade trägt und setzt ihm vorsichtig die winzige Mütze auf. »Die habe ich gestern machen lassen.«

Eleonora kommt näher und sieht auf die Mütze, auf der in geschwungener Schrift, ähnlich wie bei dem Tattoo von Diego, Da Silva draufsteht. Dario lacht und Diego küsst die weichen Wangen seines Neffen, bevor er ihn an Sergeo weitergibt. »Im Kinderwagen sind noch einige Sachen, als wir in einem Kinderladen waren, konnten wir uns nicht zurückhalten.«

Eleonora geht zum Kinderwagen und sieht in die vielen Tüten, die dort drin sind. Es sind unzählige Babysachen, Bodys, Shirts, kleine Sneakers und alles ist von teuren Marken. »Ihr seid verrückt, mein Baby hat teurere Sachen an als seine Mutter.« Dario lacht auf. »Das lässt sich ...« Erneut geht die Tür zu ihrem Zimmer auf, nachdem leise geklopft wurde.

Die Schwester kommt und sagt ihr, dass eine Frauenärztin da ist. Sie hatte erst vor einigen Stunden danach gefragt und eigentlich sollte erst morgen eine kommen, doch offenbar ist sie sofort gerufen worden. Eleonora sieht zu Nael, der auf Sergeos Armen schlummert. »Geh ruhig, wir passen hier auf ihn auf.«

120

Er ist sein Vater, er wird sicher auch in Zukunft auf ihn aufpassen, trotzdem fällt es Eleonora ziemlich schwer, der Schwester zu folgen. Sie wird in einen Untersuchungsraum gebracht, wo eine ältere Ärztin schon auf sie wartet. Es ist eine andere Ärztin als beim ersten Mal.

Die Unterlagen ihrer Geburt sind da, trotzdem lässt sie sich aber alles noch einmal erzählen, auch, wie es ihr zur Zeit geht. Sie nimmt sich viel Zeit, untersucht sie, macht einen Ultraschall, nimmt ihr Blut ab, klärt sie darüber auf, was in der nächsten Zeit mit ihrem Körper passieren wird und wie das mit dem Stillen weiter abläuft.

Eleonora ist fast zwei Stunden bei ihr und fragt sich, ob Nael inzwischen wach war und Hunger hatte, doch dann hätte man sie sicherlich geholt. Sie hat einige Informationsbroschüren bekommen, Einlagen für die Wochenbettblutungen und einen weiteren Termin, der bereits bezahlt ist, in zwei Wochen in der Praxis der Ärztin, die in der Nähe des Hafens ist.

Erleichtert darüber, dass bei ihr alles gut aussieht, läuft sie in ihr Zimmer zurück, in dem alles abgedunkelt ist. Nur noch Dario ist da, er schläft, Nael liegt auf seiner Brust und schläft ebenfalls. Eleonora nimmt sich zwei Schokoriegel aus dem gigantischen Süßigkeitenkorb und isst sie, während sie die beiden beobachtet. Dann legt sie sich neben die beiden und dreht sich zu ihnen um. Kurz danach schließt sie die Augen.

Sie kommt zur Ruhe, ihr Körper kommt zur Ruhe und sie ist einfach nur froh, dass alles gut gegangen ist. Sie weiß nicht, ob Dario hier schlafen wollte, doch sie lässt ihn schlafen. Einen Moment beobachtet sie ihn und Nael.

Wenn sie jetzt darüber nachdenkt, dass sie auf eine Party gegangen ist und mit einem völlig Fremden Sex hatte, schämt sie sich. Deswegen hat sie auch mit niemandem darüber gesprochen, bis sie erfahren hat, dass sie schwanger ist und es nicht mehr verstecken konnte. Doch jedes Mal, wenn sie an die Nähe zu Dario gedacht hat, konnte sie es nicht bereuen, denn es war wunderschön und das hat ihr auch Kraft gegeben. Ja, es war zu schnell und ja, sie war absolut unvernünftig, aber es war trotzdem wunderschön. Und wenn sie jetzt auf die beiden blickt, kann sie es erst recht nicht mehr bereuen, dass alles gekommen ist wie es ist.

Auch Eleonora schläft ein und wird erst wach, als Nael unruhiger wird. Dario wacht auf und küsst seinen Sohn auf den Kopf, er steht auf und wickelt ihn, es ist das erste Mal, dass er das macht. Einen Moment denkt Eleonora darüber nach, zu ihm zu gehen und ihm zu helfen, doch er wird das sicherlich schaffen.

Einige Zeit später kommt eine Krankenschwester und überprüft alles, es ist schon abends und Eleonora bleibt liegen, als Dario Nael zu ihr bringt. Sie stillt ihn und die Krankenschwester bringt ihnen ein Essenswagen mit frisch gebackener Pizza, Salat und Suppe. Die müssen hier ein Spitzenrestaurant im Haus haben. Nael trinkt immer länger und Eleonora genießt das Gefühl, dass ihre Brüste nicht mehr so spannen.

Nachdem Nael wieder eingeschlafen ist, legt sie ihn in sein Bett zurück und setzt sich zu Dario an den Tisch. »Ich muss gleich los. Ich habe noch ein Geschäftstreffen. Dann fahre ich zu meinen Eltern ans Meer und werde ihnen von Nael erzählen und dann sicherlich morgen mit ihnen herkommen.« Eleonora nickt und nimmt sich noch ein Stück Pizza, sie hat wirklich mehr Appetit als sonst, sie hat sogar das Gefühl, mehr als in der Schwangerschaft.

»Das ist doch in Ordnung für dich, oder? Sie wollen den Kleinen garantiert sehen und es geht ihm ja immer besser.« Eleonora sieht ihm in die Augen. »Doch, natürlich. Es ist nur … ich habe dir ja gesagt, dass ich normalerweise so etwas nicht tue und alle werden jetzt denken, ich bin einfach nur eine Frau, die sich auf solchen Partys herumtreibt und von dem Erstbesten schwängern lässt.«

Dario hat schon aufgegessen und lehnt sich zurück. Einen Moment sieht er ihr in die Augen und scheint über ihre Worte nachzudenken. »Sie werden aber sehr schnell merken, dass du keine Chica bist.« Eleonora legt den Kopf ein wenig schief. »Was bedeutet das eigentlich für euch? Chica? Ich meine, die meisten der Frauen, die da waren, waren wie ich da. Sie wollten einfach nur einen schönen Abend haben, doch statt in einen Club zu gehen, haben sie Freundinnen auf die Party begleitet. Wieso gibt es für sie dieses Wort 'Chicas'?«

Dario lacht leise auf. »Das sagt man so, im Grunde hast du recht, nicht alle dort sind darauf aus, aber es gibt einige Frauen, die wirklich zu jeder Feier kommen und alles dafür tun, um an uns heranzukommen. Es gibt wirklich schräge Geschichten. Deswegen haben wir am Anfang auch so reagiert, als du kamst, um mir zu sagen, dass du schwanger bist. Es gab zum Beispiel mal eine Frau, mit der ich nicht einmal etwas hatte, aber sie hat mir überall aufgelauert, war bei jeder Party und hat allen Frauen gedroht, die mir zu nah kamen, dabei habe ich kaum mit ihr gesprochen. Irgendwann hat sie sich nachts von einer Party geschlichen und ist in mein Haus eingebrochen. Sie hat meine Terrassentür zerschlagen und sich nackt in mein Bett gelegt ... ich musste ihr dann klarmachen, dass sie Abstand von mir halten soll. Oder eine Frau, mit der mein Bruder geschlafen hat, hat eine Schwangerschaft vorgetäuscht und wollte so an Geld kommen. Sie hat das wirklich lange so aufrechterhalten, bis unser Arzt auf einen Schwangerschaftstest bestanden hat, den sie immer hinausgezögert hat und ihr Bauch nicht gewachsen ist. Es gibt einige solcher Geschichten und den Namen Chicas haben eigentlich die Frauen der Anführer früher immer für die Mädchen genommen, die versucht haben, sich an ihre Männer heranzumachen. Es bedeutet ja im Grunde nur die Mädchen, aber man sagt es herablassender. Ich weiß, dass nicht alle Frauen auf unseren Partys so sind, aber es gibt einige, die alles dafür tun würden, um einen Mann von uns an ihrer Seite zu haben.«

Nun lehnt sich auch Eleonora zurück. »Das glaube ich, das habe ich an dem Abend ja selbst gemerkt und auch ... na ja, ich sehe ja, wie die ein oder andere Krankenschwester hier auf dich reagiert, aber das Leben an der Seite eines Mannes wie dir ist doch auch sehr gefährlich, oder nicht?«

Er gießt sich und ihr noch etwas Limonade ein.

»Ich beschütze meine Familie und die, die ich liebe, mit meinem Leben, ich würde nicht zulassen, dass irgendjemand in Gefahr kommt, doch natürlich ist es sicherer, mit einem … Lehrer zusammen zu sein.«

Sie muss leise auflachen, da deutet Dario hinter sie. »Ich glaube, da ist jemand wach.« Sie beide gehen zum Bett, setzen sich an die Kante und sehen in das Babybett. Nael ist wach, er hat seit der Operation immer mal wieder die Augen aufgemacht, doch stets nur sehr kurz und jetzt liegt er in seine Decke eingehüllt und hat die Augen offen. Da es bei ihnen im Zimmer nur gedimmtes Licht gibt, scheint es ihm auch nicht zu schwer zu fallen.

»Na, kleiner Mann.« Dario nimmt ihn aus dem Bett und rückt zu Eleonora. Zusammen sehen sie stolz auf ihren Sohn. Er hat wirklich ihre Augen, auch die mandelförmige Form, doch ansonsten sieht er aus wie Dario. Nael gibt kleine gurrende Geräusche von sich und scheint völlig zufrieden zu sein.

»Eigentlich ist es auch egal, was die anderen denken oder sagen, ein Blick auf ihn genügt und jeder sieht, dass das zwischen uns niemals ein Fehler gewesen sein kann.« Dario küsst seinen Sohn auf die Wange. »Nein, das war es auf keinen Fall.«

Sein Handy vibriert und er legt Nael in ihren Arm. »Ich muss los, bis morgen. Wenn etwas ist, ruf sofort an.« Er küsst auch sie auf die Wange und hält einen Moment nah bei ihr ein. Sie sehen sich in die Augen, Erinnerungsfetzen an ihre gemeinsame Nacht kommen ihr vor das innere Auge und sie sieht auf seine Lippen, auch er muss so denken, einen Moment sieht es so aus, als würde er sich wieder zu ihr vorbeugen, doch erneut vibriert sein Handy und er räuspert sich. »Bis morgen, ihr beiden.«

Nael ist noch eine ganze Weile wach, Eleonora hat ihn vor sich auf ihr Bett gelegt und singt ihm leise Lieder vor, erzählt ihm von seiner Geburt und küsst immer wieder seine Hände, seine Nase, seine Wangen ... alles. Sie macht ein Video, was sie ihrer Mutter und Davina schickt. Seine Augen sind zwar immer nur kurz auf, doch er schafft es schon immer mal wieder.

Irgendwann schläft er dann aber wieder ein und Eleonra schaltet das erste Mal leise den Fernseher ein, der vor ihrem Bett hängt., sieht sich eine Serie an, isst Süßigkeiten, schreibt sich Nachrichten mit ihrer Mutter und Davina und antwortet auch endlich allen anderen, die ihr geschrieben haben. Selbst Chapo muss von ihrer Geburt gehört haben und hat ihr seine Glückwünsche geschickt.

Gerade als sie dann einschlafen will, wird Nael unruhig und beginnt zu weinen. Elenora will ihn anlegen, doch er streckt sich und beginnt immer mehr zu weinen. Es bricht ihr Herz, das zu hören. Sie steht auf und geht mit ihm im Zimmer auf und ab, doch er lässt sich nicht beruhigen.

Unsicher drückt Eleonora den Knopf und eine der Schwestern kommt herein. Sie untersucht Nael und sagt, dass er ein wenig Bauchschmerzen haben wird. Nun hat er mehr Kraft und auch die Kraft, sich bemerkbar zu machen, natürlich ist Eleonora klar, dass Babys auch schreien, doch dass ihr das so wehtut zu hören, damit hat sie nicht gerechnet.

Sie wickelt ihn unter einem Heizstrahler und Nael entspannt sich, dann wissen sie, warum er so unruhig wurde. Das sogenannte Babypech ist in seiner Windel. Die Schwester erklärt ihr alles dazu, aber auch wenn Eleonora sich einiges durchgelesen hat in der Schwangerschaft, weiß sie natürlich noch nicht alles. Danach legt sie Nael an und er schläft langsam wieder ein. Die Schwester bringt ihr ein Buch über Babys und alles, was man dazu wissen muss, und als Nael in der Nacht noch dreimal schreiend wach wird, weiß sie dann auch, dass sie aufpassen muss, was sie isst.

Irgendwann bekommt sie eine Nachricht von Dario, der fragt, ob alles in Ordnung ist und Eleonora sagt ihm, dass alles gut ist und schickt ihm ein Foto von Nael.

In dieser Nacht schläft sie immer nur maximal zwei Stunden. Als am nächsten Morgen die Sonne aufgeht, steht sie mit Nael dick eingepackt in Decken wieder auf der Terrasse und sieht ihr entgegen. Wie müde sie auch ist, sie ist dankbar und glücklich und einfach nur gespannt auf das was kommen wird. Sie freut sich darauf, was sie die nächsten Tage, die nächsten Wochen, die nächsten Jahre alles mit ihrem Sohn zusammen erleben wird.

Kapitel 12

»Dario, wie schön dich wiederzusehen.«

Dario umarmt seinen alten Geschäftspartner und auch seine beiden Brüder. »Ignazio. Es tut mir leid, dass ich die Tage wenig Zeit hatte, aber jetzt bin ich wieder da.«

Sie setzen sich, nachdem auch Diego, Nicky und Adrian sie begrüßt haben. »Das macht nichts, ein paar Tage länger Puerto Rico ist immer gut. Ihr habt hier nicht nur die beste Ware, sondern auch die heißesten Frauen, ich habe die letzten Tage sehr genossen. Es geht das Gerücht um, dass du ein Problem mit einer Frau hast; ich hätte nicht gedacht, dass Dario Da Silva jemals Probleme mit Frauen haben wird.«

Er spürt den Blick seines Bruders auf sich. Noch auf der Fahrt hierher haben sie darüber gesprochen, dass sie versuchen wollen, Nael so lange wie es geht geheim zu halten, zumindest für alle außerhalb ihrer Familia. Es ist sicherer, wenn nicht alle wissen, dass er nun einen Sohn hat. Doch offenbar fangen die ersten Gerüchte schon an, Dario muss einfach versuchen, so weiterzumachen wie bisher und es sich nicht allzu sehr anmerken zu lassen.

»Du weißt doch, wie schnell Gerüchte entstehen, Frauen lasse ich eigentlich nie zu einem Problem werden.« Er deutet dem Kellner, dass sie bestellen wollen und sieht seinem Geschäftspartner in die Augen. »Also, ich habe euch die neuesten Waffen zuschicken lassen, wie gefallen sie euch …?«

Der Termin zieht sich länger hin und danach haben sie direkt noch einen. Es ist einiges liegengeblieben in den zwei Tagen, die Dario im Krankenhaus war. Es ist verrückt, es waren nur zwei Tage, und wenige Sekunden, die sein Leben völlig auf den Kopf gestellt haben.

Er hat nie darüber nachgedacht, so früh Kinder zu bekommen, und selbst als er von ihm gewusst hat, hat er nicht damit gerechnet, dass ihn sein Sohn so berühren wird. Niemals hat er mit der Macht gerechnet, die dieses kleine Wesen auf ihn ausübt. Dario hat sich Hals über Kopf in seinen Sohn verliebt. Er liebt es, ihn bei sich auf der Brust zu haben, ihn anzusehen und seinen süßen Babyduft zu inhalieren. Er hat einige schwere Entscheidungen treffen müssen und schon vieles in seinem Leben durchgemacht, doch die Angst, Nael zu verlieren, hat all das noch einmal in den Schatten gestellt.

Er hat nicht damit gerechnet, es hat ihn völlig unvorbereitet getroffen, doch er liebt das Gefühl, nun einen Sohn zu haben.

Als er nach dem Treffen zu seinen Eltern ans Meer fährt, schreibt er Eleonora und fragt, ob alles in Ordnung ist, und sie schickt ihm ein Bild von Nael. Am liebsten würde er zurück zu den beiden fahren, doch er muss mit seinen Eltern sprechen.

Also fährt er knapp eine Stunde zum Meer. Ihr Anwesen dort ist durch mehrere Sicherheitszäune und Wachen geschützt; er hat schon oft mit seinen Eltern darüber gesprochen, doch gegen die Angst seiner Mutter, auch ihren jüngsten Sohn durch eine Entführung verlieren zu können, kommt er einfach nicht an.

Deswegen wissen sie natürlich auch, dass er kommt, und seine Mutter und Daniel warten schon vor der Haustür in der Einfahrt auf ihn. »Dario, mein Liebling. Ich weiß nicht, ob das etwas Gutes zu bedeuten hat, wenn du unangemeldet herkommst. Hast du Hunger?«

Er umarmt seine Mutter. Ihr Vater ist alle paar Tage bei ihnen im Gebiet. Auch wenn er nicht mehr die Geschäfte leitet, kann er es nicht lassen, einen Kontrollblick darüber zu haben und genießt die Zeit bei den Männern der Familia. Ihre Mutter besteht darauf, dass sie mindestens alle zwei Wochen zum Essen vorbeikommen, doch auch sie kommt hin und wieder zu ihnen. Daniel begleitet ihren Vater immer öfter, wenn er zu ihnen kommt, auch wenn das jedes Mal Ärger mit ihrer Mutter gibt.

»Ich habe gerade gegessen. Ist Papa da? Wie geht's dir, Großer? Ich dachte, du wolltest Freitag vorbeikommen?« Er wuschelt seinem jüngsten Bruder durch die Haare. Er hat viel Ähnlichkeit mit ihnen und seit er mit seinem Vater so langsam auch zu trainieren beginnt, wandelt er sich immer mehr.

»Ja, aber ich war auf einer Party, die neue Schule ist der Hammer und die Mädchen erst.« Dario lacht und legt den Arm um Daniel. Er wurde eine Weile privat unterrichtet. Ihr Vater und sie haben lange gebraucht, bis sie ihre Mutter dazu gebracht haben, Daniel etwas loszulassen. Sie wissen, warum es ihr so schwerfällt und wie sehr sie unter dem Verlust von Daria leidet und dass sie Angst hat, auch Daniel könnte etwas zustoßen. Doch sie muss ihn loslassen, damit er ein Mann wird und erst jetzt, wo er wirklich langsam größer und selbstständiger wird, scheint sie zu verstehen, dass er nun nicht mehr einfach so entführt werden könnte, doch es fällt ihr nicht leicht. In zwei Jahren soll er zu ihnen ins Gebiet ziehen und davor hat sie schon jetzt Angst.

»Du versetzt uns also für ein paar Mädchen? Ich verstehe, ich glaube, ich muss dir nochmal genau zeigen ….« Er nimmt Daniel in den Schwitzkasten, der laut loslacht. Ihre Mutter lächelt und sie folgen ihr durch den Wohnbereich auf die Terrasse, wo ihr Vater an einem gedeckten Tisch sitzt und gerade sein Handy weglegt.

»Ist etwas passiert bei dem Treffen heute? Ich dachte, er wäre interessiert?« Dario begrüßt seinen Vater und setzt sich zu ihm. »Nein, es ist alles in Ordnung. Sie haben sogar die doppelte Menge genommen, weil sie so begeistert waren.« Sein Vater hebt anerkennend die Augenbrauen und seine Mutter legt ihm sein Lieblingsgebäck auf den Tisch.

»Bleibst du über Nacht? Du siehst müde aus? Wo ist Diego?« Dario legt sein Handy auf den Tisch und reibt sich die Augen. »Er ist zu Hause, sie feiern den neuen Deal. Ich bleibe hier, ich brauche wirklich etwas Schlaf.«

Nun sieht auch ihr Vater ihn misstrauisch an. »Was ist los, Dario?« Wie soll er all das, was in den letzten Tagen passiert ist, in Worte fassen? Er nimmt sein Handy und öffnet das Foto von Nael. »Ich habe einen Sohn.« Er hält seinen Eltern das Bild hin.

Seine Mutter nimmt ihm sofort das Handy aus der Hand und sieht auf das Foto. »Du hast … das Baby ist ja schon da, wieso … er sieht genau aus wie du als Baby, wie …?« Auch sein Vater nimmt nun das Handy, sieht auf das Bild und wieder hoch zu ihm.

Man sieht beiden die Überraschung deutlich an, was normal ist, auch er war überrascht. Dario lehnt sich zurück und muss lächeln. »Ja, er sieht mir wirklich sehr ähnlich. Ich konnte es euch nicht früher sagen, da ich auch erst vor zwei Tagen davon erfahren habe.«

Daniel setzt sich zu seiner Mutter und sieht auch auf das Bild. Wo soll er anfangen?

»Vor einigen Monaten habe ich Eleonora kennengelernt. Wir haben uns dann nicht mehr gesehen und sie hat mir nicht gesagt, dass sie schwanger von mir ist. Ich wusste von gar nichts, bis sie plötzlich wieder vor mir stand, einen Tag nach der Geburt des Kleinen.«

Er muss an Eleonoras Anblick denken, sie war völlig fertig und auch die letzten Tage war sie müde und am Ende ihrer Kräfte.

»Der Kleine hatte einen Herzfehler und musste sofort operiert werden, dafür brauchte sie mein Einverständnis. Wir haben einen Test gemacht, ob ich wirklich der Vater bin und ich habe die beiden in die Herzklinik bringen lassen. Er wurde am nächsten Morgen operiert und hat jetzt alles gut überstanden. Ich war die ganze Zeit bei den beiden bis heute früh, und jetzt erfahrt ihr es. Sein Name ist Nael Dariel. Er ist … ich habe mich wirklich in den Kleinen verliebt.«

Er muss müde lächeln, seine Mutter weint und sein Vater sieht ihn ernst an. »Warum hast du uns das nicht sofort gesagt?« Dario nimmt sein Handy wieder an sich. »Weil alles so schnell ging und ich euch auch nicht beunruhigen wollte mit der Operation. Jetzt ist alles in Ordnung und ihr könnt ihn sehen.«

Seine Mutter wischt sich die Tränen weg.

»Ich bin so früh schon Oma? Oh mein Gott, ich weiß gar nicht, ich bin ganz durcheinander. Ich möchte ihn sofort sehen. Was ist mit dir und dieser Eleonora? Wie willst du den Kleinen schützen?«

Dario zuckt die Schultern. Er weiß selbst, dass es noch sehr viel zu klären gibt. »Ich weiß all das noch nicht, Mama. Ich weiß, dass es dem Kleinen jetzt gut geht, alles weitere wird sich mit der Zeit finden. Morgen können wir zusammen zu ihnen fahren.« Seine Mutter nickt und Dario sieht zu seinem Vater, der den Finger hebt.

»Ich hoffe, dein Sohn wird dir auch so viele Sorgen machen, wie du mir.« Dario muss leise lachen und sieht einen Moment in den dunklen Himmel, der über und über mit Sternen bedeckt ist. Es gibt wirklich noch sehr viel zu klären.

Er wusste, dass er Schlaf braucht, doch dass er so viel nachzuholen hat, hat ihn auch überrascht, als er erst am nächsten Mittag bei seinen Eltern am Frühstückstisch sitzt. Seine Mutter war währenddessen einige Geschenke besorgen, sie hat eine Windeltorte anfertigen lassen mit vielen Geschenken daran, außerdem einen gigantischen Blumenstrauß und einen Korb mit Sachen für Eleonora.

Trotz ihrer Nervosität hat sie ihn schlafen lassen, doch nachdem er aufgegessen hat, drängt seine Mutter ihn, sich fertig zu machen und keine halbe Stunde später fahren sie in zwei Autos zur Klinik, die etwas weiter oben am Meer liegt. Er hatte keine Sachen bei seinen Eltern und hat sich etwas von Diego genommen, der noch einiges im Haus am Meer hat.

Daniel fährt bei ihm mit und fragt ihn über Eleonora aus; er macht seinem kleinen Bruder klar, dass er nicht mit ihr zusammen ist. Auch wenn es ungewöhnlich ist, haben sie gerade ein Baby zusammen bekommen, sind aber kein Paar. Es ist nicht so, als würde er Eleonora nicht mögen, und sie ist auch die erste Frau, die er nicht so wirklich aus seinen Gedanken verbannen konnte, während der letzten Tage hat er diese Nähe zu ihr auch sehr genossen, doch sie sind nicht zusammen.

Er kann nur hoffen, dass dieses erste Aufeinandertreffen gut geht. Als sie aus den Autos steigen, kommt gerade Eleonoras Mutter aus dem Krankenhaus. Dario stellt alle vor und Tamara sagt, dass sie zur Arbeit muss. Sie war den ganzen Tag bei Eleonora und dem Baby, der Arzt war gerade da und ist sehr zufrieden mit Nael, er hat sogar schon etwas zugenommen.

Man sieht Tamara an, wie stolz sie auf ihren Enkel ist und er hofft, dass auch seine Mutter das so empfinden wird, er kann sich aber eigentlich gar nichts anderes vorstellen. Als sie das Zimmer betreten, liegt Eleonora zusammen mit ihrer Freundin im Bett, Nael liegt auf Eleonoras Brust und schläft. Die beiden scheinen gerade in ein Gespräch vertieft gewesen zu sein und setzen sich auf, als sie eintreten.

Dario stockt einen Moment.

Eleonora sieht erholter aus. Sie trägt ein rotes Shirt und eine schwarze Jogginghose. Sie hat Locken und sieht viel wacher aus als die letzten Tage. Jedes Mal wenn er sie wieder sieht, bemerkt er erneut, wie schön sie ist und fragt sich, ob das jemals nicht mehr so sein wird.

Dario tritt vor, als Eleonora aufsteht. Er nimmt Nael und gibt ihr einen Kuss auf die Wange, dann begrüßt er Davina und küsst seinen Sohn auf die Wangen. »Eleonora, das sind meine Mutter Milanda, mein Vater Dariel und mein jüngster Bruder Daniel.«

So schüchtern hat Dario Eleonora aber noch nie gesehen. Ihre Wangen färben sich sogar ein wenig rot, als sie alle begrüßt, die Sachen entgegennimmt und sich leise bedankt. Dario reicht Nael an seine Mutter weiter, die ihn ganz verzaubert ansieht. »Meine Güte, mir kommt es so vor, als hätte ich dich noch einmal auf den Armen. Er ist wunderschön. Das ist ein wahrer Segen für euch beide.«

Schon in der ersten Sekunde erkennt Dario, dass sich seine Mutter in Nael verliebt hat. Sie setzt sich mit Nael ans Bett und Daniel setzt sich dazu. Es dauert aber eine Weile, bis sie ihn weiterreicht, in der Zeit fragt sie Eleonora aus, wie es dem Kleinen geht und wie die Geburt war.

Dario und sein Vater ziehen sich an den Esstisch zurück und Davina geht kurz danach auch los. Erst nach einiger Zeit gibt seine Mutter dann auch seinem Vater den Kleinen, und auch ihm sieht man sofort den Stolz an. Darum, wie sie auf Nael reagieren werden, hat Dario sich nicht viele Sorgen gemacht, eher darum, wie sie auf all das Drumherum reagieren, und als es etwas später wird und Dario sich mit seinem Vater auf den Balkon stellt, damit Eleonora Nael die Brust geben kann, sieht sein Vater ihn an.

»Wie stellt ihr euch alles Weitere vor? Wo wird der Kleine leben? Wird er deinen Namen annehmen? Wenn sich das rumspricht, muss er geschützt werden, es … ist viel, woran ihr denken müsst.« Dario sieht aufs Meer. »Ich weiß, doch wir haben gerade erst die Operation hinter uns. Wir müssen all das noch klären. Ich kenne sie kaum, Papa.« Der Vater atmet tief ein und klopft ihm auf die Schulter. »Du musst dir jetzt jeden deiner Schritte noch besser überlegen.«

Das erste Aufeinandertreffen zwischen seinen Eltern und Eleonora hat sich Dario etwas holperig vorgestellt, weil er seine Mutter kennt und sie normalerweise allem auf den Grund geht und wahrscheinlich viele unangenehme Fragen gestellt hätte, doch sie war komplett auf Nael konzentriert und wollte ihn kaum aus den Armen geben.

Man hat gemerkt, dass sie richtig aufgeblüht ist und Dario rechnet es ihr auch hoch an, dass sie sich zurückgehalten hat. Hin und wieder konnte er ihren Blick bemerken, wenn Nael zu weinen angefangen hat und Eleonora ihn versucht hat zu beruhigen; er ist sich sicher, dass sie etwas dazu sagen wollte, doch sie hat es nicht, sie spürt, dass es zwischen ihm und Eleonora noch zu unsicher ist, als dass sich schon irgendjemand einmischen könnte.

Sie bleiben eine ganze Weile im Krankenhaus. Dario gibt Bescheid und sie essen alle zusammen dort, er merkt, dass Nael unruhiger ist, er hat sonst fast immer nur geschlafen, nun ist er wacher und schreit auch hin und wieder. Eleonora ist sehr ruhig, wirklich sehr ruhig. Sie redet nur, wenn sie etwas gefragt wird, sie meidet zu viel Augenkontakt, und auch wenn man merkt, dass sie seine Eltern und vor allem Daniel mag, ist sie sehr zurückhaltend. Als diese am Abend gehen, fragt seine Mutter Eleonora, ob es in Ordnung für sie ist, wenn sie wieder vorbeikommt, und Eleonora sagt ihr, dass sie jederzeit kommen kann, es ist ihr Enkelkind.

Sobald seine Eltern das Zimmer verlassen, spürt man die Anspannung von Eleonora abfallen, und Dario setzt sich aufs Bett und legt Nael vor sich, der die Augen wieder geöffnet hat.

»Warum warst du so angespannt?«

Sie nimmt sich noch etwas zu trinken und legt die Teller zusammen, was sie nicht bräuchte, der Tisch wird eh gleich abgeräumt. »Ich war ziemlich nervös, ich meine, ich will nicht, dass sie einen falschen Eindruck von mir haben, was sie eh haben werden ...« Dario sieht von seinem Sohn auf.

»Wieso sollten sie schlecht von dir denken?« Sie setzt sich zu ihm. »Weil wir uns nicht kennen und einen Sohn zusammen haben, sie werden mich nur als … Chica sehen. Ich habe mir jedes Mal, wenn sie mich angesehen haben, vorgestellt, dass sie nur an das denken.«

Dario schüttelt leicht den Kopf. »Das stimmt nicht. Sie haben nicht mal genau gefragt, was zwischen uns war und ich garantiere dir, dass niemand dich als Chica sieht. Ich habe dich niemals so gesehen, ich wollte, dass du bleibst; wärst du damals nicht einfach gegangen, wäre all das vielleicht anders gekommen, also versuch, das einfach zu vergessen. Wir haben einen süßen Sohn zusammen und keiner von uns beiden bereut es, wie er entstanden ist oder dass er da ist. Das ist doch erst einmal das Wichtigste, alles andere ist nebensächlich.«

Sie nickt. »Ja, ich weiß und das sage ich mir auch ständig, trotzdem bekomme ich dieses Gefühl jedes Mal in meinem Bauch, wenn ich jemanden von deiner Familie kennenlerne, aber das wird sicherlich mit der Zeit nachlassen.«

Sie gähnt. »Was meinst du damit? Was denkst du, wäre passiert, wenn ich nicht gegangen wäre?« Dario lehnt sich zurück und legt Nael auf seine Brust, der langsam auch müde wird. Eleonora breitet eine leichte Decke über ihren Sohn aus.

»Ich weiß nicht, ich hätte dich nach deiner Nummer gefragt, und ob wir etwas essen gehen und uns treffen wollen, irgendwie so etwas.« Sie lächelt. »Ich hätte, wenn ich wieder etwas nüchterner gewesen wäre, sicher zu viel Angst davor gehabt, mit dir auszugehen, weil du der Anführer der Da Silvas bist.«

Nun muss Dario lachen und weckt dabei fast Nael wieder auf.

»Also, du machst dir Sorgen, wie man über dich denkt, aber du hast solche Vorurteile über uns.« Nun muss auch sie lachen und legt sich zurück. »Ich glaube, ich hätte mich niemals getraut, etwas mit dir anzufangen. Wenn nicht Nael gewesen wäre, hätte ich mich im Leben auch nicht getraut, dich noch einmal aufzusuchen. Ich habe dich nach der Zeit einmal gesehen, am Hafen, mit einer anderen Frau, auch da hätte ich mich nicht getraut, dich anzusprechen.«

Dario sieht verwundert zu ihr, sie hat ihn gesehen, er hat sich oft gewünscht, sie noch einmal zu treffen. Da sie auch zu ihm blickt und sie beide ihren Kopf an die hochgestellten Kissen anlehnen, sind sich ihre Gesichter plötzlich sehr nah. Er sieht in ihre wunderschönen Augen.

Eleonora ist für ihn einzigartig. Sie ist so fein, ihr Gesicht ist perfekt, alles passt zusammen und dann diese schönen großen, hellbraunen Mandelaugen, diese langen Locken, er liebt ihren Geruch.

Er bemerkt ihn auch jedes Mal auch an Nael. Er hebt seine Hand und legt sie an ihre Wange, ohne den Blickkontakt zu trennen.

»Hast du jetzt noch Angst vor mir oder jemandem der anderen, die hier waren?« Sie schüttelt den Kopf und er streicht mit seinem Daumen über ihre Wange. »Das alles bedeutet nicht, dass wir nicht noch immer … ausgehen können und uns kennenlernen können.«

Er hört, wie seine Stimme leiser wird, auch sie sieht unbeirrt in seine Augen. »Wir werden uns kennenlernen, wir haben einen Sohn zusammen, aber wegen ihm müssen wir auch vorsichtig sein. Ich wollte es eigentlich nie oder habe es nicht einmal in Erwägung gezogen, doch jetzt bin ich froh, dass er dich als Vater hat und ich will ihm das nicht kaputtmachen, weil wir uns zueinander hingezogen fühlen und dann nach zwei Wochen merken, dass es doch nicht funktioniert, und das Verhältnis zwischen uns kaputtgeht, sodass am Ende er darunter leidet. Wir sollten da zuerst an ihn denken.«

Dario lässt sich ihre Worte durch den Kopf gehen, sie hat recht, doch sie hat auch zugegeben, dass sie diese Anziehungskraft zwischen ihnen spürt. Wenn er nur an ihre gemeinsame Nacht denkt, würde er sie am liebsten küssen und all das nicht mehr so kompliziert erscheinen lassen, doch sie sollten das aus Rücksicht auf Nael wirklich langsam angehen lassen und gucken, was die Zeit zwischen ihnen entstehen lässt.

»Du hast recht.« Er beugt sich zu ihr und küsst ihre Stirn. »Doch ich bin froh, dich wiedergefunden zu haben und jetzt bei euch sein zu können.« Sie lächelt. »Ich bin froh, dass du da bist.«

Auch diese Nacht bleibt er bei den beiden. Eleonora erzählt, dass die letzte Nacht unruhig war und auch in dieser Nacht wird Nael oft wach. Damit Eleonora etwas Ruhe hat, läuft Dario eine Stunde vor dem Zimmer auf dem Flur herum. Auf seinem Arm beruhigt Nael sich und er bleibt mit ihm in Bewegung.

Er denkt viel über Eleonora und sich nach. Er würde sich selbst belügen, wenn er sich einreden würde, sie bedeute ihm nicht schon etwas. Das hat sie ihm wahrscheinlich schon vom ersten Moment an, doch in den letzten Tagen hat er einen unheimlichen Respekt vor ihr bekommen und ist jedes Mal neu von ihrem Anblick fasziniert. Er liebt es, mit ihr zu sprechen und sie um sich herum zu haben.

»Brauchen Sie Hilfe?«

Eine der Krankenschwestern unterbricht seine Gedanken. Es ist die, die in den letzten Tagen immer wieder versucht hat, mit ihm zu flirten, was ihr sicher auch gelungen wäre, wären sie hier nicht in solch einer Situation und würden nicht wie momentan Eleonora und Nael seine Gedanken beherrschen.

»Nein danke, es ist alles bestens. Ich möchte nur, dass seine Mutter etwas schläft.«

Sie lächelt verzückt. Sie ist sexy und hübsch, doch die müde Frau im Zimmer kommt ihm sofort wieder in seine Gedanken.

»Es ist so schön, wie Sie sich um all das kümmern. Ich hätte den Anführer der Da Silvas niemals so feinfühlig eingeschätzt. Ein sexy Mann, der so mächtig und stark ist und solch ein Feingefühl hat … da kann sich die Mutter glücklich schätzen … obwohl eine Kollegin mir erzählt hat, dass Sie gar kein Paar sind. Also sind Sie Single?«

Dario sieht der Frau in die Augen. Er hätte ein wenig Entspannung echt mal wieder nötig, doch er lächelt nur matt. »Momentan bin ich nur an der Mutter meines Sohnes interessiert, egal ob wir ein Paar sind oder nicht.« Die Krankenschwester nickt. »Das ist so süß.«

Nael wird unruhig und Dario bewegt sich wieder. Es ist unglaublich, wie sich sein Leben in wenigen Tagen verändert hat. Vor einer Woche hätte es gut sein können, dass er die hübsche Frau in ein Zimmer gezogen und verführt hätte, doch jetzt geht er zurück ins Zimmer und legt sich neben Eleonora, die ein wenig wach wird. Sie legt ihre Hand auf den Rücken ihres Sohnes und ihre Nase an seine Schulter und Dario schließt die Augen.

Eine Ruhe und Zufriedenheit breitet sich in ihm aus, die er zuvor noch niemals verspürt hat. Er muss vorsichtig und entspannt bleiben. Er hat eine Menge Erfahrungen mit Frauen, doch keine, wenn es darum geht, eine ernsthafte Beziehung zu einer aufzubauen, und das zwischen Eleonora und ihm darf er nicht kaputtmachen, aber gleichzeitig fragt er sich auch, wie er die beiden, die so plötzlich in sein Leben gepurzelt sind und nun gar nicht mehr wegzudenken wären, in sein kompliziertes Leben einbringen kann.

Er ist der Anführer der Da Silvas. Er hat Verantwortung, und das merkt er schon am nächsten Morgen, als er den Anruf bekommt, dass zwei Lager in Guatemala aufgebrochen wurden und eine Familia dafür verantwortlich sein soll, mit der es schon länger Probleme gibt.

Das kann er nicht abgeben, nun ist seine kleine Auszeit vorbei und er verabschiedet sich von Nael und Eleonora für einige Tage, er kann nicht einmal sagen, wie lange er weg sein wird. Er weiß niemals, was genau ihn erwartet und es ist ihm noch niemals so schwergefallen, in ein Flugzeug zu steigen und Puerto Rico hinter sich zu lassen.

Kapitel 13

Eleonora schließt die Tür und atmet erleichtert aus.

Sie hat es geschafft.

Das was sie schon von Anfang an herbeigesehnt hat, ist endlich eingetreten. Sie ist mit Nael zu Hause.

Ein Taxi hat sie direkt vom Krankenhaus hierher gefahren und der Fahrer hat ihr auch alles nach und nach hochgebracht, was gar nicht so wenig war. Ein Kinderwagen, unzählig viele Kleidungsstücke, Geschenkkörbe, Windeln, selbst das Krankenhaus hatte noch Geschenke für sie, und immer wenn jemand vorbeigekommen ist, hatten sie neue Sachen dabei.

Sie mussten eine Woche nach der Operation noch im Krankenhaus bleiben, doch jetzt ist Nael so stabil und gesund, dass sie endlich nach Hause können. Der Arzt hat es heute früh sehr spontan entschieden und Eleonora ist vor Freude hochgesprungen, was ihr dann gleich wieder gezeigt hat, dass sie sich trotzdem weiter ausruhen soll.

Auch wenn das Krankenhaus eher ein Luxushotel war und sie sich auch dort wohlgefühlt hat, ist sie dankbar, zu Hause zu sein. Sie ist sich sicher, dass sie erst hier wirklich zur Ruhe kommen wird, nach all den Turbulenzen der letzten zehn Tage.

Knapp zehn Tage, und alles ist anders. Ihr Baby ist da und mit ihm sind so viele neue Menschen in ihr Leben getreten. Allen voran Dario, der ein unglaublicher Vater ist, er ist so lieb zu dem Kleinen und auch zu ihr. Eleonora hat gespürt, dass sie angefangen hat, ganz andere Gefühle für ihn aufzubauen, doch dann ist er abgereist und kommt erst in einigen Tagen zurück, und sie versucht seitdem, ihre Gefühle wieder etwas mehr in den Griff zu bekommen. Sie möchte das gute Verhältnis zwischen ihnen nicht zerstören, weil sie ihre Gefühle über das Glück ihres Kindes stellen.

Doch sie muss auch zugeben, dass selbst wenn Dario weg ist, sie ständig Kontakt haben. Sie schreiben sich mehrmals täglich und sie hat sich schon sehr schnell an seine Gegenwart in ihrem Leben gewöhnt.

Dazu kommt seine Familie: Seine Mutter hat sie noch dreimal besucht, zweimal war auch Darios Vater dabei. Sie lieben Nael, das spürt man sofort und Eleonora mag die beiden auch sehr, doch sie sind erst dabei, sich kennenzulernen. Auch ihre Mutter hat Darios Mutter einmal getroffen und man spürt sehr schnell, was für unterschiedliche Leben sie führen, doch nun gibt es Nael, der sie trotzdem zusammenführt.

Eleonora geht in Naels Schlafzimmer. Ihre Mutter hat die Wohnung gestern aufgeräumt und durchgelüftet, sie hatten die Hoffnung, heute herauszukommen, wirklich geglaubt haben sie nicht dran. Sie legt den schlafenden Kleinen hin, der den ganzen Vormittag bei all der Unruhe wach war und erst jetzt im Taxi eingeschlafen ist. Er gluckst zufrieden auf, als sie ihn in sein Bett legt.

Glücklich sieht sie sich um, diese Ruhe, keiner ist hier. Sie öffnet die Balkontür und sieht, dass sich ihre Mutter gut um alle Blumen gekümmert hat. Dann stellt sie den Wäscheständer auf und nimmt alle neuen Kleidungsstücke aus dem Kinderwagen und macht die erste Maschine an.

Den Kinderwagen schiebt sie in eine Nische im Flur und legt die Babytrage hinein. Dann verteilt sie die vielen Teddybären und anderen Spielsachen, die sie schon bekommen hat im Zimmer von Nael, bevor sie die ganzen Lebensmittel und Süßigkeiten in der Küche und die vielen Cremes und anderen Sachen im Bad und am Wickeltisch verstaut.

Sie kocht sich etwas Reis mit Soße und Davina kommt vorbei.

Ihre beste Freundin weiß von den Gefühlen, die Dario in ihr auslöst. Nun macht sie kein Geheimnis mehr darum, und auch wenn sie und ihre Mutter nicht so genau wissen, was sie davon halten sollen, dass ausgerechnet der Anführer der Da Silvas Naels

Vater ist, sind sich beide einig, dass er großartig ist zu Nael und zu Eleonora.

Davina rät ihr, es mit Dario zu probieren, ihnen beiden die Chance zu geben, doch sie versteht auch Eleonoras Bedenken, damit viel kaputtzumachen und das gute Verhältnis, was jetzt herrscht, zu zerstören. Zudem muss sie erst einmal gucken, was nun passiert, wie es jetzt weitergeht, wo sie zurück im normalen Leben sind und wie sich Dario in den nächsten Tagen verhält.

Es ist so entspannend, zu Hause zu sein. Während Eleonora duscht und das Krankenhaus gänzlich von sich wäscht, führt Davina den wachen Nael in der Wohnung umher und zeigt ihm alles. Sie erzählt ihm Geschichten, die Eleonora zum Lachen bringen, und bis zum späten Abend sitzen sie zusammen und genießen Nael.

Als würde auch er spüren, dass sie nun zu Hause sind, schläft ihr kleines Baby in der Nacht auch viel besser und Eleonora fühlt sich ausgeruhter am nächsten Morgen. Ihre Mutter kommt und sie frühstücken, dann werden ihr Blumen geliefert. Sie hat Dario gestern Abend noch ein Foto von Nael in seinem Bett geschickt und geht davon aus, dass die Blumen von ihm sind, doch in dem schönen Strauß steckt eine Karte.

'Herzlichen Glückwunsch, ich habe gehört, dein Sohn soll sehr süß sein. Ich denke, wir sollten beide noch einmal reden. Chapo'

Verwundert und mehr als überrascht packt Eleonora die Blumen in eine Vase und stellt sie auf den Tisch. Chapo ist ihr in der Schwangerschaft komplett aus dem Weg gegangen. Sie hat gehört, dass er sauer deswegen gewesen sein soll, was völlig absurd ist, sie haben nichts mehr miteinander zu tun.

Dario schreibt ihr auch den Tag über und schickt ihr Bilder von Guatemala. Er sagt, dass er sie und Nael auf der nächsten Reise mitnehmen möchte. Eleonora hat ein Foto von Nael als ihr Profilbild eingestellt und sieht sich immer wieder das von Dario an, was ihn mit Adrian zeigt, den sie nun auch ein wenig kennt.

Sie bleibt den Tag über zu Hause, wenn Nael schläft, schläft sie auch und erst am nächsten Tag beschließt sie, wieder am normalen Leben teilzunehmen.

Sie packt eine Tasche und bindet sich Nael vor ihre Brust. Ihm scheint es im Tragetuch zu gefallen. Zusammen gehen sie auf den Markt, kaufen Früchte und frisches Brot und dann steigen sie in den Bus und fahren zu Eleonoras Arbeit.

Nael ist friedlich und schläft, doch sie legt mit ihrem Besuch den ganzen Betrieb lahm. Alle sehen sich Nael an, sie bleibt eine Stunde da und wartet, bis Davina Feierabend hat und selbst Benny und die anderen Vorarbeiter kommen und gratulieren ihr. Alle loben sie, dass man ihr die Schwångerschaft kaum mehr ansieht, und tatsächlich, durch die stressigen Tage nach der Geburt ist ihre Figur fast wie vor der Geburt, nur ihr Bauch ist noch ein wenig zu sehen. Die Krankenschwester hat ihr erklärt, dass das die Gebärmutter ist, die sich erst noch zurückbilden muss.

Statt zu sich nach Hause, geht sie mit zu Davina, wo nun auch endlich deren Familie Nael kennenlernt, und als sie mit ihm am späten Abend nach Hause kommt, weiß sie, dass nun ihr Leben wieder in gewohnten Bahnen verläuft.

Dabei hat sie vergessen, dass es doch etwas Neues gibt.

Am nächsten Tag zieht sie sich ein weißes Kleid mit feinen Stickereien an. Endlich fühlt sie sich wieder ein wenig hübscher und wohler und schminkt sich sogar leicht. Nachdem sie ihn gestillt hat, bindet sie sich Nael um und möchte mit ihm zum Hafen, um Fisch zu kaufen, da läuft sie fast in Dario hinein, der plötzlich vor ihrer Tür steht.

Seine dunklen Augen funkeln sie an und das süße Lächeln, was sie so mag, setzt sich auf sein Gesicht. »Wohin, Guapita?« Eleonora atmet tief aus vor Schreck. »Was machst du denn schon hier?« Dario umarmt sie vorsichtig, um Nael nicht zu wecken, der gerade dabei ist, in ihrem Tragetuch einzuschlafen. Er küsst den Kopf seines Sohnes und Eleonora erhascht einen Hauch seines würzigen Duftes, an den sie die letzten Tage so oft denken musste.

»Du hast keine Vorstellungen, wie sehr ich ihn … euch vermisst habe.«

Eleonora muss lächeln und Dario sieht ihr in die Augen. »Ich bin vorhin gelandet. Es war gestern Abend schneller beendet als geplant und wir sind zurückgeflogen. Ich hatte ja deine Adresse und ja … wohin wolltest du?« Sie schließt ihre Haustür. »Fisch besorgen am Hafen, dein Sohn raubt mir alle Nährstoffe, ich muss dringend Fisch essen.«

Er holt den Fahrstuhl. »Na dann, lass uns dafür sorgen, dass ihr beide satt werdet.«

Als sie im Fahrstuhl stehen, beugt sich Dario noch einmal zu ihr und küsst Naels Kopf, dann setzt er die Mütze wieder auf. Sie haben jeden Tag miteinander geschrieben, doch trotzdem war Dario einige Tage weg und Eleonoras Herz flattert, als er ihr jetzt so nah ist.

»Du siehst gut aus.« Sie hat sich gestern Abend die Haare geglättet und heute ein wenig geschminkt. »Danke, so langsam fühle ich mich auch wieder wie die alte. Deine Mutter hat mir geschrieben, ob ich morgen Zeit habe, weißt du was darüber?«

Dario hält ihr die Tür auf und sie verlassen ihr Haus. »Noch nicht, aber das kommt sicherlich noch. Wohnst du schon immer hier?« Es ist die schlimmste Gegend San Juans, doch Eleonora mag es hier. »Ja. Es ist eigentlich ganz schön.« Auf dem Parkplatz vor ihrem Haus stehen einige Jungen um Darios silbernen Porsche und betrachten ihn.

»Du solltest solch ein Auto nicht hier stehen lassen.« Es werden hier täglich Autos geklaut und keines ist annähernd so teuer wie dieser Porsche. Die Jungen gucken fasziniert zu ihnen und halten respektvollen Abstand zu dem Auto, bestaunen es aber trotzdem weiter.

»Das Auto fasst nicht einmal einer an, keine Sorgen.« Sie gehen zum Hafen und Eleonora bemerkt, wie alle sie ansehen, manche ängstlich, manche bewundernd, einige grüßen Dario, und da wird ihr erst wieder bewusst, mit wem sie hier unterwegs ist. Auch wenn sie es nicht sollte, passiert es ihr immer wieder, dass sie völlig vergisst, wer Dario ist. Er ist so normal zu ihr, dass sie nicht ständig daran denkt, dass er der mächtigste Mann Puerto Ricos ist.

»Woher sollen die Leute aber wissen, dass das dein Auto ist? Es sind doch sicherlich nicht nur die Da Silvas, die solche Autos fahren, oder?« Sie gehen auf den Markt.

»Doch, das wissen alle genau. Alle Autos unserer Familia tragen das Kennzeichen DS, so erkennt jeder, dass sie diese Autos lieber nicht anfassen sollten, und in jedes Auto wird automatisch ein GPS eingesetzt, das man auch nicht so schnell entfernen kann, es ist ganz früher ein- oder zweimal vorgekommen, dass Autos geklaut wurden, dann nie wieder und es hat sich rumgesprochen.«

Eleonora sieht ihn überrascht an. »Ihr seid ja richtig gut organisiert.« Er lächelt und tritt näher zu ihr, als es enger wird, doch automatisch wird ihnen mehr Platz gemacht. »Das müssen wir sein.«

Auf dem Markt bleibt Eleonora zuerst bei einem Stand mit frischen Brotfladen stehen. Sie fragt nach zwei Fladen, Dario nimmt sie entgegen und reicht dem Mann das Geld, bevor Eleonora ihres überhaupt herausholen kann.

Dann bleiben sie bei ihrem liebsten Stand stehen. Sie kennt den Verkäufer schon lange, er kommt sofort zu ihr und sieht sich Nael an, er begrüßt auch Dario vorsichtig und gratuliert beiden zu ihrem Sohn. Sie weiß nicht, ob es sich vielleicht sogar schon herumgesprochen hat, mit wem sie einen Sohn hat, doch sie hat gerade einige Bekannte und Nachbarn gesehen, es wird sicherlich bald anfangen, sich herumzusprechen.

Sie holt Früchte und Gemüse und wieder nimmt Dario die Tüten an und bezahlt. Als sie weitergehen, muss Eleonora lachen. »Du

144

kannst nicht immer alles für mich bezahlen. Ich habe selbst Geld.« Nun bleibt er bei einem Stand stehen und kauft frische geröstete Sonnenblumenkerne und reicht ihr welche. Sie sind köstlich.

»Natürlich kann ich das und werde ich auch. Wir müssen eh noch einiges klären, ich möchte für Nael aufkommen und dass du ein Haus ...« Eleonora hebt die Augenbrauen und unterbricht ihn.

»Am Anfang habe ich nicht daran gedacht, dass ich dir überhaupt etwas von Nael sage ... oder dich wiedersehe. Ich dachte wirklich, du stehst vor mir und lachst mich aus, wenn ich zu dir komme. Jetzt bin ich unendlich glücklich, dass du da bist und ich weiß, dass du ein toller Vater sein wirst, doch ich möchte nicht von deinem Geld leben, alles was ich von dir möchte, ist Liebe und Zeit ...« Dario ist stehengeblieben und sieht ihr in die Augen und Eleonora spürt, wie ihre Wangen rot werden.

»... für deinen Sohn. Ich ... wir brauchen kein Geld. Das fühlt sich nicht richtig an. Ich bin mir sicher, dass einige Frauen probieren, von Männern wie dir schwanger zu werden, weil sie denken, dann haben sie ausgesorgt ... doch ich möchte das nicht, verstehst du das?«

Er lächelt. »Doch, ich denke schon, ich bin nur immer wieder überrascht von dir. Aber wenn ich dir kein Geld geben darf, dann lass mich wenigstens Sachen für euch kaufen und dafür sorgen, dass es euch an nichts fehlt.« Sie nickt und deutet zu dem Fischstand, zu dem sie möchte. Als sie dorthin gehen will, hält Dario sie an ihrer Hand zurück.

Wenn er so vor ihr steht, ist er sicherlich eineinhalb Köpfe größer und Eleonora ist so schmal, dass sie zweimal in ihn hineinpassen würde. »Und ich weiß, du möchtest alles langsam angehen und ich verstehe das auch, doch ich ... möchte immer noch mein Date mit dir haben, daran hat sich nichts geändert, ich respektiere nur, dass du es langsam angehen möchtest.«

Sie sehen sich in die Augen und einen Moment weiß Eleonora wirklich nicht, was sie dazu sagen soll, ihr Magen rumort immer freudiger, ein Gefühl, was sie schon lange nicht mehr verspürt hat, steigt in ihr hoch.

Dario deutet zum Fischstand und unterbricht so die kurze Stille zwischen ihnen. »Du kaufst doch nicht wirklich hier den Fisch? Komm mit!« Um ehrlich zu sein, kaufen sie immer dort den Fisch. Dario bringt sie zum hinteren Teil des Marktes. Immer wieder grüßt sie jemand und er bleibt kurz stehen und redet mit jemandem, doch dann kommen sie zu den Hallen für die Händler und Großbetriebe. Normale Leute dürfen hier nicht einkaufen, doch natürlich winkt der Sicherheitsmann am Eingang sie sofort durch, als er Dario erblickt.

Eleonora stockt, es ist eine angenehm kühle Luft hier drinnen, so kühl, dass Dario das Spucktuch, was Eleonora sicherheitshalber bei sich hat, um Nael legt. Hier sind sehr lange Tische mit auf Eiswürfeln gekühltem Fisch aufgebaut und er bringt sie zu einem, der in der Mitte liegt. »Hier gibt es den besten Fisch, welchen suchst du?«

Der Verkäufer begrüßt sie freundlich, offenbar kennt er Dario gut und fragt verwundert, ob Nael sein Sohn ist. Man sieht Dario den Stolz an, als der Verkäufer ihnen beiden dann gratuliert. Eleonora sagt ihm, welchen Fisch sie braucht und er sucht ihr ganz besonders schönen aus. Sie bewundert die großen Shrimps, die einen unglaublich hohen Preis haben und allein das reicht, dass Dario sagt, der Verkäufer soll auch davon eine Menge einpacken.

Mit viel zu viel Zeug laufen sie dann zurück. Sie holen noch frische Kräuter und Eleonora hat schon richtigen Hunger.

Es ist das erste Mal, dass Dario ihre Wohnung sieht, und auch wenn die Wohnung gerade mal so groß ist wie das Zimmer im Krankenhaus war, scheint er sie wirklich gut zu finden. Man sieht ihm an, wie glücklich er ist, als er Nael endlich wieder auf seinen Arm nehmen kann, der auch gleich wach wird.

Vielleicht hat auch er seinen Vater vermisst, zumindest kann Eleonora in Ruhe in der Küche Reis aufsetzen, den Fisch mit den

Kräutern und Gewürzen würzen und das Gemüse dazu schneiden. Sie schneidet noch einige Früchte und macht einen Salat und schafft es, Nael genau in der Zeit zu stillen, bis ihr Essen fertig ist.

Der Kleine schläft, und auch wenn er ihn in sein Bett legen könnte, behält Dario Nael auf seiner Schulter und der Kleine schläft dort zufrieden weiter. Sie essen zusammen und es schmeckt köstlich. Dario lobt das Essen und sie sitzen zusammen auf ihrem kleinen aber feinen Balkon.

Es gibt so viel, was sie noch klären sollte: Wie geht es weiter? Ist Nael dadurch, dass er sein Sohn ist, irgendwelchen Gefahren ausgesetzt? Wie oft wird Dario ihn sehen wollen? Sie beide wissen das, doch keiner spricht es richtig an.

Dario erzählt ihr von Guatemala, er bekommt einen Anruf und als er dann auflegt, ist es schon später Nachmittag. »Ich muss los, ich habe in einer Stunde ein Treffen außerhalb von San Juan. Das war meine Mutter, sie und einige andere haben wirklich für morgen etwas geplant. Bei uns ist es Tradition, das Baby mit einer Feier zu Hause willkommen zu heißen. Das haben sie für morgen geplant, meine Männer möchten alle gerne mein Baby sehen, zumindest die engsten und auch, dass Nael und du … mein Zuhause kennenlernt. Klappt das morgen?«

Deswegen hat seine Mutter gefragt, allein beim Gedanken, wieder zu den Da Silvas zu fahren, sträubt sich einiges in Eleonora, doch Dario ist Naels Vater und sie kann die Tatsache, wer er ist, nicht ewig ignorieren und muss sich damit beschäftigen. »Ich muss mittags zum Amt, um ihn anzumelden, danach könnten wir kommen.« Er beugt sich zu ihr und reicht ihr Nael, nachdem er seine Wangen geküsst hat.

»Ich hole euch beide gegen zwölf ab, dann machen wir das zusammen und fahren zu mir.«

Sie nickt und atmet tief ein, schon jetzt ist sie furchtbar aufgeregt. Dario beugt sich zu ihr und küsst ihre Wange, dabei streift er fast ihre Lippen und eine Gänsehaut bildet sich in ihrem Nacken. Auch er hält wenige Sekunden ein.

»Bis morgen, Eleonora.«

Kapitel 14

Normalerweise ist Eleonora ziemlich gut im Verdrängen. Das hat ihr durch vieles in ihrem Leben geholfen. Doch sie muss den ganzen Abend darüber nachdenken, was sie da morgen alles erwartet. Sie kennt ja schon einige aus Darios Familie, seine Brüder und auch einige der Cousins, die Eltern, doch trotzdem hat Eleonora das Gefühl, das wird morgen noch viel mehr und sie ist nervös.

Den ganzen Morgen überlegt sie, was sie anziehen soll. Erst ist ihre Mutter da, dann Davina. Eleonora macht sich zurecht und zieht ein rosafarbenes Kleid an mit kleinen lila Blumen darauf. Es ist sehr schön und die Farbe lässt ihre Hautfarbe besonders gut zur Geltung kommen. Sie cremt sich mit dem Babyöl für Nael ein, damit ihre Haut etwas mehr glänzt. Da es geruchlos ist, riecht sie danach auch nicht nach Baby.

Die Ärzte haben ihr geraten, dass sie, wenn Nael noch so klein ist, kein starkes Parfüm nehmen soll, auch zu Dario haben sie es gesagt und sie halten sich beide daran. Eleonora trägt nur ein leichtes Deo auf. Sie lässt ihre Haare glatt offen und schminkt sich leicht, lackiert ihre Nägel und schlüpft in Sandalen.

Sie hat eine Tasche für Nael gepackt und ihm einen Nike Strampler mit einer dünnen Hose angezogen, die er von Diego bekommen hat. Sie muss lächeln, als sie erneut bemerkt, wie viel Ähnlichkeit er mit Dario hat.

Als es dann klingelt und sie mit Nael nach unten geht, wartet Dario schon vor einem schwarzen Mercedes und Eleonora stockt. »Wir haben gar keinen Autositz.« Bisher ist sie ja nur im Taxi gefahren, das hatte eine Babyschale.

Auch Dario scheint nicht daran gedacht zu haben. »Dann halten wir vorher kurz beim Babyladen. Ich fahre vorsichtig, keine Sorge.« Eleonora setzt sich neben Dario ins Auto, der ihr und Nael einen Kuss zur Begrüßung gegeben hat.

Bevor er losfährt, sieht er zu ihr.

»Alles in Ordnung?« Sie nickt und zeigt an sich herunter. »Meinst du, das ist ausreichend für die Feier? Ich hatte nichts Feineres.« Dario lächelt. »Mach dir um nichts Gedanken, Eleonora, wirklich nicht. Du bist wunderschön.«

Wieder fährt ihr diese köstliche Hitze in die Wangen. Beiden ist klar, dass sie miteinander flirten, die Frage ist, ob es das Richtige ist. Dario fährt los, sie würde ihm ja gerne sagen, dass er der hübscheste, liebste und heißeste Mann ist, mit dem sie jemals Zeit verbracht hat, doch sie würde das wahrscheinlich nicht so entspannt über ihre Lippen bekommen, wie er es tut. Wer hätte gedacht, dass Dario Da Silva wirklich mal zum nettesten Mann wird, mit dem Eleonora jemals ausgegangen ist? Also, sie gehen ja nicht wirklich aus, aber sie verbringen Zeit zusammen, und ausgerechnet der gefährlichste Mann Puerto Ricos ist so zuvorkommend zu ihr wie noch niemand vor ihm.

Sie fahren aus der Hafengegend heraus zu einem der großen Einkaufszentren. Dario hält direkt davor und nimmt ihr Nael ab, als sie durch die Hallen zu einem riesigen Babymarkt gehen. In ihrer Schwangerschaft war Eleonora einmal hier, doch alles war zu teuer, sie konnte gerade mal Mulltücher mitnehmen, den Rest hat sie immer als Sonderangebote beim Discounter gekauft.

Es ist riesig und zwei Verkäuferinnen kommen sofort zu ihnen. Dario sagt den beiden, dass sie eine Babyschale für Nael brauchen und die Verkäuferinnen stellen mehrere Babyschalen vor ihn und reden auf ihn ein. Da Dario so viel zahlen möchte, hat sie nun einiges an Geld gespart und vielleicht findet sie das ein oder andere, deswegen sieht sie sich im Geschäft um und überlässt ihm die Entscheidung für eine Babyschale.

Es gibt unendlich viele Sachen. Sie sieht sich Breizubereiter, Schlummerlichter und all die anderen Sachen an. Man bekommt hier alles für Babys, wirklich alles.

»Nael hat sich entschieden.« Eleonora hat sich für ein Spielmobile entschieden, das sie über das Bett hängen möchte, als Dario eine Babyschale mit Nael darin zu ihr bringt und zwei große Krabbeldecken mit zahlreichem kuscheligen Spielzeug und Bögen mit weichen bunten Tieren dran, die man über die Decke spannen kann.

»Für was genau?«

Nael schläft in der Babyschale. »Die Schale ist die sicherste und beste und er findet sie gemütlich.« Er hebt die Decken hoch. »Außerdem wollte er die haben.« Sie muss lachen. »Wollte er das?« Sie gehen zur Kasse. »Ja, er hat in die Richtung gezeigt.« Die beiden Verkäuferinnen bleiben weiter bei ihnen und geben alles in die Kasse ein. »Und wieso gleich zwei davon?« Dario zieht eine schwarze Karte aus seiner Jeans. »Eine für mein Haus und eine für eure Wohnung.« Sie muss lächeln, Dario verzaubert sie immer mehr. Ihren Versuch, auch etwas zu bezahlen, bestraft er gleich mit einem bösen aber dennoch liebevollen Blick und sie sind schnell wieder am Auto und fahren zum Rathaus von San Juan.

In solchen Momenten ist es so leicht zu vergessen, wer Dario ist und in was für einer Situation sie sich befinden, doch nur wenige Minuten später wird ihr das wieder bewusst.

Dieses Mal liegt Nael in der Babyschale und wacht erst gar nicht auf, als sie ihn aus dem Auto nehmen. Im Rathaus muss man immer mindestens zwei Stunden warten, deswegen stellt sich Eleonora schon auf das Schlimmste ein, doch wieder hat sie vergessen, wer an ihrer Seite ist.

Dario achtet auf niemanden. Er geht direkt zum Raum, in den sie müssen, nachdem Eleonora ihm den Zettel gezeigt hat, der ihr zugeschickt wurde, mit allen Informationen zur Anmeldung eines Babys, und tritt einfach ein. Da Eleonora nach ihm hereinkommt, sieht sie nur, wie der Mann, der hier arbeitet, seinen Chef holt, der Dario und sie in sein Büro bittet. Das Ganze ist innerhalb weniger Sekunden passiert. Sie hatte nicht einmal die Möglichkeit, ihn anzutippen und zu fragen, was er vorhat.

Der Chef hier, zumindest scheint er das zu sein, bietet ihnen höflich etwas zu trinken an, doch keiner von ihnen hat Durst. Eleonora überreicht ihm die geforderten Unterlagen und der Chef geht alles durch, bevor er einige Papiere ausfüllt. »In Puerto Rico ist es so geregelt, dass das Kind den Nachnamen des Vaters erhält, auch wenn die Eltern nicht verheiratet sind, es sei denn, es besteht kein Kontakt zum Vater und die Mutter möchte es nicht.«

Eleonora sieht zu Dario. »Ich habe mir bisher darüber keine Gedanken gemacht.« Er sieht ihr in die Augen. »Ich wäre sehr stolz, wenn er meinen Namen tragen würde.« Sie sieht wieder zu dem Chef. »Bedeutet das, dass er das Sorgerecht hat, oder ...?« Der Chef schüttelt den Kopf. »Nein, das Sorgerecht liegt ab der Geburt bei beiden Eltern. Wichtige Entscheidungen können Sie nur gemeinsam treffen.«

Da sie nun Kontakt haben, wird Nael auch mit seinem Vater aufwachsen. Er wird ein Teil seines Lebens sein und so ein Teil der Da Silvas. Sie hat sich noch nie Gedanken darüber gemacht. »Sie müssen diese Entscheidung nicht heute treffen. Die Unterlagen werden alle bearbeitet und in zwei Wochen müssen Sie nochmal kommen. Bis dahin haben Sie noch Zeit, darüber nachzudenken.

Eleonora nickt nur leicht; als sie kurz danach das Büro wieder verlassen, sagt sie kein Wort mehr, erst als sie im Auto sitzen, sieht sie zu Dario. »Wenn er Da Silva heißt, öffnet es ihm sicherlich später viele Türen, doch er ist auch in Gefahr. Die Leute werden ihn immer als Da Silva sehen und ... vielleicht möchte er mal Lehrer werden oder Arzt oder ...«

Dario fährt nicht weiter, er bleibt stehen und sieht zu ihr.

»Das wird er aber so oder so, Eleonora. Ich liebe Nael und ich werde ihn immer schützen. Ich weiß, dass es nicht einfach ist, doch sieh dir erst einmal mein Leben an, bevor du es für Nael ausschließt. Außerdem können wir das auch noch ändern. Ich würde meinen Sohn niemals zwingen, meinen Platz einzunehmen, wenn er irgendwann sagt, dass er einen anderen Weg gehen möchte, dann kann er den Namen immer noch ablegen … es sei denn, bis dahin trägst du ihn auch schon.«

Sie sieht hoch und in seine Augen, die sie frech angrinsen. »Ich habe mir über all das noch überhaupt keine Gedanken gemacht, ich meine … ich dachte, du wirst nie eine Rolle in unserem Leben spielen und dann kam die Operation und …«

»Ich weiß und ich bin mir sicher, dass sich diese Fragen alle von selbst beantworten, Eleonora. Ich denke, dass du es gewohnt bist, alles zu planen und zu überdenken, doch in diesem Punkt musst du uns einfach Zeit geben. Wir müssen uns kennenlernen, das Leben des anderen und erst dann wirst du solche Entscheidungen treffen können. Du weißt nicht, wie die Da Silvas wirklich sind oder was wir machen, heute wirst du schon mal einen kleinen Einblick bekommen, versuch einfach, dich zu entspannen und alldem eine Chance zu geben, in Ordnung?«

Sie atmet tief ein. »Ja, ich denke schon. Du hast recht.« Er lacht leise auf, als er den Motor startet. »Also, ich habe von dir schon so viel gelernt, dass ich weiß, dass du erst einmal in Panik verfällst. Man sagt dir etwas, und wenn du nicht sofort weißt, was du tun sollst, brichst du sofort in Panik aus, statt durchzuatmen und abzuwarten.« Da hat er sogar recht.

»Wahrscheinlich, weil es um so viel geht. Jede Entscheidung ist schwerwiegend und ich will nichts falsch machen als Mutter oder falsche Entscheidungen treffen.« Dario hält an einer Ampel. »Für mich ist das doch auch alles neu. Auch für mich ändert sich alles. Nichts ist mehr wie vorher und ich hatte keine neun Monate, um mich daran zu gewöhnen.« Sie sieht zu ihm. »Und auch mir ist das wichtig. Ich möchte, was euch beide angeht, keine Fehler machen, doch trotzdem bleibt mir erst einmal nichts anderes, als alles auf mich zukommen zu lassen und zu versuchen, dir deine Angst zu nehmen und damit beginne ich heute.«

Er deutet nach vorne, wo man die ersten Wachen der Da Silvas erkennt.

Es ist jetzt das dritte Mal, dass sie bei diesen Männern ankommt, doch dieses Mal kommen die Wachen zum Auto und sehen in die Babyschale, nachdem sie Eleonora höflich hallo gesagt haben.

»Oh mein Gott, Dario, wie hast du das so gut hinbekommen? Wie klein er noch ist und er sieht aus wie eine Miniversion von dir.«

Dario lacht und man hört und sieht seinen Stolz. Eleonoras Herz wird ganz warm, als sie sieht, wie diese mächtigen Männer alle ihren kleinen Sohn betrachten, sie darf nur nicht auf die Waffen sehen, die sie alle bei sich tragen. Sie weiß, dass auch Dario eine trägt, doch er schafft es immer, diese gut vor Eleonora zu verbergen, er weiß, dass sie Angst davor hat.

Sie weiß ja, dass er sich bemüht und sie ist ihm auch dankbar dafür, im Grunde könnte ihm auch all das völlig egal sein. Sie hätte sich nicht gewundert, wenn er kein Interesse an seinem Sohn gezeigt hätte, doch er möchte das hier und er möchte das mit ihr zusammen, deswegen lächelt sie und versucht, ihr rasendes Herz niemanden merken zu lassen.

Als sie dann weiterfahren, erklärt ihr Dario, dass hier am Anfang die Gemeinschaftshäuser, die Küchen, die Vorratsräume und einige Lager sind, dann beginnen die Häuser der Männer der Da Silvas, und die sind allesamt wunderschön. Sie kommt sich so vor wie in einer kleinen amerikanischen Vorstadt, alles passt perfekt zusammen und als sie Dario danach fragt, erklärt er, dass sie jemanden angestellt haben, der für die Architektur und Inneneinrichtung zuständig ist. Es ist eine Firma, die sich nur um ihre Häuser kümmert.

Dann kommen sie nochmal zu Wachleuten und auch diese betrachten Nael, der langsam wach wird. Als sie dann weiterfahren, sehen sie keine schönen Häuser mehr, vor ihnen tun sich fünf riesige Villen auf. »Hier wohnen Diego, Adrian, Sergeo, Abel und ich. Wir sind quasi der engste Kreis und direkte Da Silvas.«

Sie fahren an den Villen vorbei, die sich auch alle sehr ähnlich sind, aber jede hat etwas eigenes. Vor der letzten Villa halten sie, davor stehen einige Autos. Sie ist komplett weiß und hat eine wunderschöne Terrasse nach vorn.

An den Seiten sind mehrere hellblaue Luftballons angebracht und ein Welcome-Schild. Eleonora sieht sich beeindruckt um, um ehrlich zu sein, hat sie sich wenn, dann vorgestellt, dass, sollte überhaupt jemand so wohnen, es der Präsident sein muss, wobei sie eigentlich nie an solche Sachen gedacht hat, doch sie hat zumindest niemals damit gerechnet, dass sie jemals solch ein Haus betreten wird. Sie war schon vom Gemeinschaftshaus beeindruckt, doch bereits von außen sieht man, dass diese Villen alles andere hier in den Schatten stellen.

»Bist du bereit?« Dario nimmt Nael auf seinen Arm und Eleonora die Tasche für ihn. »Ja, natürlich.« Sie gehen den Weg entlang auf die Terrasse und er öffnet die Haustür. Sie kommen in einen runden Eingangsbereich. Zwei Treppen gehen rund nach oben, alles ist aus glänzendem Stein, es sieht sehr edel aus. Im Eingangsbereich steht nichts, es hängt nur ein Bild, was mit Graffiti gesprüht ist und Dario, Diego, Sergeo, Adrian und noch einen Mann zeigt. Das muss Abel sein. Sie alle stehen zusammen und über ihnen ist wie auf Darios Arm Da Silva aufgesprüht.

Es bildet einen starken Kontrast zu dem perfekten teuren Eingangsbereich und dem vergoldeten großen Spiegel, der an der gegenüberliegenden Seite hängt, doch genau das macht es auch wieder so besonders. Eleonora muss sich wirklich zusammenreißen, um nicht mit offenem Mund hier herumzulaufen.

Sie gehen durch einen kleinen Flur, von dem zwei Türen abgehen, die aber geschlossen sind und stehen dann in einem ebenso runden völlig verglasten Wohnbereich.

Hier ist alles sehr gemütlich eingerichtet. Helle Sofas und Sessel, ein Kamin, mehrere Tische, Bilder und Teppiche, viel Weiß und

Gold, ihr fallen tausend Kleinigkeiten auf, doch sie sieht in den Garten, auf den man direkt blicken kann.

Er ist riesig, sie sieht einen großen Pool und einen kleinen runden daneben, eine große überdachte Terrasse, eine Grillecke, Tischtennisplatten, Basketballkörbe, gemütliche Loungemöbel, doch vor allem, dass einige Leute im Garten stehen und zu ihnen sehen.

Es läuft Musik, der gesamte Garten ist in hellblau und weiß eingedeckt. Überall hängen Luftballons, zwei Buffets sind aufgestellt, auf einem sieht sie eine riesige hellblaue Torte, Macarons und Kekse, Lutscher und Bonbons, alles farblich passend, auf dem anderen Buffet scheint das Herzhafte zu sein. Überall sitzen weiße und hellblaue Teddybären. In der Mitte steht ein kleiner Mercedes, ein Miniauto mit einer Schleife drum.

Eleonora traut ihren Augen kaum, sie treten in den Garten. Auch hier hängt ein Schild auf dem 'Welcome Nael' steht und vor dem Buffet ein großes Bild, was Darios Mutter aufgenommen hatte, als sie das erste Mal bei ihr im Krankenhaus war.

Dario hat Nael auf der Brust und sieht in die Kamera, er lächelt müde, aber glücklich. Sie weiß noch, wie die Mutter sie dazu gebeten und sie sich neben Dario gesetzt und auch in die Kamera gelächelt hat, ihre Hand auf Naels Rücken, und das Bild jetzt so groß zu sehen, treibt ihr die Tränen in die Augen.

Sie alle hier haben sich wahnsinnige Mühe gegeben. »Da ist er ja, willkommen zu Hause, Nael, hallo Eleonora.« Darios Mutter kommt zu ihnen und umarmt sie, bevor sie Nael auf den Arm nimmt. »Sieh nur, du Süßer, was hier alles auf dich wartet.« Plötzlich sind sie umringt von Leuten.

Darios Vater, sein Bruder, die Cousins, selbst die Frau, die sie in der Nacht auf der Party getroffen hat und die ihr als Adrians Verlobte Ayla vorgestellt wird, ist da. Es sind einige Männer hier, kaum Frauen, noch zwei Tanten von Dario, doch um ehrlich zu sein, ist Eleonora so beeindruckt und so überwältigt, dass sie kaum mehr zuordnen kann, wer wer ist.

Sie alle begrüßen sie freundlich und bestaunen Nael, eine ganze Weile ist es unruhig, bis Darios Mutter sich Gehör verschafft.

»Ihr Lieben, wir sind zu einem freudigen Ereignis zusammengekommen. Wir begrüßen Nael in der Familia und auch Eleonora. Ich denke, wir alle sind schon ganz verliebt in den Kleinen und wir sind hier, um euch Dario und Eleonora zu zeigen und zu sagen, dass wir da sind, dass wir euch lieben und uns für euch freuen. Möge Gott euch, euren Sohn und die Da Silvas auf ewig schützen.« Alle heben ihr Glas. Dario stellt sich zu Eleonora und sie trinken einen Schluck, bevor Milanda das Buffet eröffnet.

»Es ist wunderschön hier. Ich habe nicht damit gerechnet, dass sich deine Familie so viel Mühe gibt.« Er lächelt und nickt zu Diego, der Nael im Arm hält und neben den anderen Männern sitzt, die alle fasziniert auf ihren Sohn blicken, während Diego sicherlich mit seiner verstellten Stimme mit Nael spricht.

»Sie lieben ihn und sie möchten, dass ihr wisst, dass ihr hier immer willkommen seid.« Eleonora wendet sich zu ihm um, doch bevor sie antworten kann, ist schon seine Mutter da und hakt sich bei ihr ein. »Dario, sie stillt deinen Sohn, sie muss essen. Was möchtest du? Da ich weiß, dass Zwiebeln und Knoblauch nicht so gut sind, habe ich alles doppelt zubereiten lassen ...«

Sie hört noch Darios leises Lachen, bevor sie von Milanda mit zu Darios Tanten und zum Buffet genommen wird. Sie selbst hätte das nicht geglaubt, doch sie fühlt sich sofort wohl hier. Eine ganze Weile sitzen alle zusammen, sie essen und trinken. Milanda erzählt von Dario als Baby und zeigt Bilder und da sieht man noch einmal, wie ähnlich er Nael sieht.

Nael scheint sich ebenfalls wohlzufühlen, während sie essen, ist er die ganze Zeit wach, er sieht umher und wird immer wieder herumgereicht. Als sie bereits beim Dessert und der unglaublich leckeren Torte sind, schläft er bei Darios Vater auf der Schulter ein.

Sie sitzen lange zusammen, Dario sitzt irgendwann neben ihr und natürlich fragen seine Mutter und die Tanten Eleonora auch über ihr Leben aus. Zum Glück fragt keiner, wie Dario und sie sich kennengelernt haben. Sie erzählt, dass sie gearbeitet und Geld zur Seite gelegt hat für ihr Studium, was jetzt beginnen sollte und dass sie vorhat, Lehrerin zu werden.

Milanda und auch die anderen scheinen beeindruckt, sie erklärt ihnen auch, wo Nael und sie leben. Auf die Frage, wie sie das nun in Zukunft machen wollen mit Nael, greift Dario sofort ein und sagt, dass sie heute auch gemerkt haben, dass sie noch einiges zu klären haben, aber alles ganz entspannt auf sich zukommen lassen wollen und sich jetzt erst einmal Zeit lassen wollen, damit sich alle an die neue Situation gewöhnen können.

Damit sind offenbar alle erst einmal beruhigter und Eleonora ist dankbar, als sie das Thema wechseln. Nael hat noch nie so lange keinen Hunger gehabt, als er dann aber wach wird, ist es schon dunkel und dann schreit er laut und kräftig los und Dario sagt ihr, dass sie mit ihm nach oben gehen kann, das zweite ist sein Schlafzimmer.

Eleonora geht mit ihrem Sohn die runden Treppen nach oben und ist froh, dem Trubel ein wenig zu entkommen. Oben ist das Haus auch sehr edel, mehrere Türen gehen von einem langen Flur ab. Mittig führt eine weitere Treppe nach oben, doch Eleonora öffnet die zweite Tür und steht in einem Traum von einem Schlafzimmer.

Es ist riesig, es gibt eine große Terrasse, einen weichen Teppich und ein breites Bett, auf das sie sich setzt und Nael die Windel wechselt. Sie erkennt ein Bad und auch einen begehbaren Kleiderschrank. Da es dunkel ist, schaltet sie nur die kleine Nachttischlampe ein und legt Nael schnell an, der wieder zu schreien beginnt, weil es ihm zu lange dauert.

Sie lehnt sich zurück, versucht sich alles genauer anzusehen, doch erkennt nicht genug. Darios Duft liegt im Raum und sie atmet ihn tief ein. Ist sie dabei, sich in ihn zu verlieben? Ist das so schlau? Sollte sie nicht zum Wohle von Nael auf Abstand bleiben? Soll sie Nael wirklich tiefer in die Familie bringen? Wäre es überhaupt noch zu verhindern?

Eleonora hat das Gefühl, statt leichter wird alles nur komplizierter.

Trotzdem genießt sie diese Ruhe. Sie kuschelt mit Nael und lässt sich viel Zeit. Doch er ist müde, diese vielen neuen Eindrücke werden auch ihm nicht entgangen sein. Als er wieder fest schläft, geht Eleonora mit ihm nach unten, wo es viel leerer ist. Nur noch Darios Mutter und eine Tante sitzen gemütlich auf der Terrasse zusammen.

»Wo sind alle hin?« Dario kommt gerade aus einem anderen Raum. »Die andere Party beginnt, die meine Cousins für mich im Gemeinschaftsraum organisiert haben, aber ich ...« Eleonora war auf einer dieser Partys, sie sieht auf die Uhr. »Ja, stimmt. Es ist schon so spät. Ich wollte mit Nael ...«

Darios Mutter sieht zu ihnen. »Wieso geht ihr nicht zusammen dorthin? Es ist nur eine Straße weiter, der Kleine hat gerade gegessen, ich passe auf ihn auf und wenn etwas ist, rufe ich sofort an. Macht euch eine schöne Zeit und lasst mir etwas Zeit mit meinem Enkel.«

Eleonora sieht zu Dario, der den Kopf schief legt und sie ansieht. »Die Party ist im Grunde auch für dich, wir können ja nur kurz vorbeischauen und dann fahre ich euch nach Hause.« Elenora zögert immer noch.

Milanda lächelt. »Gib ihn mir, wenn etwas ist, rufe ich an.« Eleonora atmet tief ein, als sie Nael seiner Oma übergibt. Sie hat eigentlich keine Lust auf diese Art von Party, doch vielleicht ist es an der Zeit, auch einmal auf Dario zuzugehen. »Für eine Stunde, aber dann müssen wir wirklich nach Hause.« Darios Mutter und die Tante hören schon gar nicht mehr zu, sondern sehen verzückt zu, wie Nael sich auf dem Arm seiner Oma einkuschelt und ruhig weiterschläft.

Dario hält ihr die Hand hin.

»Dann lass uns dahin zurück, wo alles begonnen hat.«

Kapitel 15

In dem Augenblick, als Eleonora seine Hand annimmt und er sie aus seinem Haus führen will, passiert etwas in Dario. Dass sie ihn jetzt begleitet, hat nichts mit Nael zu tun, das tut Eleonora für ihn, für sie beide, um ihn endlich ein wenig mehr an sich heranzulassen.

Er sieht zu ihr, sie dreht sich noch einmal zu Nael um, der sicher in den Armen seiner Mutter liegt. Man spürt, wie schwer es ihr fällt, ihren Sohn zurückzulassen, doch Dario weiß, dass er hier sicher ist, seine Mutter liebt ihn schon jetzt über alles, genau wie er und auch alle anderen, die ihn kennengelernt haben. »Mach dir keine Sorgen, sie ruft an, wenn etwas ist.«

Sie durchqueren seinen Eingangsbereich und sie bleibt abrupt stehen und lässt seine Hand los. Es hat sich gut angefühlt, ihre zarte Hand in seiner zu halten.

»Ich bin gar nicht passend angezogen, ich bin kaum geschminkt und ...« Er liebt es, Eleonora immer besser kennenzulernen.

Sie ist eine sehr starke Frau, sie lässt sich nicht unterkriegen und Dario weiß genau, dass er, auch wenn er es nie tun würde, jetzt Nael und sie sich selbst überlassen könnte und sie das hinbekommen würde. Sie ist eine fantastische Mutter und sie kämpft wie eine Löwin. In ihrem gewohnten Umfeld ist sie sehr selbstbewusst, doch wenn es darum geht, in seine Welt einzutauchen, ist sie nicht nur aufgeregt, er spürt, dass sie Angst hat und unsicher ist, dabei braucht sie das gar nicht. Für ihn ist sie die schönste Frau; es gibt einige schöne Frauen, doch Eleonora hat etwas, was er bei keiner anderen empfindet und das hat er schon auf seiner Reise gemerkt.

Er hat immer Spaß auf solchen Reisen und sie feiern viel, doch dieses Mal hatte er keine Lust auf die Frauen. Eleonora und Nael beherrschen seine Gedanken zur Zeit noch viel zu sehr. Er weiß nicht, ob das mit der Zeit nachlässt, oder ob er wirklich bereit ist, eine Beziehung zu führen, er wollte das nie, doch er weiß auf jeden Fall, dass Eleonora ihm immer mehr bedeutet und er es zumindest versuchen will.

Vielleicht hat sie recht, vielleicht ist es besser, wenn sie Freunde bleiben und zusammen Nael großziehen, ohne dass zwischen ihnen eine Beziehung entsteht und sie es riskieren, das gute Verhältnis zwischen ihnen kaputtzumachen. Doch es bilden sich immer mehr Gefühle in ihm, die von Anfang an da waren, vom ersten Moment an. Als er Eleonora gesehen hat, hat er gewusst, dass sie etwas Besonderes ist, aber nun werden die Gefühle stärker und intensiver und Dario weiß nicht, ob er das ignorieren sollte, kann oder will.

»Du bist perfekt.« Mehr gibt es dazu nicht zu sagen. Ihre langen Wimpern heben sich und sie sieht ihn aus diesen schönen, hellbraunen Mandelaugen an, dann setzt sich dieses Lächeln auf ihre Lippen und sie hebt die Augenbrauen. »Niemand ist perfekt!« Dario öffnet ihr die Tür und zusammen treten sie nach draußen. »In meinen Augen bist du es und ich finde, ich komme dem auch sehr nah.« Sie lacht, es ist schön, nach den Tagen, in denen sie so viel geweint hat, sie endlich mal richtig frei lachen zu hören, so wie sie an dem Abend gelacht hat, als er sie das erste Mal getroffen hat.

»Selbstbewusst wie immer. Dein Haus ist ein Traum.« Sie laufen die Straße hinunter. »Es ist schön, dass es dir gefällt. Ich habe darüber nachgedacht, für Nael ein Zimmer einzurichten. Er wird ja in Zukunft sicherlich öfter bei mir sein und na ja … ich habe nicht damit gerechnet, ein Kinderzimmer einrichten zu lassen, aber es wäre sicherlich sinnvoll.«

Es hört sich komisch an, wenn das so über seine Lippen kommt. Er liebt Nael, sein kleiner Sohn hat sein Herz im Sturm erobert, doch trotzdem ist die Vorstellung, Vater zu sein, noch fremd für ihn.

Es ist vielleicht noch zu früh, zu erwähnen, dass er sich wünschte, sie würden zu ihm ziehen, beide, zumindest sollte sie hier bei ihnen ein Haus bekommen und in seiner Nähe sein mit Nael. Hier ist es am sichersten für sie, doch er sieht, wie Eleonora all das verunsichert.

Er wird seinen Sohn mit seinem Leben schützen, doch er weiß, was es für Nael bedeuten wird, sein Sohn zu sein. Eleonora ahnt es, doch sie hat keine Vorstellungen davon, wie viel all das wirklich betrifft, er kann es ihr nicht sagen, nicht wenn ihr all das noch solch eine Angst macht. Dario schätzt es, dass Eleonora all dem eine Chance gibt, auch wenn er erkennt, wie schwer es ihr fällt und er möchte sie nicht überrumpeln und noch mehr verunsichern, er muss ihr Zeit geben.

»Das ist eine gute Idee.« Dario würde am liebsten erneut nach ihrer Hand greifen, als sie gemeinsam zum Gemeinschaftshaus laufen, doch das erste Mal war es unauffällig und hat gepasst, nun wäre es ihr vielleicht zu viel. Er hat den Gedanken nicht einmal richtig zu Ende geführt, da muss er gedanklich über sich selbst lachen. Genauso unsicher wie Eleonora bei allem ist, was ihn und sein Leben betrifft, genauso unsicher ist er bei ihr. Er hat Angst, etwas falsch zu machen, er – Dario Da Silva – hat Angst. Eine Frau schafft es, ihn unsicher werden zu lassen. Das darf niemals jemand erfahren.

»Ich werde Bescheid geben, dass sich darum gekümmert ...« Sie gehen an den Wachposten vorbei, die sie grüßen und sagen, dass sie auch noch vorbeikommen.

Eleonora unterbricht ihn. »Du willst das doch nicht jemanden machen lassen? Das wird für deinen Sohn, du solltest das Zimmer selbst einrichten und fertigstellen. Kennst du nicht den Aberglauben, wenn man einen Raum für ein Baby nicht selbst erstellt, wird das Baby niemals mit Liebe darin schlafen. Die Liebe, die du in den Raum steckst, wird dein Sohn im Schlaf behüten. Meine Mutter hat mir das unzählige Male erzählt.«

Dario lacht auf. Das hat seine Mutter ihm auch gesagt, als er erwähnt hat, ein Zimmer einrichten zu lassen. Er dachte, nur die ältere Generation würde noch an solche Sachen glauben.

»Davon habe ich schon mal gehört.« Eleonora sieht zu ihm. »Ich kann dir helfen, wenn du möchtest. Wir können das zusammen machen.« Dario hasst alles, was mit Streichen, Hämmern und Bohren zu tun hat, sein Vater hat ihm alles beigebracht, weil er es wichtig fand, dass ein Mann so etwas kann, doch Dario fand die Schießübungen, das Training und alles andere sehr viel interessanter. Doch er sieht in Eleonoras glänzende Augen. »Gut, das machen wir.« Je mehr Zeit sie miteinander verbringen und sich aneinander gewöhnen, desto besser.

Die Musik ist schon voll aufgedreht und man riecht die Grills, als sie am Haus ankommen. Nicky kommt gerade aus seinem Haus, was in derselben Straße liegt, und scheint auch auf dem Weg zur Party zu sein. »Das ist Eleonora, Eleonora, Nicky, einer meiner besten Männer.« Nicky zieht respektvoll sein Cap von seinem Kopf und begrüßt sie, als Dario sie vorstellt. Zusammen gehen sie in das Gemeinschaftshaus.

Es ist sehr voll, fast alle Männer der Familia sind da, um ihm zu seinem Sohn zu gratulieren. Auch einige andere Freunde sind da. Dario ist eine ganze Weile damit beschäftigt, alle zu begrüßen und Gratulationen entgegenzunehmen. Eleonora bleibt an seiner Seite und sieht sich in der Zwischenzeit um. Es sind auch viele Frauen da, als Eleonora gerade etwas weiter weg von ihm steht, umarmen ihn plötzlich zwei schlanke Hände und er spürt einen heißen Atem an seinem Hals. »Aiii, du hast keine Vorstellung, wie sehr ich dich vermisst habe, Papi, da bist du ja endlich.«

Verdammt, Sonja. Sie ist eine der wenigen Frauen, mit denen Dario immer mal wieder etwas gehabt hat, was sie scheinbar glauben lässt, sie hätte eine Art Anrecht auf ihn. Dario hat ihr schon oft klargemacht, dass sie das sein lassen soll, aber so richtig wird er

Sonja nicht los. Bisher hat es ihn auch nicht sehr gestört. Sonja ist sexy, sehr sexy, und sie war eine Weile nicht in Puerto Rico.

Eleonora dreht sich zu ihnen um und Dario löst Sonjas Hände um seinen Bauch. »Sonja … auch wieder im Land?« Sonja stellt sich vor ihn und lächelt. Sie trägt ein knallrotes kurzes Kleid und ihre Brüste springen ihm fast entgegen. Er sieht wieder hoch und in ihre Augen.

»Ja, und ich war schockiert zu hören, dass du in nur wenigen Tagen zum Vater geworden bist.«

Eleonora bleibt ein wenig von ihnen entfernt stehen, doch Dario ist sich sicher, dass sie zuhört. »Das braucht dich nicht zu schockieren. Ich bin sehr glücklich und dankbar für meinen Sohn. Das ist Eleonora, seine Mutter.«

Sonja sieht zu Eleonora und hebt die Augenbrauen. »Hallo.« In dem Moment kommt zum Glück Diego, die Musik wird leiser gestellt und er legt den Arm um ihn. »Lasst uns feiern, es gibt einen neuen Da Silva und wir haben diesen Monat sehr viele neue Deals abgeschlossen. Genießt den Abend, Jungs, morgen arbeiten wir weiter an neuen Erfolgen.«

Er hat eine Flasche Bier in der Hand und reicht sie Dario. Alle heben eine Flasche oder ein Glas und die Musik wird wieder laut gedreht. Diego geht zum Grill und zieht Sonja mit sich. »Hör auf, hier Unruhe zu verbreiten.« Dario sieht zu Eleonora, die unsicher auf die vielen Menschen im Garten blickt.

Er geht zu ihr. »Möchtest du noch etwas essen?« Sie haben gerade viel auf der Feier ihrer Familie gegessen, deswegen verwundert es ihn nicht, als sie den Kopf schüttelt. »Nein, ich wusste gar nicht, dass du eine Freundin hast. Du hattest doch gesagt … ist auch egal.«

Das erste Mal spürt Dario Hoffnung in sich aufkeimen. Eleonora versucht es zu verbergen, doch er sieht, dass sie der Gedanke, dass er eine Freundin haben könnte, richtig enttäuscht. Vielleicht ist er nicht der Einzige, der sich Hoffnung auf mehr zwischen ihnen macht.

»Habe ich auch nicht. Sonja ist eine alte Freundin, mit der ich hin und wieder etwas hatte, was die letzten Tage aber geändert haben, sie wird sich daran gewöhnen müssen.«

Seine Männer gehen an ihm vorbei und klopfen ihm immer wieder auf die Schulter, doch Eleonora und er stehen zusammen auf der Terrasse und sehen sich an, als würde es nur sie beide geben.

»Ich … oder wir sollten dein Leben nicht so durcheinanderwirbeln. Das wollte ich nie.« Dario kann sich ein Lächeln nicht verkneifen, als ihn Eleonora aus ihren wunderschönen großen Augen ansieht. Am liebsten würde er sie in den Arm nehmen, doch er zuckt nur die Schultern, um ihr zu zeigen, dass es ihm wirklich egal ist.

»Das habt ihr, doch das nicht zum Negativen. Im Gegenteil. Wir feiern das hier gerne, also komm. Wir schneiden zusammen die Torte an.«

Dario muss oft zu seinen Männern sprechen und macht es wirklich nur, wenn es sein muss, doch er möchte sie spüren lassen, dass er sich über Nael und Eleonora in seinem Leben freut. Sie folgt ihm zu der zweiten großen Torte für heute. Auf dem zweiten Stock der Torte steht schwungvoll Nael Dariel Da Silva geschrieben. Dario stellt sich vor die Torte und greift nach Eleonoras Hand. Er sagt Jamiel, dass er die Musik leiser stellen soll und alle sehen zu ihm.

»Wie mein Bruder es vorhin schon gesagt hat: Ich bin sehr stolz, Vater geworden zu sein und alle, die meinen Sohn schon gesehen haben, wissen wieso. Er ist perfekt und er hat in nur wenigen Stunden oder Minuten, vielleicht sogar Sekunden mein Herz erobert und nicht nur meins. Eleonora und ich sind sehr stolz auf ihn und wir danken euch allen für die vielen Geschenke, für die Glückwünsche und dass ihr ihn in unserer Familia willkommen heißt. Lasst es euch schmecken und genießt den Abend.«

166

Dario dreht sich zur Torte und lässt sich das erste Stück geben, was er an Eleonora weiterreicht, während alle auch zu ihr die Gläser heben. »Auf die Da Silvas.« Alle stimmen ein und Dario hofft, so allen hier und auch Eleonora gezeigt zu haben, dass sie nun auch dazugehört.

Wieder kommen einige Leute und Eleonora trifft eine Freundin, die sie ihm als Tanja vorstellt. Dario hat die hübsche Blondine schon oft auf ihren Partys gesehen und ist beruhigter, als Eleonora sich von ihrer Freundin mit zum Tanzen nehmen lässt. Sie soll sich wohlfühlen.

Dario spricht mit einigen Männern, dabei behält er Eleonora immer im Blick, auch Adrian stellt sich zu ihnen und sieht ebenfalls zu ihr und ihren Freundinnen. »Wer ist die Blonde, die mit Eleonora tanzt?« Dario würde gerne auch etwas trinken, doch er versucht, sich heute zurückzuhalten. »Ihre Freundin, irgendetwas mit T … du wirst doch kein Problem damit haben, sie nach ihrem Namen zu fragen?«

Eine Weile sehen sie den beiden beim Tanzen zu. Dario erinnert sich noch ganz genau an den Abend, als er Eleonora das erste Mal gesehen hat. Sie ist ihm sofort aufgefallen, er fand sie unglaublich sexy und anziehend. Als er sie wiedergesehen hat, war sie noch immer wunderschön, doch sie war fix und fertig und hat seine ganze Welt auf den Kopf gestellt. Dann haben sie Zeit zusammen verbracht und um das Leben ihres Sohnes gebangt.

Er wird sich selbst nicht belügen, er ist in Eleonora verliebt, wahrscheinlich schon viel mehr als das. Sie beherrscht seine Gedanken und das in einer Art und Weise wie noch keine Frau vor ihr, doch als er sie jetzt sieht, wie sie sexy ihren Körper zu der Musik bewegt und mit ihrer Freundin lacht, erinnert ihn das wieder an den Abend. Für Dario gibt es niemanden hier oder sonst wo, der ihr das Wasser reichen könnte.

»Ich war dabei, doch dann kam Ayla und seitdem geht sie mir aus dem Weg und sagt, sie ist hier, um Spaß zu haben, nicht um

Dramen zu erleben.« Dario muss lachen und legt den Arm um seinen Cousin. »Da hat sie recht, lass uns eine Runde Karten spielen.«

Es wird immer entspannter. Eleonora hat ihren Spaß und Dario spielt mit einigen Männern Karten. Als sie nach mehreren Liedern zu ihm kommt und sich neben ihn setzt, beugt sich Dario zu ihr und flüstert ihr ins Ohr, dass sie ihm wieder helfen soll. Genau wie in der ersten Nacht, in der sie sich getroffen haben, hilft Eleonora ihm. Sie ist gut, sie kennt Tricks, die keiner hier beherrscht und bald fluchen alle nur noch laut auf, weil Dario sie alle schlägt.

Eleonora lacht und auch Dario liebt es, seine Männer so aufzuziehen. Er dreht seinen Kopf zu ihr, doch im gleichen Moment schien sie ihm etwas ins Ohr flüstern zu wollen und ihre Lippen berühren sich fast.

Dario denkt an ihren ersten Kuss, die Nacht, und alles in ihm verlangt danach, Eleonora endlich wieder so zu spüren, auch sie stockt, ihre langen Wimpern heben sich und sie sieht ihm in die Augen, doch dann knallt es laut und sie werden aus allem herausgerissen, als ein großes Feuerwerk über ihnen detoniert. Es ist bunt, es sind die Farben Puerto Ricos und auch Naels Name wird in den Himmel geschrieben.

Mehrere Minuten sehen sie alle fasziniert zu. Er spürt, wie Eleonora zwischendurch immer mal wieder zu ihm blickt und begeistert lächelt. Es würde ihm viel bedeuten, wenn sie all dem hier eine Chance gibt.

Kurz nachdem das Feuerwerk beendet ist, sagt Eleonora, dass sie auf die Toilette muss und geht ins Haus. Dario spielt zwei weitere Runden, doch als er sie dann noch nicht sieht, steht er auf, um nach ihr zu schauen.

Er hat es fast geahnt, Eleonora steht in der Küche und Sonja hat sich vor ihr aufgebaut. »Ist alles in Ordnung?« Dario wird sauer und er ist sich sicher, dass er das auch nicht gut verstecken kann. »Natürlich, alles bestens. Bis dann.« So schnell hat er Sonja noch niemals verschwinden sehen und blickt besorgt in Eleonoras Augen.

»Vielleicht wird es Zeit, Nael nach Hause zu bringen, wir sind schon fast zwei Stunden hier.« Dario nickt, verdammte Sonja. Auf dem Weg brennt er darauf, Eleonora danach zu fragen, was Sonja gesagt hat, doch Diego und eine Frau, die Dario noch nie gesehen hat, begleiten sie. Als sie in sein Haus kommen, ist Nael wach, doch er ist ruhig und scheint die Aufmerksamkeit seiner Oma zu genießen.

Eleonora verabschiedet sich von ihr, und als sie dann ins Auto einsteigen, ist sie wieder relativ normal und dankt ihm für den Tag und den schönen Abend. Nun ist er völlig durcheinander. Er fragt, was Sonja zu ihr gesagt hat, doch sie erwidert gleich, dass es nichts Wichtiges war.

Auch wenn Eleonora versucht, sehr entspannt zu wirken, spürt Dario sofort eine Distanz. Im Hafenviertel angekommen bringt er sie und Nael nach oben, und da Eleonora nur noch am Gähnen ist, lässt er sie auch zur Ruhe kommen und fährt direkt zurück zum Gemeinschaftshaus und zieht Sonja aus der Küche in den Eingangsbereich.

»Was hast du zu ihr gesagt?« Sonja lacht, sie schüttelt verwundert den Kopf. »Das scheint dir ja wirklich etwas zu bedeuten, Dario, so habe ich dich gar nicht eingeschätzt.« Sie kommt näher und ihre Hände legen sich auf seine Brust. »Du wirst doch nicht all die schöne Zeit zwischen uns vergessen haben.« Wütend sieht er ihr in die Augen.

»Was hast du gesagt, Sonja?« Sie küsst seinen Hals entlang. »Nur das, was stimmt. Ich habe ihr gratuliert, sie hatte einfach Glück, dass du sie geschwängert hast. Wäre ich oder eine andere es gewesen, würdest du dich jetzt auch so gut um uns kümmern, sie war einfach nur die Glückliche. Darauf sollte sie sich nicht zu viel einbilden.«

Ihre Hand fährt an seine Hose. »Ich kenne dich doch, Dario, das wird dich doch nicht abhalten ...« Er nimmt ihre Hand weg und geht an ihr vorbei. »Du irrst dich, Sonja, dieses Mal hält es mich ab.« Am liebsten würde er sie von der Feier werfen, doch sie ist klug genug, ihm ab jetzt aus dem Weg zu gehen. Er nimmt sich ein Bier, geht in den Garten und setzt sich zu Nicky, der mit Sergeo am Pool sitzt und sich unterhält. Beide sehen ihn neugierig an, als er sich zu ihnen setzt.

»Dario, ich muss zugeben, dass ich überrascht bin. Ich meine, dass du deinen Sohn annimmst, haben wir gehört, doch die Art und Weise, wie du Eleonora ansiehst ... dir scheint das ja echt ernst zu sein, so schnell solch ein Wandel und das ohne Zweifel?«

Sein Cousin bringt nur auf den Punkt, was viele sich sicherlich fragen werden, wenn er ehrlich ist, fragt er selbst sich noch immer, was hier gerade passiert. »Ich habe damit auch nicht gerechnet und bitte frag nicht, was ich jetzt vorhabe, ich weiß es noch nicht. Ich war noch niemals in solch einer Situation und auch keiner von euch, also versuche ich einfach, den Überblick zu behalten und das nicht zu vermasseln, das ist alles, was ich momentan dazu sagen kann.«

Nicky lacht leise auf und Sergeo nimmt noch einen Schluck. »Ach du Scheiße, dass ich das mal aus deinem Mund höre ...« Nickys Handy piept und er sieht drauf, bevor er Dario in die Augen sieht.

»Ich mache mir Sorgen wegen El Salvador. Ich höre in letzter Zeit immer öfter, dass es da unten Unruhen gibt, die Familias werden nach und nach ausgelöscht ...« Dario trinkt die Flasche schnell leer.

»El Salvador? Das ist ein winziges Land, wir haben da unten nicht einmal ein Lager oder sonst irgendwelche Kontakte, mach dir da keinen Kopf drum, es ...«

»Ist die Party etwa schon vorbei?« Barim erscheint auf der Terrasse und das nicht allein. Neben ihm steht unsicher eine hübsche

170

Frau mit blonden Locken, Dario überlegt noch eine Sekunde, woher er sie kennt, da grinst Barim ihnen frech zu.

»Nicky, sieh, wen ich mitgebracht habe. Ich dachte, heute könnten wir beide mal ...« Dario kann ihn nicht halten, er ist zu schnell. Sergeo und er rennen ihm hinterher, doch Nicky ist so schnell bei Barim und wirft sich auf ihn, dass keiner reagieren kann.

Die Frau schreit auf, sie fallen in die Terrassentür, die unter dem Druck nachgibt, sodass sie ins Haus stürzen und von Glasscherben bedeckt werden. »Verdammte Scheiße.« Alle kommen dazu, doch keiner kann verhindern, dass ein Tisch zerbricht und die beiden sich blutige Wunden schlagen.

Erst nach einigen Minuten gelingt es Dario, Nicky von Barim zu ziehen, gerade als er seine Waffe zieht. Barim grinst sogar jetzt noch und spuckt Blut. »Ich dachte, wir sind wie Brüder und teilen ...« Sergeo hält mit aller Mühe und Adrians Hilfe Nicky zurück, während Dario Barim nach draußen bringt.

»Ey, Dario, deine ...« Dario hat genug. Er zieht seine Waffe und hält sie Barim an den Kopf. »Raus hier!« Barim sieht ihm in die Augen. »Ist das dein Ernst? Wegen Nicky, dem Spinner? Wegen einer dreckigen Chica?« Dario schubst ihn weiter bis zu den Wachen, die sie verdutzt ansehen. Dario spürt seine Männer hinter sich, auch Diego kommt, er muss mit der Frau, die vorhin bei ihm war, fertig sein.

Als sie bei den Wachen sind, dreht sich Barim noch einmal um. »Dario, überlege dir gut, ob du das willst, du hast jetzt einen Sohn und er und die Kleine ...« Dario schlägt zu. Seine Männer sind alle gut trainiert, auch Barim, doch Dario sieht rot, als Barim seinen Sohn erwähnt und ihn als Drohung auf seiner Zunge trägt.

Er schlägt hart und fest zu, dann stößt er ihn mit dem Fuß den Berg hinab. Fluchend haut Barim ab. »Wage es nie wieder, dich hier blicken zu lassen.«

Diego stellt sich neben Dario und sie sehen zu, wie Barim schnell verschwindet und dabei noch wilde Flüche und sicher auch Drohungen ausspricht. Einen Moment sieht Dario seinem Bruder in die Augen, der genau das Gleiche wie er zu denken scheint.

Jeder, der sich jetzt an Dario rächen will, wird das über seinen Sohn probieren.

Kapitel 16

»Versuch dich ein wenig hinzulegen, und mach dir nicht zu viele Gedanken wegen Dario. Ich weiß, es fällt dir schwer, doch du musst manche Dinge einfach auf dich zukommen lassen.« Davina gibt ihr einen Kuss auf die Wange. »Ich versuche es, grüß alle. Ich komme am Freitag vorbei.«

Ihre beste Freundin muss los zur Arbeit. Sie hat heute Nacht bei ihr geschlafen und die Nacht war nicht so leicht. Seit einigen Nächten schläft Nael wieder unruhiger. Die Feier liegt nun drei Tage zurück und seitdem hat Nael kaum mehr als zwei Stunden am Stück geschlafen.

Dario hatte seitdem viel zu tun, nur gestern ist er kurz vorbeigekommen, hat sie beide abgeholt und zusammen sind sie mit Nael in die Klinik gefahren, wo er sowohl von einem Kinderarzt als auch von einem Herzspezialisten untersucht wurde. Es ist alles gut, Nael geht es sehr gut und er wächst von Tag zu Tag und das ist es auch, was ihn nach Aussage des Arztes dazu bringt, unruhiger zu schlafen, er hat einen Wachstumsschub. Dario hat sie dann nur schnell nach Hause gefahren und musste zum nächsten Termin. Zwar schreibt er ihr und ruft an, doch er scheint wirklich viel um die Ohren zu haben.

Nael war auch jetzt lange wach und ist gerade eingeschlafen. Eleonora ist müde, sehr müde. Sie fühlt sich momentan nicht gut. Ihre Mutter ist der Meinung, dass es an den Hormonumstellungen wegen der Geburt liegt, doch sie weiß nicht, ob das wirklich nur das ist. Seit der Party gehen ihr einige Dinge durch den Kopf.

Dario und sie kommen sich immer näher.

Es war abzusehen und sie mag diese Nähe auch sehr, sie genießt es, Zeit mit ihm zu verbringen und fühlt sich auch immer mehr zu ihm hingezogen und sie weiß, dass es ihm auch so geht.

Gleichzeitig gibt es noch so viel, was sie zurückhält. Abgesehen davon wer er ist und dass das schon allein Grund genug wäre, den Abstand zu bewahren, kann sie auch die Worte der Frau auf der Party nicht vergessen.

Sie hat recht, im Grunde ist das, was sich jetzt zwischen ihnen aufbaut, nur da, weil sie schwanger geworden ist. Wäre eine andere Frau schwanger geworden, hätte sie jetzt diesen Platz.

Eleonora legt sich ins Bett zu Nael, den sie in ihr Bett gelegt hat. Er ist von Kissen umgeben und sie legt schützend ihre Arme um ihren kleinen Engel.

Sie war schon immer jemand, der alles gut durchdacht hat, doch so unsicher wie sie gerade ist, erkennt Eleonora sich selbst kaum wieder. Es kommt gerade sehr viel zusammen. Sie sollte aufstehen, ihre Haare waschen, sich mal wieder etwas schicker machen und an die frische Luft gehen, wozu sie auch seit Tagen nicht gekommen ist, doch stattdessen legt sie sich mit einem unordentlichen Zopf neben Nael und schließt müde die Augen. Sie ist erschöpft. Erschöpft vom Nachdenken, Abwägen und von zu wenig Schlaf.

Davina hat ihr gerade geraten, sich zu entspannen, und aufzuhören, sich zu viele Gedanken um Dario zu machen. Sie reden viel darüber. Sie hat Angst, eine Beziehung mit ihm einzugehen, um nichts zu verstärken, doch im Grunde gibt es da ja kaum etwas zu verstärken, sie haben jetzt schon viel Kontakt, sie schreiben, telefonieren, verbringen Zeit zusammen; ob sie es wagt, mit ihm zusammenzukommen oder nicht, am Kontakt zu Dario und den Da Silvas wird das nichts ändern.

Natürlich ist das, was sie auch noch beunruhigt, das Risiko, das zu zerstören, was sie jetzt haben. Doch sie hat bereits jetzt schon Gefühle für Dario und sie glaubt auch nicht daran, dass sich das irgendwann wieder legen wird, im Gegenteil.

Selbst jetzt, wo sie so müde ist, kann sie nicht aufhören zu denken, doch irgendwann übermannt sie der Schlaf. Eleonora ist in letzter Zeit so erschöpft, dass sie kaum mehr weiß, was sie geträumt hat, doch in diesem Traum ist sie zurück im Schlafzimmer des Gemeinschaftshauses. Sie ist verschlungen mit Dario, spürt seine Muskeln unter ihren Händen, atmet seinen Duft ein, schmeckt seine Haut. Immer wieder sieht er ihr in die Augen, während er sie immer enger und schneller miteinander vereint und sie sich nur noch an ihm festhalten kann. »Ich liebe dich, Guapita.« Eleonora öffnet ihre Augen und sieht in seine dunklen, die liebevoll auf ihr liegen. Sie will antworten, ihm sagen, dass sie ihn auch liebt, doch sie kann nicht und dann steht er plötzlich vor dem Bett und sieht zu ihr hinunter.

»Warum hast du nicht gewartet, dann müssten wir uns jetzt nicht fragen, was wäre wenn ...« Er dreht sich um und geht. Wieder kann Eleonora nichts sagen, nicht, weil sie nicht sprechen kann, doch ihre Gedanken nehmen so viel Platz ein, dass sie nicht handeln kann.

Als sie es dann doch schafft aufzustehen und ihm hinterherläuft um ihn zurückzuholen, sieht sie, wie Dario diese Frau von der Party küsst. Ihr Herz krampft sich zusammen, als sie das sieht, es tut weh, doch sie weiß, dass sie das selbst heraufbeschworen hat, weil sie ständig am Zweifeln ist. Erneut versucht sie, den Mund zu öffnen, doch sie schafft es wieder nicht, etwas zu sagen, da ihre Gedanken, die auf sie hinab prasseln, sie förmlich ersticken.

Als sie aus dem Schlaf hochschreckt, hat Eleonora wirklich einen Moment das Gefühl zu ersticken. Sie setzt sich auf und sieht auf Nael, der noch immer friedlich schläft. Ein Blick auf ihr Handy zeigt ihr, dass sie fast drei Stunden geschlafen hat, offenbar haben die letzten Nächte auch Nael müde werden lassen.

Eleonora steht auf und schüttelt den Traum von sich. Sie bettet Nael sicher hin und geht schnell duschen, dabei wäscht sie ihre Haare. Sie schafft es, sich anzuziehen, sich leicht zu schminken und eine Waschmaschine anzumachen, da wacht Nael auf.

Es ist Mittag und während sie Nael stillt, beschließt sie, sich etwas zu essen kaufen zu gehen, statt selbst zu kochen. Sie muss wieder auf die Beine kommen und sich aus diesem Tief herausholen, es wäre nicht das erste Mal in ihrem Leben, dass sie das schafft.

Nachdem sie alles zusammengepackt hat, legt sie Nael das erste Mal in seinen Kinderwagen, statt ihn sich wie sonst umzubinden. Entspannt läuft sie durch die Straßen, besorgt sich einen nicht zu scharfen Burrito und läuft weiter in Richtung Hafen.

Nael ist wach und es wirkt fast so, als würde er sich die Welt ansehen, was er natürlich noch gar nicht kann, doch es scheint ihm zu gefallen, im Kinderwagen spazieren gefahren zu werden. Kurz vor dem Hafen überlegt es sich Eleonora doch noch einmal anders, sie geht die Straße zum großen Einkaufszentrum hoch, ihr sind noch einige Sachen eingefallen, die sie braucht und möchte in den Kinderladen, in dem sie letztens mit Dario war.

Auf dem Weg trifft sie einen alten Freund, der ihr sagt, dass Chapo oft nach ihr und dem Baby fragt. Sie hat keine Zeit oder die Nerven, sich auch noch damit auseinanderzusetzen und sagt ihm, dass sie beide nichts mehr miteinander zu tun haben und sie gar nicht weiß, was er eigentlich will.

Kurz bevor sie das Einkaufszentrum erreicht hat, ruft Dario an. Sobald sie seinen Namen auf dem Handy liest, schlägt ihr Herz schneller und bevor sich wieder irgendeine Warnung in ihrem Kopf bilden kann, nimmt sie das Gespräch an.

»Hey, was macht ihr beiden?«

Dario hört sich noch verschlafen an.

»Wir sind gleich beim Babygeschäft, in dem wir letztens waren. Ich brauche noch einiges daraus. Bist du gerade erst wach geworden?«

Sie hört eine Tür zugehen, Dario scheint sich zu bewegen.

»Ja, vor Kurzem. Es war eine lange Nacht, doch ich konnte einiges klären und habe heute endlich wieder Zeit für euch. Ihr fehlt mir.«

Im Gegensatz zu ihr hat Dario gar kein Problem damit, zu zeigen, dass er mehr Gefühle für sie hat und er sich mehr erhofft, als nur, dass sie zusammen Nael großziehen.

Eleonora lächelt, bevor sie antworten kann, spricht Dario weiter.

»Das passt doch, wenn du eh gerade da bist, können wir dort die Sachen für Naels Zimmer kaufen. Ich habe es schon ausräumen lassen, es steht bereit. Ich wäre in fünfzehn Minuten bei euch.«

Eleonora betritt das Zentrum. »Bis gleich.«

Sie geht direkt in das Babygeschäft. Ohne dass die Verkäufer sie weiter beachten, geht sie in die Abteilung für Schlafsachen. Sie kauft einen dünnen Schlafsack und sieht sich weiter um. Hier gibt es sehr gute Windeln. Nael verträgt die, die sie immer vom Discounter kauft, nicht. Immer wieder hat er kleine Pickelchen am Po. Die Windeln hier sind sehr teuer, aber als Eleonora hier eine Probewindel anfasst, spürt sie sofort den Unterschied.

Sie nimmt sich ein Paket mit, dank der Unterstützung von Dario kann sie sich das vielleicht doch leisten. Zwar hat sie ihm gesagt, dass sie kein Geld von ihm annehmen möchte, doch ihm fällt genug ein, ihr auf anderem Weg zu helfen.

Gestern hat sie eine Lieferung frischen Fisch bekommen, von diesem teuren und guten Fischstand in der Halle, außerdem einen Korb mit frischem Obst direkt vom Markt. Er kümmert sich um Nael und sie, immer, selbst wenn er nicht da ist.

Nael kämpft gegen die Müdigkeit, er war lange wach. Eleonora nimmt ihn hoch auf den Arm und keine Sekunde später ist er eingeschlafen. Das hat schon gereicht.

»Hey.« Eine vertraute Hand legt sich an ihren Rücken und Dario gibt ihr einen Kuss auf die Wange. Er kam von hinten und nimmt ihr nun Nael ab und begrüßt seinen schlafenden Sohn. Er riecht lange an seiner Wange und gibt ihm einen Kuss. Eleonora ist froh, dass sie sich heute zurechtgemacht hat, zumindest ein wenig. Dario sieht müde aus, er trägt nur eine schwarze Jogginghose, ein graues Shirt und ein Cap, aber trotzdem sieht er sexy aus. Selbst dieser gerade-aus-dem-Bett-gefallen-Look steht ihm, während Eleonora das Gefühl hat, in ihren Augenringen könnte man Schätze verstecken.

»Hast du schon alles, was du brauchst?« Sie zeigt ihm, was sie hat und erzählt ihm auch von dem Ausschlag auf Naels Po. Dafür und für die Narbe auf seiner Brust suchen sie auch gleich eine Creme, sie finden etwas Natürliches, das hilft, die Narbe hell und unauffälliger werden zu lassen.

Keine zwei Minuten nachdem Dario bei ihnen ist, stehen zwei Verkäufer bei ihnen. Sie haben sie gar nicht beachtet, dafür musste erst Dario erscheinen. Er erklärt ihnen, dass er das Zimmer von Nael einrichten möchte und sie fahren in den zweiten Stock, wo es schon komplette Kinderzimmer gibt.

Sie sind traumhaft, man sieht sofort, dass die Qualität sehr gut ist. »Welches gefällt dir?« Eleonora sieht sich zwischen den vielen Möbeln um. »Sie sind alle schön.« Es gibt die Zimmer in allen Formen und Farben, die Verkäufer erzählen ihnen, mit was für einer Farbe alles gestrichen ist, worauf jeweils zu achten ist und sie kann sich wirklich nicht entscheiden. In einem Zimmer sind überall kleine Elefanten angebracht und als Wanddekoration dabei, bei einem kleine Teddys, Herzen, ein Zimmer ist bunter, das andere komplett weiß.

»Wie findest du das?« Dario bleibt vor einem Zimmer stehen. Eleonora hebt die Augenbrauen.

Es ist weiß, hat einige Regale, ein Babybett mit einem Mobile mit kleinen blauen Wolken dran, einen kleinen Tisch mit zwei Stühlen, eine wunderschöne Wickelkommode, einen hellblauen gemütlichen Sessel für die Eltern, flauschige hellblaue Teppiche und die Wände sind mit hellblauen Wolken bemalt, ergänzt um Aufkleber von grauen und hellblauen Heißluftballons und Autos. Es gibt Lampen, die wie Luftballons aussehen, es ist perfekt, wunderschön, genauso wie es hier steht.

Eleonora sieht zu Dario, er muss es entscheiden, er sollte das Zimmer für Nael in seinem Haus wählen, genau wie sie es bei sich getan hat.

»Gefällt es dir?« Er nickt. »Ich denke, dass es genau das Richtige ist.« Er wendet sich an den Verkäufer. »Ich möchte es genauso, wie es hier steht, mit den Teppichen, Gardinen, Stofftieren und allem anderen, außerdem packen sie noch etwas Spielzeug für ein Baby dazu.«

Der Verkäufer ist zufrieden, er hat ein großes Geschäft gemacht. »Okay, dann liefern wir morgen alles. Es müssten nur die Wolken mit der Farbe hier an die Wand gemalt werden, den Rest machen wir.«

Dario nimmt die Farbe und die Pinsel entgegen. »Natürlich, wir müssen das selbst machen, ich habe gehört, dann schläft der Kleine besser.« Er zwinkert Eleonora zu, die sich lachend abwendet und schon vor zur Kasse geht, während Dario noch einige Details klärt und dort mit Karte zahlt. Endlich war sie mal schneller, als sie ihre Sachen alle aufs Band legt, aber die Verkäuferin deutet mit dem Finger hinter sie zu Dario. »Das ist alle schon bezahlt worden.« Sie unterschätzt ihn.

»Also, wie sieht es aus? Wir essen bei mir und dann malen wir zusammen Wolken?« Als sie auf den Parkplatz laufen, ist es schon langsam Nachmittag. Nael wird sicher bald wach und will essen. »Meine Mutter wollte gleich kommen und Nael sehen.« Dario zuckt die Schultern. »Wir holen sie ab, meine Mutter ist auch noch da, sie wollte deine Mutter eh mal besser kennenlernen.«

Es ist schwer, Dario zu widersprechen und im Grunde hat Eleonora das auch nicht vor. Sie verstauen alles in seinem Auto, er hat den Kindersitz dabei. Als sie ihre Mutter abholen, stillt Eleonora Nael im Auto. Nun sieht ihre Mutter das erste Mal, wie Dario lebt. Sie zeigt es nicht, das würde sie nie tun, doch Eleonora kennt sie gut genug, um zu wissen, dass sie beeindruckt ist.

Zusammen mit Darios Mutter essen sie etwas. Auch wenn die beiden völlig unterschiedliche Leben haben, verstehen sie sich von Anfang an sehr gut. Sie kümmern sich um Nael und Dario macht einige Fotos von den beiden mit ihrem Enkel. Auch sein Vater kommt kurz vorbei und bleibt bei ihnen, doch dann geht er mit Diego weg.

Nachdem Eleonora Nael noch einmal gestillt hat und er satt ist, beschließen die beiden Omas, mit ihm zusammen im Da Silva-Gebiet einen Spaziergang zu machen, da es langsam Abend und kühler wird, Eleonora und Dario nutzen die Gelegenheit und gehen nach oben. Neben seinem Schlafzimmer hat er einen wunderschönen Raum leeren lassen. Eleonora kann sich vorstellen, wie schön es erst mit all den neuen Möbeln aussehen wird.

Sie ist barfuß, bindet sich einen Zopf, steckt sich ihren Rock hoch und greift nach der Farbe. »Dann lass uns Wolken für unseren Sohn malen.« Dario sieht nicht sehr begeistert zu den Pinseln und der Farbe, doch auch er nimmt einen Pinsel.

Eleonora beginnt und malt eine größere und daneben eine kleinere Wolke. Auch wenn sie dabei Dario den Rücken zudreht, spricht sie mit ihm. »Ich hätte mir damals, als ich erfahren habe, dass ich schwanger bin, niemals vorstellen können, dass wir irgendwann hier stehen und zusammen das Zimmer von Nael vorbereiten.«

Ein Stuhl steht noch im Zimmer, sie holt diesen und stellt sich darauf, um etwas weiter oben auch noch eine Wolke zu malen. »Ich glaube, kein Mensch hat sich jemals vorstellen können, dass ich hier stehe und Wolken male, das sollte auch niemals jemand erfahren.«

Sie wendet sich um und sieht auf eine etwas sehr ausgeprägte Wolke und Dario, der nicht sehr glücklich aussieht. »Deine Wolke ist wunderschön.« Dario sieht sie kopfschüttelnd an. »Hat dir schon mal jemand gesagt, dass du eine extrem schlechte Lügnerin bist?« Eleonora muss lachen und wendet sich wieder den Wolken zu.

Sie malen weiter. Eleonora fällt es immer leichter und sie verteilt süße kleine Wolken im Zimmer. Auch Dario malt die ein oder andere wolkenartige Kreatur, aber das mit ganz viel Liebe. Er fragt sie dabei ein wenig über Tanja aus und sagt, dass einer seiner Männer öfter von ihr spricht.

Eleonora erklärt ihm, dass sie zusammen die Schule besucht haben, nicht die gleiche Klasse, aber die gleiche Klassenstufe und sich daher kennen. Tanja ist aber momentan eh viel feiern. Sie arbeitet und hat Spaß, sie fliegt nächste Woche nach Europa und hat sicherlich nicht gerade Lust, einen Mann für etwas Ernstes kennenzulernen. Als Eleonora fragt, wer von ihr spricht, weicht Dario allerdings aus und kommt zu ihr.

Die Farbe ist leer und er muss mit dem Rest der Farbe auf seinem Pinsel die letzte Wolke von ihr beenden. Sie bleibt vor ihm stehen und sieht zu, wie er die Wolke zu Ende malt.

»Ich habe sie zerstört.« Eleonora lacht und dreht sich zu ihm. Sie hatten wirklich viel Spaß gerade und sie spürt, wie sie immer mehr die Zeit genießt, die sie zusammen verbringen, ohne sich zu viele Gedanken zu machen.

»Nein, das hast du nicht, sie ist perfekt.« Ihre Hand streift seine Brust und sie spürt etwas unter seinem Shirt. »Was hast du da? Bist du verletzt?« Es fühlt sich wie ein Verband an.

Sie stehen sehr nah aneinander, er hebt sein Shirt, auf seiner Brust neben dem Kreuz und an seinem Herzen ist ein größeres Pflaster, was er entfernt.

Ihre Augen füllen sich sofort mit Tränen, als sie erkennt, was Dario getan hat. Sie hebt ihre Hand und streicht mit ihren Fingern über den ersten gesunden Herzschlag ihres Sohnes. Er hat ihn sich an seinem Herz verewigen lassen.

Sie setzt an, etwas zu sagen, doch sie kann nicht, sie stockt und Dario legt seine Hand an ihre Wange. Ihr Atem geht schneller und sie spürt, wie ihre Hand an seiner Brust leicht zittert, als Dario ihr in die Augen sieht und seine Lippen ihre berühren.

Er ist vorsichtig und zärtlich, doch sobald sie sich wieder treffen, wird der Kuss schnell verlangender. Es ist vertraut. Eleonora musste viel zu oft an diese Nähe denken, als dass sie das jetzt verbergen könnte, auch Dario scheint es so zu gehen. Seine andere Hand gleitet an ihren Rücken und kein Blatt würde mehr zwischen sie passen.

Eleonora hat das vermisst, sie hat oft daran gedacht, wie es war, Dario nah zu sein und jetzt weiß sie, dass sie es vermisst hat. Er küsst sie verlangend, doch dann immer zärtlicher. Als er den Kuss beendet, küsst er ihre Lippen noch einige Male und sie öffnet ihre Augen wieder, im selben Moment, als sie ihre Mütter ins Haus zurückkommen hören.

Sie entfernt sich von ihm und er lächelt. »Ich weiß, ich weiß, wir wollten langsam machen, aber ...« Nun lächelt sie und gibt ihm noch einen Kuss auf den Mund. »Wie gesagt, all das hier ist gerade … perfekt.« Sie dreht sich zu den Wolken um, wieder zu ihm, sieht ihm in die Augen und geht dann zu ihren Müttern nach unten.

Das ist es, so fühlt es sich an.

Eleonora kommt sich wie ein junges Schulmädchen vor, dass das erste Mal verliebt ist, als sie danach noch eine Weile zusammen mit ihren Müttern auf der Terrasse sitzen. Ihre Mütter haben besprochen, dass sie Eleonora helfen möchten, doch studieren zu können. Sie würden ihr mit Nael helfen und auf ihn aufpassen, während sie Vorlesungen besucht. Auch wenn sie das unbedingt machen möchte, weiß sie aber auch, dass sie erst warten wird, bis Nael noch etwas größer ist, doch es ist schön zu wissen, dass sie genug Unterstützung hat.

Dario und sie sehen sich immer wieder zufrieden in die Augen, auch wenn keiner von ihnen beiden jetzt den Fehler macht, davon auszugehen, sie hätten nun den Startschuss für eine Beziehung gemacht, war es doch ein großer und wunderschöner Schritt aufeinander zu.

Als Dario etwas später noch zu einem Geschäft muss, fährt er sie und ihre Mutter nach Hause. Ihre Mutter sagt zu alldem nur, dass sie Dario mag. Sie weiß, dass es nicht leicht wird mit dem Anführer der Da Silvas als Vater von Nael, doch alles, was für sie zählt, ist die Art, wie liebevoll er Nael und auch Eleonora ansieht, das reicht ihrer Mutter, um zu wissen, dass am Ende alles gut wird.

Am nächsten Tag fährt Eleonora mit Davina zu deren Oma aufs Land. Sie hatten das schon länger geplant und diese zwei Tage tun Eleonora und Nael auch gut.

Während dieser Zeit schreibt sie immer mehr mit Dario und es wird immer deutlicher, dass das zwischen ihnen sehr schwer nur bei einer Freundschaft zu belassen sein wird, und auch wenn es vielleicht vernünftiger wäre, weiß sie nicht, ob sie sich damit noch zufrieden geben könnte.

Sobald sie zurück sind, will Dario sie sehen. Nachdem sie Davina zu Hause abgesetzt haben und nach Hause laufen, schreibt sie ihm, dass sie zurück sind, doch da fährt sie mit dem Kinderwagen in jemanden hinein und blickt erschrocken in dunkle, wütend funkelnde Augen.

»Chapo!«

Kapitel 17

»Eleonora … ich habe schon die ganze Zeit gehofft, dass ich dich treffe. Seit du …« Er deutet auf den Kinderwagen und Eleonora erkennt sofort die Wut in seinen Augen von damals, als er sie betrogen hat und immer mehr auf die falsche Bahn geraten ist. Am Ende war er sehr aggressiv und sie hat es nur mit der Hilfe ihrer Mutter geschafft, ihn wirklich loszuwerden. Seitdem soll er zwar zu immer mehr Geld gekommen sein, da er Drogen verkauft, doch nimmt er sie auch selbst und wird immer aggressiver und unberechenbarer. Auch jetzt wandert ihr beim Blick in seine Augen die Angst den Nacken hoch.

Eleonora geht ihm so gut es geht aus dem Weg, doch jetzt gerade verhindert er das, weil er sich genau vor den Kinderwagen gestellt hat. Die Art, wie er auf den Kinderwagen sieht, lässt sie sofort ein ungutes Gefühl bekommen.

»Ich bin Mutter geworden, danke für die Blumen zur Geburt. Ich hoffe, es geht dir gut, aber ich muss nach Hause, der Kleine hat Hunger.« Sie sieht sich um, sie ist kurz vor ihrem Haus und es dämmert bereits, und ausgerechnet jetzt ist niemand anderes zu sehen.

Sie fährt zur Seite und will an Chapo vorbei, der auflacht und in den Kinderwagen greift. Unsanft zieht er Nael aus dem Kinderwagen und legt ihn an seine Schulter. »Nein!« Eleonora schreit ihn panisch an und versucht, ihm Nael aus den Armen zu ziehen, doch Chapo lacht los und hebt den Finger. »Überlege dir genau, was du tust, Eleonora, oder dein Kind landet auf dem Asphalt, mit dem Kopf zuerst. Ich habe überall gefragt, wer der Vater ist, aber so ganz sicher ist sich keiner, weil du eine Hure bist, die mit zu vielen Männern geschlafen hat.«

Sie weicht zurück, alles in ihr schreit panisch auf, Tränen verlassen ihre Augen und sie lässt Nael keine Sekunde aus den Augen.

»Ich wollte mit dir reden, die ganze Zeit ...« Chapos Augen sind knallrot. Eleonora hat das Gefühl, sich übergeben zu müssen, ihr Hals schnürt sich zu, sie weiß nicht, was sie tun soll, doch sie muss etwas tun.

Das Handy in ihrer Hand ist das Einzige, was sie bei sich hat. Sie weiß nicht, ob es etwas bringt, doch alles, was ihr in dem Augenblick einfällt, ist, Hilfe zu holen, ohne dass Chapo es merkt und Nael etwas antut.

Sie sieht ihm in die Augen und immer wieder Millisekunden auf ihr Handy, sodass sie es schafft, heimlich Darios Nummer anzurufen. Sie hält das Handy in der Hand. Zwar weiß sie nicht, ob er den Anruf annimmt oder nicht, doch sie hält das Handy fest in der Hand und kann nur hoffen, dass er annimmt, zuhört und versteht, was hier gerade passiert und nicht wieder auflegt, weil er denkt, es sei ein Versehen. Deswegen unterbricht sie Chapo schnell und redet etwas lauter.

»Wir können reden, es ist alles gut. Du hast doch sicherlich gehört, dass es dem Kleinen nicht gut ging nach der Geburt und ich war … er ist noch ein Baby, Chapo, bitte gib ihn mir. Dann setzen wir uns und reden, aber bitte, gib mir mein Kind wieder.«

Wieder dieses kranke Auflachen. »Er ist dir wichtiger als ich. Du hättest mich damals nicht verlassen sollen, Eleonora, dann hätten wir jetzt mittlerweile sicher auch ein Kind. Nun hast du dieses Ding hier und es steht zwischen uns, ich sollte ...«

Chapo nimmt Nael wieder unsanft von seinem Arm und hält ihn weg und Eleonora schreit auf. »NEIN, nein, bitte tu ihm nicht weh. Chapo, ich tue, was du willst, aber gib mir mein Kind. Er lenkt mich nicht ab, ich schwöre es dir. Sag, was du willst und ich tue es, aber gib ihn mir wieder.«

Er sieht ihr in die Augen. »Das ist dir ja richtig wichtig. Ich will, dass du zu mir zurückkommst. Wir gehen jetzt in meine Wohnung und da zeigst du mir, wie sehr du es bereust, dass du mich verlassen hast und ich schwöre dir, Eleonora, jedes Mal wenn du jetzt wieder Scheiße baust, leidet dein Baby dafür.«

Sie nickt. »In Ordnung. Ich komme mit, aber gib ihn mir, Chapo, okay, ich nehme ihn auf den Arm und ...«

Chapo greift nach ihren Haaren, Nael hat er sich wieder an die Schulter gelegt und er beginnt, fürchterlich zu weinen. Es ist ein Alptraum, Eleonora schreit auf vor Schmerzen, als er in ihre Haare fasst und sie mit sich zieht. Sie lässt ihr Handy fallen. Sie schafft es, noch einmal darauf zu sehen, bevor Chapo sie weiterzieht, und erkennt, dass der Anruf zu Dario noch besteht, er scheint am Apparat geblieben zu sein.

Ein Mann läuft auf der anderen Straßenseite und Eleonora sieht zu ihm. »Denk nicht daran, ich klatsche dein Kind so schnell an die Wand, dass der da nicht einmal die Chance hat, so schnell bei uns zu sein.« Eleonora nickt und weint. Der Mann sieht zu ihnen, schaut dann aber wieder weg. Es ist leider in ihrer Gegend kein seltenes Bild, dass ein Mann grob zu einer Frau ist.

Nael schreit und Eleonora versucht ihn zu beruhigen. »Baby, Mama ist da. Ich nehme dich gleich auf den Arm. Wir ...« Chapo bringt sie zu seinem Haus, was nur wenige Blöcke von ihrem entfernt ist. »Hör auf mit ihm zu reden, es geht um mich, verstehst du das?« Chapo wohnt im ersten Stock und Eleonora bekommt immer mehr Panik. Wie soll sie Nael hier wegbekommen? Chapo ist verrückt. Das war er schon immer, doch jetzt unter Drogen ist er unberechenbar und selbst wenn Dario einiges verstanden hat: Woher soll er wissen, wo Chapo wohnt?

Sie weiß, dass sie in der Falle steckt und dass nur sie Nael retten kann, als Chapo sie in die Wohnung schubst. »Dein Kind nervt mich jetzt schon.« Er nimmt Nael von seinem Arm, sobald sie in seinem Wohnzimmer sind. Panisch versucht Eleonora, nach ihm zu greifen. »Nein, er hat nur ...«

Chapo legt den schreienden Nael auf sein verschmutztes Sofa. Alles hier ist heruntergekommen und verdreckt. Doch immerhin ist Nael erst einmal von seinem Arm herunter. Eleonora versucht, zu ihm zu kommen, doch Chapo schlägt hart und fest zu und trifft ihr Gesicht. Eleonora fällt zurück. Sie spürt etwas Warmes über ihr Gesicht laufen, ihr Kopf brummt, doch sie will sofort aufstehen und zu Nael, da schlägt Chapo noch einmal zu, noch härter, und wieder trifft er in die Mitte ihres Gesichtes.

Dieses Mal schließt Eleonora die Augen und bleibt liegen, Naels Weinen zerreißt ihr das Herz und sie kann kaum aufstehen, doch sie weiß, dass sie jetzt handeln muss. Sie öffnet ihre Augen wieder. »Chapo, du willst reden. Okay, tun wir das. Lass uns überlegen, wie wir das wieder hinbekommen, ich werde mich bei dir entschuldigen und dir einiges erklären ...« Chapo lacht auf, er steht über ihr und sieht auf sie hinab.

»Da habe ich ja doch noch Vernunft gefunden, was so ein bisschen Schläge alles bewirkt.« Eleonora nimmt all ihre Kraft zusammen und lächelt. Sie steht auf und tritt näher zu Chapo. »Wir machen all das, was du willst ... alles. Aber dafür möchte ich, dass wir Ruhe haben und deshalb gebe ich dem Kleinen erst die Brust. Der beruhigt sich dann und schläft und ich habe Zeit für dich.«

Sie muss sich fast übergeben, als Chapo unter ihr Shirt greift und ihre Brüste umfasst. »Wie groß sie geworden sind. Ich denke ... wir sollten den Kleinen loswerden und ...« Ihr ist klar, dass er nicht darauf anspielt, ihn jemand anderem zu geben und sieht ihm in die Augen. »Wenn du ihm etwas tust, werde ich auch sterben, also wenn du möchtest, dass ich mich gleich um dich kümmere, gib mir fünf Minuten.«

Er weiß, dass sie ihre Worte erst meint, deswegen schubst er sie in Richtung Couch. »Mach schnell, du hast fünf Minuten. Wenn er dann nicht ruhig ist ...« Sie ist so schnell bei Nael, dass er kaum aussprechen kann.

Sie nimmt ihren Sohn hoch, sieht, ob ihm irgendetwas fehlt, doch sobald er bei ihr ist, wird er ruhiger. Er hat schon einen ganz roten Kopf vom Schreien und ist völlig verschwitzt. »Alles ist gut, komm her.« Um ihn erst einmal zu beruhigen, legt sie ihn an und er trinkt sofort. Während er trinkt, sieht Eleonora ihn panisch an, auf den ersten Blick scheint ihm nichts zu fehlen, doch vielleicht stimmt innerlich etwas nicht mit ihm. Chapo hat ihn schnell und hart bewegt.

Chapo steht vor ihnen und sieht zu. Eleonora will nichts riskieren, deswegen lächelt sie. »Hast du etwas zu trinken für mich? Du weißt doch, was ich mag.« Sie will ihn nur loswerden, um klar denken zu können. Ihr Blut tropft auf Nael hinab und durchtränkt seine Sachen.

»Ich werde dich nicht bedienen, wenn du da fertig bist, wirst du erst einmal bestraft für all die Zeit, die du nicht bei mir warst. Ich gehe schon einmal etwas holen, um dir auch richtig zu zeigen, was für Fehler du begangen hast, und wenn ich zurück bin, ist der Kleine still und du kniest auf dem Boden, oder ich zeige dir eine andere Seite von mir.«

Er geht aus dem Wohnbereich zum Schlafzimmer. Eleonora sieht sich panisch um. Er lebt im ersten Stock, wenn sie springt und Nael an sich ... Es knallt gegen die Tür, so heftig, dass man einen großen Riss sieht. »Was zur ...« Noch einmal knallt es und die einfache Holztür, die die Wohnungen hier schließen, fällt aus der Verankerung.

Sie sieht in Darios Augen und tausende Felsbrocken fallen ihr vom Herzen. Chapo kommt aus dem Schlafzimmer und Dario rammt ihn gegen die Wand. »Du verdammter ... was hast du getan? Übernehmt ihn.« Eleonora nimmt Nael an ihre Schulter und drückt ihn erleichtert an sich. Das Schreien hat ihn sehr angestrengt und nach wenigen Zügen ist er erschöpft eingeschlafen. Sofort ist Dario bei ihnen und hockt sich zu ihnen. Er greift an Eleonoras Wange. »Was hat er getan? Was ist mit Nael?« Er sieht das Blut auf seinem Sohn und nimmt ihn an sich. Eleonora steht so unter Schock, dass sie kaum sprechen kann.

»Das ist mein Blut, nicht seins. Ich weiß es nicht, er hat ihn sehr hart gepackt. Ich muss ihn zum Arzt bringen.« Dario hilft ihr auf, doch Eleonoras Beine zittern so sehr, dass sie erst einmal kaum stehen kann. Dario nimmt sie in den Arm. »Beruhige dich. Ich bin da. Ich kümmere mich um alles. Bring Nael zum Arzt und lasst euch beide untersuchen. Ich komme sofort hinterher. Nicky, bring die beiden ins Krankenhaus!«

Nicky hilft ihnen aus der Wohnung. Erst jetzt sieht sie, dass einige Männer da sind. Sie erkennt Diego im Schlafzimmer und Chapo auf dem Boden liegen, doch sie sieht weg und geht mit Nicky in den Hausflur, wo einige Nachbarn neugierig aus ihrer Haustür sehen.

Nicky sagt kein Wort, er sieht sie unsicher an, hilft ihr dabei, sich mit Nael ins Auto zu setzen. Dann zieht er sich sein Shirt aus und geht damit ganz vorsichtig an Eleonoras Wange. Erst zuckt sie zusammen, doch dann sieht sie Nicky in die Augen und lässt zu, dass er vorsichtig Blut aus ihrem Gesicht wischt.

»Hast du sonst noch Schmerzen?« Eleonora schüttelt den Kopf. »Ich weiß es nicht. Ich spüre nichts. Ich will nur wissen, ob mit Nael alles in Ordnung ist.« Nicky nickt und überlässt ihr sein Shirt, bevor er losfährt. Es stehen noch zwei weitere Autos der Da Silvas da, alle offen, sie scheinen ins Haus gestürmt zu sein.

»Du stehst unter Schock, versuche dich zu beruhigen, du zitterst. Ihr beide seid in Sicherheit.« Immer wieder küsst Eleonora Naels Kopf. Dankbar, dass es ihm gut zu gehen scheint, sie lauscht seinem gleichmäßigen Atem. »Woher wusstet ihr, wo ich bin?«

Nicky sieht zu ihr, sie mag ihn. Er ist ein hübscher Mann, er ist groß und durchtrainiert, doch er hat etwas sehr Sanftes in seinen dunklen Augen.

»Wir waren gerade auf dem Rückweg von einem Termin und schon fast zu Hause, da kam dein Anruf. Dario hat kaum was verstanden und dich auf die Freisprechanlage im Auto gestellt, um besser hören zu können. Dann konnten wir alles besser verstehen.

Diego hat den Namen Chapo schon öfter mal gehört, es ist ein bekannter Kleindealer, der viele dreckige Geschäfte macht, er hatte schon mal etwas Ärger mit ihm, doch nichts Schlimmes. Chapo hat sofort versprochen sich zu bessern, und damit war es gut. Er wusste, dass er auch aus dem Hafenviertel kommt und wir sind alle hergefahren, dabei hat man gehört, wie du das Handy hast fallen lassen und deinen Schrei und Nael, wie er geschrien hat. Also … ich habe Dario ja schon oft wütend erlebt, aber noch nie so wie da. Wir haben hier alle Leute nach Chapo gefragt und der Zweite konnte uns schon sagen, wo er wohnt und dann waren wir gleich da.«

Eleonora ist unendlich dankbar, sie weiß, was alles passiert wäre, wenn Dario nicht gekommen wäre. Sobald sie nur in diese Richtung denkt, fängt sie noch mehr an zu zittern.

Als sie vor einer kleinen Klinik halten, die Eleonora noch niemals zuvor gesehen hat, klingelt Nickys Handy. Er nimmt den Anruf an, gibt Bescheid, wo sie sind und legt wieder auf. »Hier gibt es die besten Kinderärzte, lassen wir den kleinen Mann mal genauer untersuchen.« Dankbar für Nickys ruhige Art steigt Eleonora aus und sie gehen zum Empfang.

Ganz ruhig erklärt Nicky, wer Nael ist und fordert, dass er sofort von Kinderärzten untersucht wird, und tatsächlich werden sie direkt in einen Raum gebracht, wo gleich zwei Ärzte zu ihnen kommen. Eleonora erzählt ihnen, was passiert ist, auch dass Nael einen Herzfehler hatte. Sie untersuchen ihn lange, dabei wird er wach und sieht sich müde um.

In ihren Ohren klingt sein verzweifeltes Weinen noch immer nach. Es bricht ihr allein beim Gedanken daran erneut das Herz. Plötzlich geht die Tür auf und Dario tritt ein. Er stellt sich zu Eleonora und sieht auf Nael hinab, der zu seinem Vater sieht, fast als würde er ihn schon richtig erkennen. Wäre all das nicht so schrecklich, dass Eleonora noch immer zittert, wäre diese Szene sogar richtig niedlich.

»Ihrem Sohn geht es gut. Ihm fehlt nichts, er hat ganz normale Reflexe und scheint auch nicht mehr sehr aufgebracht zu sein. Es kann etwas passieren, wenn ein so kleines Baby unsanft gehoben oder behandelt wird, aber es muss auch nicht und Ihr Sohn hatte Glück. Wenn Sie noch etwas bemerken, können Sie sofort wieder herkommen, doch es scheint, dass er nichts abbekommen hat.«

Eleonora atmet erleichtert aus und nimmt Nael auf ihren Arm. Alles fällt von ihr ab und sie lässt das erste Mal, seit Chapo Nael genommen hat, wieder einen klaren Gedanken zu. Sie muss durchatmen. »Danke.« Sie wendet sich ab, um zu gehen, sie will raus hier, bevor sie komplett zusammenbricht.

»Warten Sie, Sie sehen so aus, als müssten Sie dringend untersucht werden. Kann ich …?« Eleonora geht aus dem Raum, ohne noch auf jemanden zu achten, sie drückt Nael an sich. »Nein, mir geht es gut. Danke.«

Sie hört Dario mit den Ärzten und Nicky sprechen, dann holt er sie mit großen Schritten ein. »Denkst du nicht, dass du …?« Eleonora kann ihn nicht einmal ansehen. »Nein, ich muss nach Hause.« Sie geht vor die Klinik, vor der Darios Auto neben Nickys steht. Er hält ihr die Tür auf. Sie legt Nael nicht in seinen Sitz, sie drückt ihn an sich und er schläft zufrieden wieder ein.

Je klarer Eleonora denken kann, desto schneller geht ihr Atem. »Ich bringe dich nach Hause.« Dario fährt los, er setzt immer wieder an, etwas zu sagen, doch sieht dann nur besorgt zu ihr. Eleonora zittert noch immer, sie weiß das, doch sie kann nichts dagegen tun. Als sie an der Stelle vorbeikommen, wo der Kinderwagen und ihr Handy zurückgeblieben sind, ist alles weg. Natürlich, so etwas bleibt hier nicht lange liegen.

Ihr wird alles zu viel, sie steigt schnell aus und geht in ihre Wohnung. Dario folgt ihr und sobald sie bei sich ist, bringt sie Nael zu ihrem Bett. Sie setzt sich darauf, lässt das Licht aus und drückt Nael weiter an sich, und da kann sie das erste Mal alles zulassen und beginnt richtig zu weinen.

Sie spürt, wie Dario Nael an sich nimmt, sie würde das bei keinem sonst zulassen, er soll bei ihr bleiben, doch es zeigt, wie sehr sie Dario mittlerweile vertraut. Dario nimmt Nael in den Arm, setzt sich hinter Eleonora und zieht auch sie fest in seine Arme, und auch wenn sie einfach nur allein sein wollte, lässt sie es zu und zeigt Dario, wie schlimm die letzten Stunden für sie waren.

Sie weiß nicht, wann sie angefangen hat, Dario so sehr zu vertrauen, doch sie sitzen eine lange Zeit so zusammen auf dem Bett. Dario hält Nael und sie in seinen Armen, es ist dunkel und nach und nach hat ihr Körper alles herausgelassen. Sie hört auf zu weinen und zu zittern und sie begreift, dass sie es geschafft haben, da herauszukommen, dank Dario.

»Möchtest du, dass ich jemandem Bescheid sage?« Es ist das Erste, was Dario nach einer ganzen Weile sagt, er spricht ganz leise und das Vibrieren seiner Stimme in seinem Körper beruhigt sie. »Nein, ich will niemanden sehen.« Dario streicht mit dem Daumen liebevoll über ihre Wange und Eleonora schließt die Augen.

Wieder vergehen einige Minuten, bevor sie es ist, die die Stille unterbricht. »Ich bin so ... voreingenommen, so dumm gewesen. Es tut mir unglaublich leid, Dario.« Sie kann ihn nicht sehen, sie liegt mittlerweile mit ihrem Rücken an seiner Brust.

»Es gibt nichts, was dir leidtun müsste, Guapita.« Sie wendet sich halb zu ihm um. »Doch! Die ganze Zeit denke ich darüber nach, was mit dir als Anführer der Da Silvas ist, was für Gefahren das für meinen Sohn bedeutet, ob ich das alles zulassen darf, wie sein Leben aussehen wird, was es für Folgen haben wird, dass meine Gefühle für dich immer stärker werden, es dreht sich alles nur darum, und jetzt?«

Ihre Stimme zittert. »Ich war es, die Nael in Gefahr gebracht hat, mein Leben, nicht deines ... und du und die Da Silvas, ihr habt uns gerettet. Ich bin eine schreckliche Mutter. Weißt du, wie sehr er geweint hat und ich konnte ihm nicht helfen. Ich werde mir das niemals ...«

Dario stoppt sie. »Du kannst nichts dafür, Eleonora. Der Typ stand komplett unter Drogen, das hätte jedem passieren können und du hast Nael gerettet, indem du mich sofort angerufen hast, weil du, auch wenn du selbst es vielleicht gar nicht weißt, mir schon genug vertraust, um zu wissen, dass ich für Nael und dich alles tun würde. Du bist die beste Mutter, die Nael sich wünschen kann. Ich liebe es, wie du ihn ansieht, wie du dich um ihn sorgst ... Ich vertraue dir unseren Sohn blind an, weil ich deine Liebe zu ihm in jedem Blick erkennen kann. Es ist normal, dass du Zweifel hast, musst du als Mutter auch haben. Ich hätte mir wahrscheinlich eher Gedanken gemacht, wenn du die nicht gehabt hättest. Ich weiß, dass das gerade nicht leicht war und nicht spurlos an dir vorbeigeht, doch es ist jetzt alles gut. Du brauchst keine Angst mehr zu haben und auch kein schlechtes Gewissen, wegen gar nichts.«

Eleonora ist sauer, sauer auf sich und ihre dummen Vorurteile.

»Ich hätte nicht so denken sollen und so skeptisch sein sollen. Stell dir mal vor, ich wäre schwanger von einem Psychopathen wie Chapo geworden. Wäre das besser? Nur weil er nicht bei den Da Silvas ist? Du warst vom ersten Moment an einfach nur liebevoll zu mir und zu Nael. Du bist der beste Vater, den ich mir für ihn hätte wünschen können, doch meine dummen Gedanken haben dich nicht richtig zugelassen und ...«

Wieder beginnt sie zu weinen. Es tut ihr von Herzen leid. Es mag sein, dass Dario der Anführer der Da Silvas ist, doch er ist und war besser zu ihr als jeder Mann, den sie davor getroffen hat und er liebt Nael von ganzem Herzen und tut alles für seinen Sohn, und doch hat sie immer eine gewisse Distanz eingehalten und das ist jetzt, nach heute, beschämend für sie.

Dario küsst ihre Wange und versichert ihr, dass alles gut ist, doch das ist es nicht. Nicht für Eleonora. Sie bleiben so im Bett, Dario hält sie und Nael im Arm. Irgendwann schläft er ein, Eleonora aber findet keinen Schlaf. Sie stillt Nael, als er wach wird und behält ihn bei sich, kuschelt sich aber gleichzeitig enger an Dario.

Es brodelt in ihr, sie denkt über alles nach, was passiert ist über die ganzen letzten Wochen und sobald die Sonne aufgeht, geht sie leise in die Dusche. Das Wasser färbt sich rot und sie wäscht all das, was gestern passiert ist, von sich. Auch wenn dieser Schreck noch immer in ihr steckt und sie Naels Weinen noch immer im Ohr hat, fühlt sie sich besser.

Als sie nach der Dusche in den Spiegel sieht, hat sie eine Platzwunde auf der Wange. Ihre Nase schmerzt noch etwas und ihre Wange ist schon leicht grün, doch sie ignoriert das alles. Nael geht es gut, das ist das Wichtigste.

Der Himmel sieht bedeckt aus heute, deshalb zieht sie sich eine Jeans und ein weißes Leinentop an. Ihre Haare sind nass und locken sich, als sie etwas isst und auch für Dario etwas hinstellt. Als Nael wach wird, wickelt sie ihn, zieht ihn um und stillt ihn in Ruhe, da klingelt Darios Handy. Er murmelt etwas ins Gerät und kommt kurz danach zu ihnen in den Wohnbereich.

»Hey, du bist ja schon wach.« Sie sieht hoch und in seine dunklen Augen, die sie unsicher ansehen.

»Ja, ich habe nicht geschlafen. Ich muss etwas erledigen. Ich möchte Nael eigentlich gar nicht mehr aus den Armen lassen nach gestern, doch ich muss das tun. Es ist wichtig! Es dauert nicht lange, es muss aber sein. Ich möchte Nael jetzt niemand anderem geben, kannst du ihn für eine Stunde nehmen? Dann bin ich wieder da. Er ist jetzt satt.«

Dario sieht sie verwundert an und nimmt sich den Toast, den sie vorbereitet hat. »Natürlich nehme ich ihn, immer, aber soll ich dich nicht begleiten? Was willst du tun?« Sie steht auf und gibt ihm Nael auf den Arm. Dann zieht sie sich ihre schwarze leichte Lederjacke über und schlüpft in ihre schwarzen Ballerinas. »Ich muss das machen, alleine. Ich bin gleich wieder da.« Dario sieht ihr in die Augen. »Okay, ich fahre mit Nael zu mir, komm dahin, wenn du fertig bist.« Sie nickt und geht aus der Wohnung. Es ist noch sehr früh, doch das kann nicht warten.

Es dauert etwas länger als eine Stunde, bis Eleonora mit dem Taxi ins Gebiet der Da Silvas fährt. Das Taxi darf nicht weiter, doch eine der Wachen bringt Eleonora zu Darios Haus. Er scheint zu wissen, wer sie ist und verhält sich sehr respektvoll. Sie sieht, wie einige Männer Darios Haus verlassen. Als sie eintritt, ist es ganz still.

»Dario?« Sie sieht sich um, sie ist immer wieder aufs Neue beeindruckt, wie schön es hier ist.

Sie hört etwas von oben und geht die Treppe hinauf. Als sie jetzt in den Raum tritt, den Dario für Nael hat herrichten lassen, sieht sie nun das erste Mal das komplett eingerichtete Babyzimmer. Dario ist dabei, Nael in sein Bett zu legen. »Er ist gerade eingeschlafen.« Eleonora sieht sich um, während Dario es Nael im Bett gemütlich macht. »Es ist … perfekt geworden.« Sie sieht zu der letzten Wolke, die sie gemeinsam gemalt haben und bei der sie sich geküsst haben.

Sie gehen zusammen aus dem Zimmer, um Nael schlafen zu lassen, und Dario sieht sie sich im Flur genau an. »Ich denke, unser Arzt sollte sich dich noch einmal ansehen, du …« Eleonora hebt die Papiere hoch, die sie schon die ganze Zeit in der Hand hält.

»Ich habe das getan, was ich von Anfang an hätte tun sollen. Nael trägt deinen Namen und ich bereue es, dass ich jemals daran gezweifelt habe. Du bist der beste Vater, den er haben könnte und ich bin stolz darauf, wie sehr du unseren Sohn liebst.«

Sie ist so erleichtert, dass ihr all das, all diese Bedenken und Zweifel genommen wurden, dass ihr wieder Tränen in die Augen steigen, aber dieses Mal aus Erleichterung. Dario sieht auf die Geburtsurkunden und Eintragungen, mit denen ihr Sohn nun als Nael Dariel Da Silva offiziell in die Welt hinaustritt.

»Es ist normal, dass du Zweifel hattest, mach dir deswegen keine Gedanken und ich habe ja jeden Tag mehr gespürt, wie du mir vertraust hast und auch, wie du die Gefühle immer mehr zugelassen hast. Du hast auch recht. Es wird für Nael und auch für dich nicht leicht, an meiner Seite zu sein, da braucht man sich gar nichts vorzumachen, und wie das alles funktionieren wird, kann ich dir selbst noch nicht sagen. Das Einzige, was ich versuchen konnte, war, dir zu zeigen, dass ich alles tue, um dich und Nael zu schützen und dafür zu sorgen, dass es euch gut geht und das werde ich auch immer tun. Es wird sicherlich noch einiges auf uns zukommen, doch ich weiß, dass wir auch das zusammen schaffen werden, sieh doch, was wir in solch kurzer Zeit schon alles überstanden haben.«

Seine Hand legt sich an ihre Wange. »Ich liebe euch, dich und unseren Sohn und wenn es etwas wert ist, geduldig zu sein, dann ihr beide.« Sie kommt sich so dumm vor, als sie sich hoch beugt und endlich zulässt, wovon nur sie selbst sich die ganze Zeit abgehalten hat. »Ich habe auch gar nicht mehr die Kraft, mich gegen meine Gefühle zu stellen.«

Liebevoll küsst sie Dario. Erst ist er sehr zärtlich, doch dann werden sie beide schnell fordernder. Sie liebt seine Nähe mittlerweile viel zu sehr, und als er sie in sein Schlafzimmer bringt, ohne den Kuss zu lösen, sind es ihre Hände, die ihm sein Shirt ausziehen. Nach all den Zweifeln will sie ihn nun endlich wieder ganz spüren.

Er legt sie auf sein Bett und küsst ihren Hals entlang. Eleonora seufzt auf. »Genauso hat all das hier begonnen.« Dario küsst ihre Stirn und sieht ihr absolut sicher in die Augen. »Und ich würde, wenn ich jetzt zu dieser Nacht zurückgehen könnte, all das genau so noch einmal tun, nur um das jetzt hier mit dir zu erleben.«

Sie streicht über den Herzschlag ihres Sohnes an seinem Herzen. Er will erneut ihre Lippen verschließen, doch sie sieht ihm in die Augen und lässt endlich alle Gefühle zu. Einen Moment ist sie selbst überrascht, wie mächtig diese bereits sind. »Ich liebe dich.«

Er lächelt noch immer, doch nun noch etwas frecher, und ihr Herz flattert bei diesem Anblick aufgeregt in ihrer Brust. »Und das alleine … war all das wert!«

Lesen Sie weiter in …

JALIAH J.

Da Silva

EIN TAG,
DER ALLES VERÄNDERT

Zwei Monate später

»Überlege dir gut, was du tust.«

Dario beendet das Gespräch und sieht genervt zu Diego, der Nael auf seinem Arm hat.

Sein kleiner Sohn wächst viel zu schnell, Dario hat das Gefühl, er dreht sich weg und wenn er ihn wieder ansieht, ist er schon wieder gewachsen. Er hätte niemals gedacht, dass er es so genießen würde, Vater zu sein, doch er liebt die Zeit mit seinem Sohn.

Er knallt das Handy auf den Tisch. »Das darf doch nicht wahr sein, du warst doch dabei, als wir alle Adrian ausreden wollten, etwas mit Ayla anzufangen. Er war überzeugt, dass diese Verbindung wichtig für die Geschäfte mit Mexiko ist und es ihm nichts ausmacht. Er fand Ayla gut und hat sie nach Puerto Rico als seine Verlobte geholt. Wie oft saßen wir hier und haben ihn gefragt, ob er sich wirklich sicher ist? Und jetzt ruft Aylas Vater ständig wütend an, weil seine Tochter das Gefühl hat, etwas stimmt nicht und Adrian läuft dieser komischen Tanja hinterher. »Gerade jetzt, wo es eh schon so viele Probleme wegen Barim gibt. Das hat uns noch gefehlt.«

Sein jüngerer Bruder kratzt sich das Kinn. »Du weißt doch, wie das mit den Frauen ist, manchmal trifft das Herz seine eigenen Entscheidungen. Adrian will uns sicher nicht schaden. Rede noch einmal mit ihm. Du solltest doch wissen, dass Beziehungen nicht leicht sind.« Er grinst ihn frech an und Dario hebt die Augenbrauen.

»Das ist etwas anderes. Eleonora und ich lieben uns. Wir versuchen nur, zwischen all dem Wahnsinn hier irgendwie klarzukommen. Gestern haben wir ja gesehen, dass das nicht immer so einfach ist.«

Diego lacht leise auf und Dario knackt seine Schultern. Er liebt Eleonora über alles, aber er muss wirklich einsehen, dass etwas

Festes aufzubauen sehr anstrengend sein kann, besonders wenn man in einer Position wie er ist.

Bevor Dario noch etwas dazu sagen kann, kommt plötzlich Nicky ins Haus. Er ist blasser als sonst und hält etwas in der Hand. »Seid ihr beiden alleine?« Nicky sieht sich um und Dario spürt sofort, dass etwas nicht stimmt.

»Ja, sind wir. Eleonora ist oben. Was ist los?«

Nicky hat sich besonders in den letzten Wochen als einer seiner besten Männer bewährt. Dario vertraut ihm immer mehr, das hat er bereits an dem Tag bewiesen, als er ihm Nael und Eleonora anvertraut hat. Ihm ist bewusst, dass Nicky ihm so auch seine Dankbarkeit zeigt, dass er sich für ihn und gegen Barim entschieden hat. Neben seinen Cousins ist Nicky nun der wichtigste Mann bei ihnen.

Doch als er ihnen jetzt in die Augen sieht, wissen Diego und er sofort, dass etwas nicht stimmt. Er zögert und sieht zu Nael, dann sieht er ihnen wieder in die Augen.

»Ich hatte euch berichtet, dass Freunde von mir erzählt haben, dass sich in El Salvador immer mehr Unruhe ausbreitet. Es ist ein kleines Land, doch meine Freunde sind so beunruhigt, dass ich ein komisches Gefühl bekommen und sie gebeten habe, all das im Auge zu behalten. Mittlerweile gibt es keine Familias mehr da unten, nur noch eine, die das ganze Land an sich reißt: die Guerillas. Du hast bestimmt schon von ihnen gehört, dein Vater hatte früher auch einige Probleme mit ihnen, aber auch er hat sie nicht sehr ernst genommen. Doch sie wachsen und wachsen und haben keinerlei Respekt. Ohne dass jemand das richtig wahrgenommen hat, haben sie nun auch schon halb Honduras übernommen und zwei unserer Lager dort ausgeräumt.«

Er atmet tief ein. »Als ich das vor drei Tagen erfahren habe, habe ich meine Freunde gebeten, mir Bilder anderer wichtiger Mitglieder der Familia zu schicken, damit wir genauer wissen, mit wem wir es zu tun haben und dann … habe ich gerade das bekommen.«

Noch eine Familia, die Ärger macht, Dario hat das Gefühl, gerade haben alle nichts anderes zu tun, als ihnen auf die Nerven zu gehen. Nicky breitet Bilder vor ihnen aus. Die Bilder, die Nicky vor ihnen ausbreitet, zeigen Männer, die Dario noch niemals zuvor gesehen hat, dann sieht er auf das Bild in der Mitte und stockt.

»Das ...« Diego nimmt das Bild hoch und auch Dario sieht noch einmal ganz genau hin. Sein Herz beginnt zu rasen, das kann unmöglich sein ...

Entdecken Sie die atemberaubende Welt von Jaliah J. ...

Zwei Leben, die unterschiedlicher nicht sein könnten
und doch miteinander verknüpft sind.
Folgt Hailey und Selena auf ihrem aufregenden Weg
in einen neuen Lebensabschnitt und lauscht dem
bittersüßen Herzschlag des Lebens.

Lara muss ihr geliebtes Berlin und ihren allerbesten Freund Issa
verlassen und mit ihren Eltern nach London ziehen. Erst viele Jahre
später kehrt sie zurück, und auch wenn sie sich sofort wieder wie zu
Hause fühlt, fehlt etwas. Das wird ihr spätestens dann wieder richtig
bewusst, als sie es durch einen schrecklichen Zufall wiederfindet und ihr
gesamtes Leben auf den Kopf gestellt wird.

»Das, was Issa und du haben … so etwas vergeht niemals!«

WILLKOMMEN IN DER FANTASTISCHEN WELT VON JALIAH J.

ENTDECKE VIELE WEITERE BÜCHER,
TOLLE MERCHANDISE PRODUKTE
UND VIELES MEHR...

 @JALIAHJ   @JALIAHJOFFICIAL

 @JALIAHJ_OFFICIAL   JALIAHJ.DE/SHOP

WWW.JALIAHJ.DE